Ela Feyh

Zwischen den Welten
ERWACHT

AF206948

Weitere Informationen und Kurzgeschichten zur Nephylen-Reihe findet ihr auf meiner Homepage: www.elafeyh.de

Ela Feyh

Zwischen den Welten

ERWACHT

Jugendroman

Bibliografische Informationen der Deutschen Nationalbibliothek:
Die Deutsche Nationalbibliothek verzeichnet diese Publikation in
der Deutschen Nationalbibliothek, detaillierte bibliografische Daten
sind im Internet unter: https://www.dnb.de abrufbar.

2. Auflage Dezember 2017
2017 © Ela Feyh
Autor: Ela Feyh
Buchcover: Ela Feyh
Design: Ela Feyh
Herstellung und Verlag
BoD – Books on Demand, Norderstedt

ISBN: 9783746047683

www.elafeyh.de

Es sind die Momente, welche uns ausmachen und formen.
Jeder Moment hat seine eigene Farbe, seinen eigenen Geschmack,
seinen eigenen Klang.
Manche strahlen hell wie die Sonne oder sind dunkel wie die
Nacht, die einen schmecken süß wie Honig oder wiederum bitter wie
Löwenzahn und andere erklingen wie ein wundervoller Ton, sie können jedoch auch vollkommen unharmonisch sein.
Der Moment, der mich formte, schmeckte nicht nur bitter, war
schwarz wie das Universum und klang nach Fingernägeln auf einer
Tafel, sondern biss auch wie die kälteste Nacht in mein Herz.

Trauma

Es war nur ein Moment. Doch er änderte alles. Ein Moment, den ich niemals erwartet hätte, der nicht einmal in meinen schlimmsten Alpträumen vorgekommen war.

Erst war es nur ein langes Warten gewesen. Ein unendlich langes Warten.

Gelangweilt las ich auf dem Sofa und sah alle zwei Minuten auf meine Armbanduhr.

Dann klingelte es.

Verdutzt darüber, wer so spät noch zu uns wollte, stand ich auf und öffnete die Tür. Zwei Männer in Uniform, die ich zuerst nicht erkannte, standen vor mir und machten eine ernste, fast mitleidige Miene.

»Fräulein Galender, dürfen wir eintreten?«

Perplex bat ich sie zusammen mit einer kleinen Frau, die hinter den beiden versteckt stand, in die Küche, wo wir uns an den großen Esstisch setzten.

»Es tut uns leid Ihnen mitteilen zu müssen ...«

Weißes Rauschen ließ die Stimmen ersterben. Das mitfühlende Murmeln der Männer und die sanfte Stimme der Frau verstand ich nicht. Ihre Münder bewegten sich wie bei Fischen, aber kein Ton kam heraus.

Erst nach und nach setzte sich die Information in meinem Bewusstsein fest: Ich war allein. Keine Mutter, kein Vater, kein Bruder mehr. Und alles nur wegen eines telefonierenden LKW-Fahrers, der das Drama sogar überlebt hatte, wenn auch schwer verletzt.

Die Polizisten und die Frau redeten weiter auf mich ein, standen manchmal auf, um den Raum zu verlassen und dann mit Papieren zurückzukehren – mir kam die Situation wie in einem Film vor, in dem die Hauptperson still stand, während die Welt um sie herum weiter rotiert.

»Luciane, verstehst du mich?«

Ich blinzelte in das freundliche Gesicht der Frau. Dann bemerkte ich verwirrt eine Hand auf meiner. »Was wollten Sie?« Meine Stimme klang tonlos, tot – wie meine Familie es war. In mir hatte sich eine eisige Kälte ausgebreitet und ließ mich frösteln. Ich schlang die Arme um mich und blickte halb zu der Frau, in deren braunen Augen Trauer lag.

»Ich möchte dir den weiteren Fortgang erläutern«, wiederholte sie geduldig und legte eine Decke um mich. Ich deutete ein Nicken an. Sie sagte verschiedene Dinge, von denen ich aber nur Wortfetzen verstand. Was sollte ich auch mit Beerdigung, Testament, Seelsorger und den anderen Begriffen anfangen? Das waren fremde Worte, mit denen ich nichts zu tun haben wollte.

Wie ferngesteuert hob ich den Kopf und sah die Frau an, wollte weinen, aber es ging nicht. Die Leere war in meinem Kopf angekommen und verdrängte alle Gedanken und Gefühle. Mir war egal, was in den nächsten Tagen geschah.

»Soll jemand hier bleiben?«

Ich schüttelte den Kopf. Ich kannte diese Leute doch gar nicht. Was hätten sie schon tun können? Eher sollten sie gehen, damit ich … Ja, was? Ich sah mich hilfesuchend im Raum um, fand aber nichts, was mich aus der Situation retten konnte. Mich trösten könnte …

Mein Blick streifte den der Frau, die sich als Seelsorgerin bezeichnete.

»Möchtest du, dass wir deine Verwandten oder Freunde kontaktieren?«, fragte sie weiter und ignorierte die besorgten Blicke der Polizisten, die jetzt still vor der Arbeitsplatte standen. Ich nickte langsam und griff nach dem Handy, das ich immer in der Hosentasche trug. Wollte ich aber wirklich jemanden hier haben? Ich ließ das Handy wieder los.

»Falls du mit jemandem sprechen möchtest, hier ist meine Nummer. Ich werde morgen früh wieder vorbeikommen, um nach dir zu sehen«, sagte die Frau und reichte mir eine Visitenkarte. Mechanisch nahm ich sie entgegen, nickte und starrte auf die Küchenuhr, deren vorrückende Zeiger ich jedoch kaum wahrnahm, genauso wenig wie die weiteren Sätze der Frau.

○ ○ ○

In den kommenden Tagen war immer jemand bei mir, aber ich nahm weder die Seelsorgerin noch Bekannte und Freunde wirklich wahr. Die Nachricht vom Tod der Galenders war anscheinend allgemein durchgedrungen, denn es besuchten mich nach einer Woche immer mehr Menschen und drückten mir ihre Anteilnahme aus. Auch meine Tante aus Deutschland meldete sich und stand zwei Tage später in der Küche des verlassenen wirkenden Hauses.

Ich war bei einer Freundin untergekommen, weil ich es zu Hause nicht mehr ausgehalten hatte. In ihrem Familienleben drohte ich aber zu ersticken. So viele Gefühle, immer jemand, der in meiner Nähe war. Als meine Tante ankam, flüchtete ich regelrecht zu ihr in mein altes Zuhause.

Fiona war eine aufgeweckte Frau, die niemals still stehen konnte. Immer musste sie etwas machen, sei es auch nur die wenigen Pflanzen zu versorgen. Sie ließ mir jedoch meinen Freiraum und meine Ruhe, wofür ich ihr unendlich dankbar war.

Ich stellte keine Fragen und redete auch sonst kaum, nur eine Sache wollte ich machen: Den Unfallort sehen. Ein kleiner Teil in mir glaubte nicht, dass meine Familie wirklich gegangen war, sondern dass sie in etwas hineingeraten und verschleppt worden war.

Meine Tante fuhr mich zu der Landstraße, auf der der Unfall stattgefunden hatte, und hielt vor einem Felsen an. Jemand hatte ein Kreuz an die Stelle des Unfalls genagelt, verschiedene Kränze, Blumen und Kerzen standen darunter. Das tote Gefühl in mir wurde durch Kälte verdrängt. Meine Beine zitterten so heftig, dass ich zu Boden sackte. Das Holz des Kreuzes fühlte sich kühl an meinen Fingern an, wie die Tränen auf meinen Wangen. Zum ersten Mal seit dem Abend, an dem die Polizisten in unser Haus gekommen waren, weinte ich wieder. Lange, ohne Pause. Das Fiona mich in den Arm nahm, spürte ich kaum.

Nach einiger Zeit saß ich wieder auf dem Beifahrersitz ihres Autos und starrte in die einbrechende Dunkelheit.

∘ ∘ ∘

In einer Sitzung mit meiner Psychotherapeutin, die ich auf Anraten der Seelsorgerin und einiger Bekannten aufgesucht hatte, fragte sie mich, was ich davon hielte in stationäre Behandlung zu gehen. Das war das einzige Mal, wo ich eine wirkliche Regung zeigte. Ich schrie sie an, schrie, dass ich nicht mit Verrückten in einem Saal hocken und Musik hören wollte. Verdutzt über meinen Gefühlsausbruch ließ sie den Vorschlag sofort fallen und beendete die Stunde kurz darauf. Bis zu diesem Zeitpunkt hatten mich die Gespräche mit ihr ein wenig aus der tauben Welt geholt, in die mein Körper und Geist geglitten waren, nun fühlte ich mich aber nicht mehr sicher bei ihr. Insgeheim nagte die Angst an mir, dass jemand mich abholen und doch in eine Einrichtung stecken würde.

Meine Tante schien mein verändertes Wesen nach dieser Sitzung zu spüren, drückte mir aber nur aufmunternd die Hand und fuhr mich nach Hause. Allerdings fragte sie dann in der Küche nach, was mich aufregte. Zögerlich erzählte ich ihr von dem Vorschlag der Therapeutin.

»Dich kann keiner gegen deinen Willen irgendwo einweisen.«

Ich sah sie stumm an und zuckte mit den Schultern. Sie musterte mich einen Moment lang. »Ich würde dir gerne einen anderen Vorschlag unterbreiten. Ich kann nicht mehr lange hier bleiben. Nach der Beerdigung muss ich wieder nach Deutschland.« Sie machte eine Pause. Ich schwieg weiterhin.

»Wenn du magst, kannst du gerne mit mir kommen.«

Ich sah sie an und nickte dann. Was hielt mich noch hier? Ich sah mich in der Küche um, stand dann auf und schlurfte durch das Haus. Alles erinnerte mich an meine Familie: Fotos, Möbel, selbst die Anordnung der Kissen auf dem Sofa, auf die mein Vater immer penibel geachtet hatte. Der Schmerz kroch in mein Herz, wurde aber von der Taubheit verdrängt, welche die Medikamente hervorrief, die mir die Psychotherapeutin verschrieben hatte.

»Es war nur ein Vorschlag.«

Langsam drehte ich mich zu meiner Tante um, die hinter mir im Türrahmen stand.

»Ich komme mit.«

○ ○ ○

Die Beerdigung zog wie ein langsamer Zug an mir vorbei. Die Trauerreden in der Kirche waren ein einheitliches Gemurmel und die Gesichter meiner Familie, die als Fotos über den Urnen aufgestellt worden waren, verschwammen vor meinen Augen. Zum Ende der Feier trat Fiona mit mir an die Fotos und wir legten vor jedes gelbe Rosen, die Lieblingsblumen meiner Mutter. Sie hatte immer gesagt, dass die Farbe Gelb den Sonnenschein in unsere Herzen brachte, ich spürte jetzt aber nichts davon.

Nach der Beisetzung der Urnen schlich ich geduckt hinter Fiona in den Saal, in dem der Leichenschmaus stattfinden sollte. Ich hatte kein Auge für die Gerichte und aß nur trockenes Brot. Etwas anderes brachte ich nicht hinunter.

Am Ende der Feier schüttelten mir viele Personen die Hand, ich wollte aber nur weg von ihnen, endlich meinen Frieden finden.

○ ○ ○

Zwei Tage nach der Feier verabschiedete ich mich von meiner Tante.

»Rufe mich an, sobald du Berlin mit dem Zug verlässt«, sagte sie zum wiederholten Male und drückte mich innig. Ich ließ es teilnahmslos über mich ergehen. Was ihr nicht entging. Eine Falte bildete sich zwischen ihren dunklen Augen. »Schaffst du das übermorgen wirklich?«

Ich nickte. Ich würde noch zwei Tage in Seefeld bleiben, weil ich noch etwas mit den neuen Eigentümern des Hauses klären musste. Das Haus hatte Fiona mit meinem Einverständnis verkauft, genauso wie das meiste Mobiliar. Ich konnte mit den Sachen nichts mehr anfangen. Sie rissen nur die Wunden auf, die langsam zu heilen begannen. Einige Möbel hatte ich aber behalten wollen. Sie lagerten nun mit anderen Gegenständen in einer Möbelhalle in der Nähe von Berlin und warteten darauf, von mir abgeholt zu werden. Meine Eltern hatten mir und meinem Bruder alles vermacht, da er aber auch von mir gegangen war, behielt ich alles. Meine Sachen hatte ich ebenfalls gepackt und der Großteil war schon auf dem Weg nach Deutschland. Einige Kleidung lagerte jedoch in zwei Koffern, mit denen ich mit dem Zug zu Fiona fahren würde.

»Ich melde mich, sobald ich angekommen bin.«

Tränen standen in ihren Augen. »Wenn du jemanden zum Reden brauchst, kannst du dich jederzeit bei mir melden.«

Ich nickte wieder, drückte ihre Hand und ging in das Haus meiner Freundin, bei der ich bis zum Treffen mit den Käufern bleiben würde. Ich wollte nicht sehen wie Fiona davonfuhr.

○ ○ ○

Die Berge vor dem Fenster verschwammen zu einem grüngrauen Muster, unterbrochen von geradlinigen Formen. Der Zug fuhr in einen Bahnhof ein und ich zog die Beine an, als die Menschen ausstiegen. Ein Rad eines Fahrrads stieß gegen meinen Fuß, ich nickte mechanisch, als der Mann den Mund öffnete. Wahrscheinlich um sich zu entschuldigen. Es ruckelte, dann fuhren wir weiter. Richtung Deutschland. In mein neues Zuhause.

An das Haus meiner Tante und meines Onkels konnte ich mich kaum erinnern, weil ich nur selten bei ihnen gewesen war. Meine Eltern hatten nie viel mit den beiden zu tun gehabt. Nicht nur, weil wir so weit voneinander entfernt gewohnt hatten, sondern auch, weil meine Tante Fiona etwas eigenartig war, wie mein Vater zu sagen gepflegt hatte. Tränen stiegen mir bei dem Gedanken an ihn in die Augen. So schnell, wie sie kamen, versiegten sie auch wieder. Meine Medizin tötete sie, ebenso wie fast alle Gefühle und Empfindungen. Nur in tiefster Nacht verblasste ihre Wirkung manchmal. Dann kamen die Alpträume, in denen ein LKW immer und immer wieder in ein Auto krachte. Das war die einzige Zeit, in der ich etwas fühlte. Ansonsten war alles leer, taub, kalt.

Ich blickte wieder aus dem Fenster. Langsam wichen die hohen Berge den Hügeln, wie ich die kleinere Variante in Deutschland nannte. Kurz machte sich ein stechendes Gefühl in meinem Magen breit. Der Anblick der steilen Felswände, die ich vielleicht zum letzten Mal für lange Zeit sah, schmerzte. Schnell schloss ich die Augen und versuchte mich auf die Musik zu konzentrieren, die ich seit Beginn der Zugfahrt auf meinem MP3-Player hörte. Vor mir tauchte ein Lastwagen auf … Sofort riss ich die Augen wieder auf und wischte mir hektisch die verschwitzten Hände an der Jeans ab. Dann starrte ich erneut aus dem Fenster. Lieber sah ich die Berge, als den Unfall.

Der Zug leerte und füllte sich. Bald würde er in den München Hauptbahnhof einfahren, meinem ersten Umsteigebahnhof. Mechanisch zog ich die Reiseinformation aus dem Rucksack und schaute zum fünften Mal nach, auf welchen Bahnsteig ich musste.

Auf den Gängen wurde es hektischer, ich ließ mich mit meinen zwei Koffern und dem Rucksack mit der Menge treiben und landete auf dem vollkommen überfüllten Bahnsteig. Da der Anschlusszug bereits in zehn Minuten abfuhr, hetzte ich mit gesenktem Blick durch die Menge, wobei ich einige Leute anrempelte. Eine Entschuldigung murmelnd huschte ich weiter, nur schnell weg. Die vielen Fremden behagten mir nicht. Besonders die Familien, die lachend, diskutierend oder ihre Kinder ermahnend überall in kleinen Grüppchen standen, ließen den Klumpen in meinem Magen auf ein Zentner anwachsen. Endlich tauchte der ICE vor meinen Augen auf.

Erleichtert schob ich meine Koffer in den Waggon und in eine der Gepäckablagen, dann sackte ich leicht zitternd auf meinem reservierten Platz zusammen. Ich wollte nur noch weg, weg von dem Trubel, der Freude, den vielen Gefühlen. Am sichersten kam mir plötzlich ein Friedhof vor. Der Klumpen in meinem Magen zog sich schmerzhaft zusammen. Wie konnte ich nur daran denken!

Verbissen kniff ich die Lippen zusammen, ballte die Hände, als mich der Schmerz für einen Augenblick schwerer Atmen ließen.

Die Bäume rauschten vor dem Fenster vorbei, genauso wie alte Erinnerungen an mein zu Hause vor meinen Augen. Die Zeit schlich nur langsam voran, im Gegensatz zu dem Tempo, mit welchem der ICE dahinglitt. Eine Bahnangestellte kam mit einem Snackwagen vorbei. Kurz dachte ich daran etwas zu kaufen, aber ich hatte keinen Hunger. Seit dem Abend, in dem zwei Polizisten und eine Seelsorgerin in der Küche meines Elternhauses erschienen waren, hatte ich kaum etwas gegessen.

Nicht einmal mein Lieblingsessen – Kartoffelauflauf mit Brokkoli, Pilzen und extra viel Käse –, das Fiona gekocht hatte.

Felder, Wälder und Städte zogen am Fenster vorbei, manchmal ein paar Hügel, aber keine Berge. Erneut verkrampfte sich meine Brust.

Berlin kam und ging. Ich nahm es kaum wahr. Nur die vielen Lichter blieben mir in Erinnerung. Automatisch griff ich nach meinem Handy und schrieb meiner Tante, dass ich bald ankommen würde.

Es begann zu dämmern. Viel später als in Österreich, stellte ich fest.

»Nächster Halt, Templin«, sagte plötzlich eine elektronische Männerstimme vom Band. »Ausstieg in Fahrtrichtung links.«

Ich packte meine Wasserflasche ein und wuchtete die beiden Koffer zum nächsten Ausgang. Der Zug rollte langsam in den Bahnhof ein, der spärlich von ein paar orange leuchtenden Laternen erhellt wurde. Ein Mann half mir die Koffer aus dem Zug zu heben und eilte dann auf eine wartende Frau zu. Ich suchte den Bahnhof nach einem bekannten Gesicht ab, fand aber keines. Dann bemerkte ich, dass eine kleine Frau mit krausen Haaren, die von einem bunten Tuch gebändigt wurden, auf mich zukam. Ich wich einen Schritt zurück und zog mich an die Mauer des Bahnhofsgebäudes zurück. Ich wollte nicht in Kontakt mit einer fremden Frau treten.

»Lucy?« Mit wippenden Haaren kam Fiona vor mir zum Stehen, musterte mich kurz und zog mich in ihre Arme. In der einbrechenden Dunkelheit hatte ich meine Tante nicht erkannt.

»Hallo Fiona«, murmelte ich müde und erwiderte die Umarmung mechanisch. Ihre Nähe war mir unangenehm, denn sie erinnerte mich zu sehr an meine Mutter. Tränen traten mir wieder in die Augen. Ich blinzelte sie beiseite und schob die einerseits vertraute, andererseits fremde Frau von mir.

»Mein Auto steht gleich dort hinten.«

Ich nickte und ging, einen Koffer hinter mir herziehend, den anderen hatte Fiona genommen, auf das Auto zu.

Meine Tante fragte mich nach meinen vergangen Tagen und der Zugfahrt aus, ich antwortete aber wie immer nur einsilbig.

»Lucy? Wo bist du denn mit deinen Gedanken?«

»Woanders«, meinte ich leise und sah den Bäumen – hauptsächlich Kiefern – nach. Durch den Fahrtwind hörte ich Grillen zirpen. Der Geruch von Kräutern, die in einem kleinen Bündel am Rückspiegel baumelten, vermischte sich mit dem von trockenem Gras und Kiefernharz. In Brandenburg war es eigentlich immer trocken. Eine meiner wenigen Erinnerungen, die ich an die seltenen Besuche hier hatte.

Meine Tante hatte die Befragung mittlerweile aufgegeben und musterte mich zwischendurch bekümmert, ich ignorierte jedoch ihre Blicke. Unvermittelt bog sie in einen unauffälligen Waldweg ein, an dessen Ende ein kleines Backsteinhaus stand. Sie stoppte den Wagen direkt vor der hölzernen Veranda, auf der jetzt das Licht anging.

»So, da wären wir.«

Ich nickte, stieg aus und half meiner Tante die Koffer aus dem Kofferraum des dunkelgrünen Passats zu wuchten. Während Fiona damit beschäftigt war, das Schloss zu öffnen, starrte ich trübe auf das Regal, welches links von der Tür stand. Es war beladen mit allerlei Gartengeräten und leeren Tontöpfen.

»Ich sollte das Schloss doch einmal ölen«, murmelte sie und stieß die Tür auf. »Willkommen in meiner kleinen Hütte.«

Ich sah sie kurz an, trat dann aber in den düsteren Flur.

»Dein Zimmer befindet sich im ersten Stock.«

Ich nickte wieder nur und wollte die erste Stufe der Wendeltreppe betreten, als ein Fauchen mich innehalten ließ. Zwei dunkelgrüne Augen starrten mich böse an.

»Ah, das ist Amadeus. Pass auf, er kann recht launisch sein.«

»Hmm«, murmelte ich nur und ging um den großen Kater herum, der mich immer noch böse anfunkelte. Fiona lotste mich in das rechte Zimmer. »Das Bad befindet sich geradeaus.«

»Danke, Tante Fiona.«

»Lass das Tante mal sein«, meinte sie gutgelaunt, schob mich in den Raum und knipste das Licht an. »Möchtest du noch etwas zu Abend essen?«

»Nein, ich hab keinen Hunger.«

»Mädchen …« Sie drehte mich sanft zu sich um und strich mir eine Strähne hinters Ohr. »Du hast mein herzliches Beileid. Aber durch Essensverweigerung kommen sie auch nicht mehr zurück.«

»Ich weiß. Ich habe trotzdem keinen Hunger.«

Seufzend ging Fiona aus meinem neuen Zimmer, stoppte dann aber im Türrahmen. »Hast du mit deiner Therapeutin gesprochen, wie jetzt weiter verfahren wird?«

»Ja«, murmelte ich und schob die Koffer vor den Schrank, einfach, um etwas zu tun zu haben und nicht meine Tante ansehen zu müssen. Ich wollte mit keinem über die vergangenen Dinge sprechen, auch wenn mich alle dazu drängten. Was sollte es schon ändern? Sie waren weg – für immer.

Mein Magen ballte sich wieder zusammen. Unwillentlich legte ich die Hand auf den Bauch, der Geste kaum bewusst, meine Tante schien sie jedoch registriert zu haben, denn sie trat wieder zu mir und zog mich aufs Bett, das unter der Dachschräge stand, wobei sie einen Arm um mich legte. Am liebsten wäre ich von ihr abgerückt. Auch wenn sie meine Tante war, ich kannte sie trotz des Monats, den sie mit mir in Österreich verbracht hatte, kaum. In ihrer Nähe fühlte ich mich beinahe erdrückt. Schweigend saß sie mit mir im Arm da und strich mir behutsam über den Rücken. Irgendwie tat mir ihre Anwesenheit mit der Zeit doch gut.

»Du musst nicht alleine kämpfen, Lucy. Ich kämpfe mit dir.«

Ich drückte als Zeichen, dass ich sie verstanden hatte, ihren Arm und schob mich etwas von ihr weg. Sie tätschelte meine Schulter und stand auf. »Falls du es dir anders überlegst, die

Küche befindet sich direkt neben der Treppe. Ich werde nämlich was essen.« Dann verließ sie mein Zimmer. Ich reagierte nicht, sondern starrte nur auf den zweitürigen Kleiderschrank an der gegenüberliegenden Wand. Es war bereits stockdunkel geworden, sodass ich mich gezwungen sah, die Nachttischlampe auf dem kleinen Schemel neben meinem neuen Bett anzumachen, damit ich aus einem der Koffer meinen Schlafanzug und die Kulturtasche holen konnte.

Als ich aus dem kleinen Bad zurückkam, stand eine Tasse Tee auf dem Schreibtisch vor dem Fenster und auf dem Stuhl saß Fiona, den Blick besorgt auf mich gerichtet. Ihre dunkelbraunen Augen sahen mich eindringlich an und ich bemerkte am Rande, dass sie den Mund zu einer schmalen Linie zusammengekniffen hatte.

»Du musst wirklich etwas essen, meine Liebe«, entfachte sie die Diskussion wieder, die wir in meiner alten Heimat bereits häufig ausgefochten hatten. Ein klein wenig schmerzte der Gedanke daran, dass ich meine Freunde und mein Zuhause verlassen hatte, aber die Leere in mir überlagerte diese Gefühle. In den letzten Wochen hatte ich mich ohnehin seltsam abgekapselt von den wenigen Menschen gefühlt, mit denen ich zu tun gehabt hatte. Im Gegensatz zu meinen Eltern und meinen Bruder hatte ich nie viele Freunde gehabt.

»Vielleicht.« Ich setzte mich langsam aufs Bett und nahm die Tasse entgegen, welche Fiona mir mit gerunzelter Stirn reichte.

»Wann hast du dein erstes Gespräch mit der hiesigen Therapeutin?«

Unbehaglich zog ich die Beine an, schlag einen Arm um sie und wippte langsam vor und zurück. Ich wollte eigentlich nicht wieder zu einer Seelenklempnerin, aber ich traute mich nicht das zu sagen.

»Lucy?«

»Nächste Woche«, flüsterte ich, stürzte den Tee hinunter, ohne mir bewusst zu sein, dass er beinahe noch kochend heiß war und ich mir den Mund verbrannte, und schob die Tasse auf den Schemel. Fiona stand auf, weshalb ich den Kopf hob, ihn aber gleich wieder zurück auf meine Knie sinken ließ, als ich ihren traurigen Ausdruck sah. »Das wird schon mit der Zeit. Brauchst du noch etwas?«

Ich schüttelte den Kopf.

»Dann schlaf gut. Sollte etwas sein, kannst du mich jederzeit wecken. Ich lasse die Tür zu meinem Schlafzimmer offen.«

Ich hauchte eine Antwort und kippte einfach zur Seite. Dass sie die Decke unter mir hervorzog und mich sanft zudeckte, bemerkte ich kaum.

Vor meinen Augen fuhren drei Lastwagen, zwischen sich ein Auto einkeilend. Mit einem Mal rasten sie aufeinander zu. Heftig atmend versuchte ich den Blick abzuwenden, aber erst das durchdringende Fauchen einer Katze riss mich aus dem Bild.

Erschreckt rutschte ich zur Wand und bemerkte Amadeus, der vor dem Bett auf dem Boden saß, mich anknurrte und durch die nur angelehnte Tür wieder verschwand. Durch den Spalt kroch ein schmaler Lichtstreifen. Anscheinend war meine Tante noch wach. Mit zitternden Händen zog ich meinen Rucksack zu mir heran, holte die Wasserflasche hervor sowie meine Medikamente und spülte drei der bitteren Pillen hinunter. Ich hätte sie schon im Bad nehmen sollen. Dass ich so schnell einschlafen würde, hatte ich nicht gedacht. Die Fahrt schien doch anstrengend gewesen zu sein.

Die Nachttischlampe war gelöscht worden, sodass das Zimmer nur durch das Mondlicht, das einen Weg durch die Vorhänge gefunden hatte, erhellt wurde. Angst, wie ich sie manchmal in meinem alten zu Hause empfunden hatte, wenn ich plötzlich aus dem Schlaf gerissen wurde, hatte ich seltsamerweise nicht.

Am nächsten Morgen wurde ich von der Sonne geweckt. Wie meist hatte ich unruhig geschlafen, aber durch die Tabletten waren zumindest die Alpträume ausgeblieben – wie auch alle anderen Träume. Leise rauschten die Kiefern vor dem Fenster und zogen mich ein wenig aus meinen trüben Gedanken. Irgendwo klapperte es, ich sah mich aber nicht nach der Quelle um, wie ich es früher getan hätte. Ich drehte mich auf die andere Seite und steckte den Kopf unter die Decke. Ich wollte nicht aufstehen, einfach nur liegen bleiben und hoffen, dass die Zeit verging und mich mitnahm. Mein trockener Mund trieb mich letztendlich doch aus dem Bett. Benommen zog ich mich an und ging die alte Wendeltreppe hinunter. Dass sie fast bei jedem Schritt knarzte, bemerkte ich erst, als eine Stufe laut unter mir krachte. Die Tür gegenüber der Wendeltreppe war weit geöffnet, sodass ich einen groben Einblick in die geräumige Küche Fionas hatte.

»Guten Morgen«, grüßte meine Tante mich, die gerade Kräuter schnitt, ehe ich im Türrahmen erschien. »Hast du gut geschlafen?«

»Hmm.« Ich setzte mich ihr gegenüber an den ovalen Holztisch, auf dem neben unzähligen Kräutern eine kleine Teekanne und einige dicke Kerzenstummel standen.

»Hast du Hunger?«

Wie am vergangenen Abend schüttelte ich den Kopf.

Sie verzog den Mund. »Dann zwing ich dich jetzt zum Essen.« Ruckartig stand sie auf und stapfte auf einen Vorratsschrank neben der Küchenzeile zu, die die gesamte Wand unter dem Fenster und die linke Seite des Raumes einnahm. Fionas dunkelbrauner Lockenkopf verschwand komplett in dem Holzungetüm. Lautstark kramte sie in den einzelnen Fächern und kam mit einem Sammelsurium verschiedener Glasbehälter zurück an den Küchentisch.

»Hier hast du verschiedene Körner, Trockenfrüchte und Nüsse. Das sollte für ein anständiges Müsli reichen.«

Zu den Müsliutensilien gesellten sich noch Reismilch, ein Löffel und eine Schüssel.

»Oder möchtest du lieber Brot und Rührei essen?«

»Ich habe wirklich keinen Hunger«, murmelte ich leise und schob die bunte Keramikschüssel von mir.

»Du musst doch auch nicht viel essen, aber wenigstens etwas. Ich kann dir auch gerne etwas anderes anbieten.«

»Nein, nein. Schon gut.« Notgedrungen zog ich die Schüssel wieder zu mir, nahm irgendwelche Glasbehälter und schüttete etwas von ihrem Inhalt hinein. Die Masse fühlte sich in meinem Mund wie staubtrockenes Brot an, trotz der vielen Milch. Vom Fensterbrett kam ein forderndes Mauzen.

»Die Terrassentür ist offen, Kater«, murrte Fiona und schaute Amadeus missmutig an. Er setzte sich auf das Fensterbrett, starrte eindringlich in die Küche und begann von Neuem zu mauzen.

»Faules Tier!« Fiona stand auf und kam kurze Zeit später zurück, gefolgt von einem riesen Fellknäuel. Am Abend zuvor hatte ich nur die Augen des Katers gesehen. Nun starrte mich ein rostrotes Ungetüm mit Löwenmähne an, das mich anfauchte, ehe es zu seinem Wassernapf trottete.

»Das läuft fast jeden Tag so«, seufzte meine Tante, schaute auf den Kater hinab und begann wieder mit dem Zerhacken der Kräuter. Ich löffelte ohne zu antworten weiter das Müsli, obwohl mir mit jedem weiterem Löffel immer schlechter wurde.

»Möchtest du wirklich schon wieder in die Schule gehen?«, fragte sie mit besorgtem Blick.

»Ja«, antwortete ich tonlos. Das Thema hatten wir bereits in Österreich diskutiert, als sie mich von der alten Schule abgemeldet hatte. Das Leben musste weitergehen – irgendwie. Vielleicht half mir die Schule dabei. Dort kannte mich niemand und es würden keine unangenehmen Fragen über den Unfall gestellt werden, wie es an meiner alten Schule gewesen war.

»Komm, ich zeig dir das Haus. Gestern hast du ja nicht mehr so viel mitbekommen«, schlug Fiona nach dem Frühstück vor und lotste mich in den Flur. Abgesehen von der breiten Wendeltreppe, einem Schuhregal, auf dem ein Korb mit Schlüsseln stand, und einer Garderobe an der Wand neben dem Schuhregal war dieser leer. Drei weitere Türen gingen vom Flur ab; Hinter einer befand sich das Schlafzimmer meiner Tante, neben dem gleich ein relativ großes Badezimmer mit Badewanne und Dusche lag. Am Ende des Ganges lag ein großes gemütliches Wohnzimmer mit Kamin, vielen wuchtigen Regalen und einer einladenden, dunkelroten Sofagarnitur. Vor den bodentiefen Fenstern standen unzählige Zimmerpflanzen.

»So, das Wohnzimmer, auch nichts Besonderes. Den Fernseher habe ich hinter diesem Bild hier versteckt.« Sie schob ein selbstgemaltes Porträt einer kurios aussehenden Pflanze beiseite, hinter der sich ein Flachbildfernseher befand.

»Ich finde es furchtbar, wenn man diesen Klotz sofort sieht. Und jetzt geht es in mein Heiligtum. Achtung, es ist ziemlich schwül da drin.« Grinsend schlängelte sie sich an dem Zweiersofa und einem massig wirkenden Sessel vorbei, lief über einen bunten Teppich und steuerte auf eine unscheinbare Tür neben zwei Bücherregalen zu. Sobald Fiona diese öffnete, kam mir ein Schwall warmer Luft entgegen, gemischt mit unzähligen schweren, süßlichen Gerüchen.

Zögerlich betrat ich den Kiesweg, der links und rechts von Regalen gesäumt war, in denen alle erdenklichen Pflanzen, aber auch einige kuriose Gewächse säuberlich beschriftet aufgereiht standen.

»Ich habe die Pflanzen nach Eigenschaften sortiert. Im Grunde kann ich aber behaupten, dass es sich um Heilpflanzen aller Art handelt.«

»Hmm.«

»Pass auf. Diese hier ist ein wenig eigen.«

Irritiert, was sie meinte, trat ich einen Schritt zurück, wobei ich aus Versehen mit den Fingern eine hellgrüne Ranke berührte, die halb in den Weg hing.

»Das würde ich an deiner Stelle lassen. Er hat einen festen Griff und beißt gerne.«

»Er?« Ich sah auf die Pflanze, auf die Fiona amüsiert deutete. Ein Gefühl kam in mir empor, das sogar für den Moment die Taubheit beiseiteschob, die mich seit des Unfalls bemächtigt hatte: Verwirrung. Dieses Gewächshaus schien tatsächlich die Macht zu besitzen, mich aus meiner Lethargie zu reißen.

»Jawohl. Darf ich euch bekannt machen. Das ist Gendar.« Fiona holte einen Stock aus einem der Regale und tippte mit diesem auf eine der zahlreichen Schlingen, die neben einigen breiten Blättern aus dem großen Blumentopf wuchsen. Aus dem Nichts schoss ein Schnabel hervor und packte das Holz, bis es splitterte.

»Was für ein Prachtexemplar, nicht wahr? Nur sehr wenige Botaniker auf dieser Welt besitzen diese Schönheit.« Mit stolzgeschwellter Brust förderte sie eine kleine Schachtel aus dem Pflanzendschungel zutage, entnahm ihr eine Heuschrecke und hielt sie in die Nähe der Schlingen von Gendar. Sofort griff er nach dem Insekt und ließ es im Schnabel verschwinden.

Ich zuckte zusammen, als die Pflanze knirschend das Insekt verspeiste, und drehte mich von dem unheimlichen Anblick ab. Direkt vor mir schwebten nun orange, sternenförmige Blüten, die einen betörenden Duft verströmten.

»Wenn du keine wirklich außergewöhnlichen Halluzinationen haben möchtest, solltest du nicht zu tief einatmen.« Ich musterte die Pflanze ein wenig genauer und ein Gedanke blitzte flüchtig in der Düsternis meines Kopfes auf. Vielleicht sollte ich es ausprobieren? Halluzinationen und andere Gefühle erschienen mir angenehmer als das taube, beinahe klamme Gefühl. Nach einem Herzschlag verschwand er jedoch wieder.

Als Antwort ging ich einen Schritt weiter und stand nun vor einem Monstrum mit zartblauen, regenschirmgroßen Blättern. Fleischige, purpurne Blüten hingen von einigen Stängeln herab, aus denen eine intensiv riechende Flüssigkeit tropfte. Aus Versehen berührte ich mit der Schulter eines der hellblauen Blätter, woraufhin dieses sich sofort zusammenrollte und dicht an den holzigen Stamm drückte.

»Sie fremdelt ein wenig. Wenn du sie öfter besuchst, traut sie dir wahrscheinlich auch bald.«

Kurz musterte ich die Pflanze, entschied mich aber, diesen mysteriösen Ort schnell zu verlassen. Die dicht beieinanderstehenden Pflanzen wirkten bedrückend. Auf der Türschwelle begegnete ich Amadeus, der mich einige Zeit nach Katzenmanier anstarrte, ehe er aus dem Weg ging.

Ich räumte die letzte Kleidung aus meinen Koffern und einer Kiste in den Schrank sowie in eine Kommode ein und begann die Bücher aus den Kartons, die Fiona bereits in mein Zimmer gestellt hatte, in ein Regal zu stellen, wobei ich einige Pflanzen beiseiteschieben musste. Die eintönige Bewegung wirkte seltsam beruhigend auf mich und gab mir ein wenig Frieden.

Als das letzte Buch seinen Platz gefunden hatte, wandte ich mich dem nächsten Karton zu. Meine Hand zuckte über den eingepackten Bildern, ehe ich schnell den Deckel schloss. Zu sehr schmerzte der bloße Gedanke an meine Familie und meine Freunde.

»Lucy, kommst du essen?«

Ich wandte mich meiner Tante zu. Sie stand im Türrahmen, einen Kochlöffel in der Hand. Ihr Blick wanderte von mir zu dem Karton. »Hast du dich schon bei deinen Freunden gemeldet?«

Ich schüttelte den Kopf und kämpfte gegen die Schwere in meinem Bauch an.

»Lucy …« Die Sorge in ihrer Stimme und ihrem Blick entfachten langsam wieder die alten Gefühle in mir. Hastig verschloss ich mich dem aufkommenden Schmerz, indem ich mich wieder in die Taubheit flüchtete. »Ich schreibe ihnen später.«

Sie sah mich zweifelnd an. »Vermisst du sie?«

Tat ich das? Ich wusste es nicht.

Fiona trat auf mich zu und zog mich in ihre Arme. »Wenn du etwas brauchst, sag es nur.«

Ich nickte, löste mich aus ihren Armen und ging hinunter, ehe sie noch mehr Gefühle in mir weckte. Ein merkwürdiger Geruch wehte mir aus der Küche entgegen.

»Jetzt lernst du eine Spezialität von mir kennen.« Enthusiastisch setzte sie sich an den Tisch. Mit gerunzelter Stirn musterte ich den tiefen Teller, in dem sich eine Gemüsesuppe befand. Lecker roch diese nicht – und schmeckte nur nach Gartengrün. »Was hast du für Zutaten hineingetan?«

»Alles Gute, was der Garten hergibt.« Sie begann die einzelnen Bestandteile an den Fingern aufzuzählen: »Möhren, Löwenzahn, Vogelmiere, Giersch, Sauerampfer, Rettich, Senf, Topinambur und noch ein paar Kräuter.«

Bei der Aufzählung begann mein Magen protestierend zu rumoren, dennoch aß ich tapfer weiter. »Wozu waren wir einkaufen?« Am Nachmittag hatte mir Fiona einen Teil Templins gezeigt und war anschließend in einem Bioladen verschwunden, aus dem sie mit prallgefüllten Tüten wieder herausgekommen war.

»Schmeckt dir die Suppe nicht?« Aufmerksam musterte sie mich. »So etwas wird es häufiger geben. Den chemieverseuchten Kram aus den Läden wollen reine Naturfreunde nicht einmal ansehen.«

Mir war es egal, was in den Lebensmitteln enthalten war. Dadurch schmeckten sie zumindest besser als die grüne Suppe.

»Möchtest du gleich mit zum See kommen? Ich bräuchte ein paar Seerosenblätter und ich müsste dringend wieder angeln. Bei aller Liebe, aber wenn ich mich weiterhin nur von Grünzeug ernähre, wachsen mir irgendwann noch Blätter aus den Ohren. Auch ich brauche mal ein wenig Proteine«, wechselte sie grinsend das Thema. Dann stand sie auf, über ihren eigenen Witz immer noch kichernd, und räumte die Teller in die Spüle.

Kurze Zeit später folgten Amadeus und ich Fiona durch einen großen Garten. Der Trampelpfad war kaum zwischen den vielen Gewächsen und dem wild wachsenden Gras zu erkennen. Sobald der Weg zwischen den Kiefern und Birken verlief, die das Grundstück wie ein Schutzmantel einhüllten, hob er sich klar vom Untergrund ab. Durch die Baumstämme sah ich Wasser glitzern. Ein kleiner Steg führte über niedriges Schilf auf den See. Der Wind kräuselte die Wasseroberfläche, er war jedoch nicht so stark, dass sich der kleine Kahn, der an einem der Prosten befestigt war, durch die seichten Wellen bewegte.

Meine Tante schlüpfte aus ihren Holzpantoffel, krempelte die Hosenbeine hoch und ging geradewegs in das Wasser hinein. Geschickt zog sie sich ein paar der großen Schwimmblätter der Seerosen zu sich, murmelte etwas und schnitt dann mit trauriger Miene die Blätter von den Stielen. Ich setzte mich nur auf einen dicken Ast einer Trauerweide, der über die Wasseroberfläche reichte, und schaute auf den still daliegenden See, in dem sich die Wolken spiegelten. Die Zeit schien hier still zu stehen. Leise raschelten die Äste der Weide im Wind, Grillen zirpten und ein Vogel krächzte zeitweise.

Ich hob meinen Blick vom Ast und sah wieder auf den See, in den meine Tante aus ihrem Boot die Angel neu auswarf, ehe ich wieder mit den Fingern die raue Rinde des Baumes nachfuhr oder in den beinahe wolkenlosen Himmel sah.

»Hilfst du mir mal?«

Ich ließ mich vom Ast gleiten und trat auf den wackeligen Steg. »Hast du was gefangen?«

»Oh ja, diesen Prachtburschen hier und ein paar kleinere Fische.« Meine Tante hielt einen dicken Karpfen in die Höhe und legte ihn auf den Steg, anschließend kämpfte sie mit zwei kleinen Eimern. Amadeus trippelte zum dicken Fisch und schnupperte interessiert an diesem.

»Der ist nicht für dich, Großer«, murmelte Fiona und hievte die Eimer aus dem Boot.

Gemeinsam putzten wir die Fische direkt am See, von denen Fiona die kleinen zum Abendessen briet. Das Essen schmeckte besser als das späte Mittagessen, auch wenn es wieder nur fade Wurzeln und seltsame Kartoffeln als Beilage gab.

»Wie machen wir das eigentlich mit der Schule. Soll ich dich immer fahren?«

Ich hob den Blick von meinem Teller. »Ich brauche nur den Weg zu wissen. Dann nehm ich den Bus.«

»Ich muss ohnehin in die Richtung, dann kann ich dich auch gleich mitnehmen«, entgegnete Fiona und sah mich freundlich an.

»Schon gut.«

Sie hob die Augenbrauen. »Das ist ein ganzes Stück mit dem Fahrrad bis zur nächsten Bushaltestelle.«

»Es ist ja nicht für lange. Dann kann ich selber fahren. Ich muss nur achtzehn werden.« Trübsinnig schaute ich auf meinen noch fast vollen Teller. Meine Eltern hatten mir eine besondere Überraschung versprochen. Jetzt gab es keine mehr. Das Geheimnis hatten sie mit in den Tod genommen.

»Lucy?«, fragte meine Tante vorsichtig.

Ich schüttelte nur den Kopf, murmelte eine Entschuldigung und zog mich auf mein neues Zimmer zurück.

○ ○ ○

In den kommenden Tagen half ich Fiona bei ihren Arbeiten. Meine Tante schien nie zur Ruhe zu kommen. Die ganze Zeit über war sie am Salben mixen, Pflanzen pflegen, Tee herstellen oder mit anderen Arbeiten beschäftigt, bei denen ich ihr freiwillig zur Hand ging. Die Ablenkung vertrieb zeitweise das taube Gefühl in meinem Körper und die vielen neuen Namen, die Fiona ununterbrochen von sich gab, forderten meinen Geist mehr als Lesen oder Musikhören. Allerdings wurde das Thema Therapie häufig angeschnitten. Ausweichen konnte ich jetzt nicht mehr, da meine Tante beim kleinsten Anzeichen meinen Arm packte und mich zwang sie anzusehen.

»Du kannst nicht ewig davonlaufen. Den Dämonen muss man sich stellen.«

»Es sind keine Dämonen, nur Träume«, murmelte ich ausweichend und stieß den Spaten hart in den knochentrockenen Boden. Konnte Fiona nicht einmal still sein? Erschrocken ließ ich den Holzstiel los. Ich hatte mich tatsächlich über etwas geärgert. Fiona schien es ebenfalls aufgefallen zu sein, denn sie lächelte mich kurz an und beugte sich wieder über einen Lavendelbusch, dessen Blüten sie gerade erntete.

»Möchtest du wirklich schon wieder in die Schule. Ich weiß ja nicht, ob …«

Ich zuckte mit den Schultern, obwohl mir die Vorstellung, mich einer Menge neuer Leute und ihren Fragen stellen zu müssen, jetzt doch Unbehagen bereitete.

Ich umfasste den Stil fester und zog den Spaten aus dem Boden. »Vielleicht hilft die Abwechslung.«

Fiona legte eine Hand auf meinen Arm, mich dabei traurig ansehend. »Ich weiß einfach nicht, wie ich mit dir umgehen soll. Sag einfach, was du brauchst.«

Ich zwang ein Lächeln auf meine Lippen. »Schon gut. Ich bin froh nicht mehr allein zu sein«, gab ich offen zu und war meiner Tante dankbar, dass sie nicht weiter nachhakte.

»Lucy …«

Schnell sah ich weg, um den Gefühlen in Fionas Augen zu entkommen.

»Wo ist eigentlich mein Onkel?«, fragte ich ausweichend.

»Ich habe dir doch erzählt, dass ich mich von ihm getrennt habe, als er nur noch an meiner Seltsamkeit nörgelte.«

»Wirklich?« Ich konnte mich nicht an das Gespräch erinnern. »Das tut mir leid«, nuschelte ich und buddelte weiter.

»Das ist Schnee von gestern.« Sie machte eine wegwerfende Handbewegung und beugte sich wieder über den Lavendel.

○ ○ ○

Die erste Stunde bei meiner neuen Psychotherapeutin lief genauso ereignislos ab wie die Anmeldung an der Schule. Ich fragte mich nur, warum meine Tante mir unbedingt zu Chemie und Biologie geraten hatte. Mit Biologie konnte ich mich noch anfreunden, Chemie hatte ich aber nicht mehr belegen wollen. Das Fach und ich waren keine Freunde.

»Das Fach kannst du immer gebrauchen«, erklärte Fiona. »Was willst du denn später mit Musik und Spanisch anfangen?«

Ich zuckte daraufhin nur mit den Schultern und schaute wieder aus dem Fenster. Templin war kein schöner Ort. Überall alte, graue Häuser, gebückte und schnell dahinhastende Menschen. Aber irgendwie passte genau das zu meiner Stimmung. Trotz der Psychopharmaka fühlte ich mich weiterhin taub und unwirklich. Oder vielleicht wegen ihnen? Neben den Alpträumen lähmten mich Lethargie und eine innere Kälte. Auch wenn meine neue Therapeutin genau nach diesen Gefühlen gefragt hatte, hatte ich sie abgestritten und eine so fröhliche Miene wie möglich aufgesetzt. Geglaubt hatte sie mir anscheinend nicht, denn sie gab mir am Ende der Sitzung ein neues Rezept mit, sprach kurz, aber eindringlich mit meiner Tante, während ich draußen in einem kleinen Flur mit drei Stühlen und einem niedrigen Tisch zu warten hatte, bis sie mich mit einem freundlichen Lächeln und einem warmen Händedruck verabschiedet hatte.

»Bis in einer Woche. Falls du Fragen hast oder dich etwas bedrückt, schreibe mir bitte.« Sie hatte mir eine Visitenkarte gereicht, die ich mit einem Lächeln, das eher einer Grimasse ähnelte, eingesteckt hatte.

Fiona blieb auf der Heimfahrt ausnahmsweise einmal still, worüber ich dankbar war. Ich wollte nicht über die Stunde reden.

o o o

Am Montagmorgen klingelte der Wecker viel zu früh, dennoch schälte ich mich aus dem Bett, zog eine braune Cargo Hose sowie ein hellblaues, kurzärmliges T-Shirt an und starrte dann einige Zeit trüb in den Spiegel. Zwei graugrüne Augen schauten mir entgegen, irgendwie seelenlos, die Sommersprossen auf der geraden Nase und den hohen Wangenknochen wirkten auf der leichenblassen Haut noch dunkler als sonst. Das mittelblonde Haar hatte seinen einstigen Glanz verloren, es wirkte nur noch stumpf und spröde und das schmale Gesicht erschien noch knochiger durch den Mangel an Nahrung. *Bin ich das?*, fragte ich mein Spiegelbild in Gedanken, band dann meine rückenlangen Haare zu einem Pferdeschwanz und kämmte sogar den Pony, was ich in der vergangenen Zeit vollkommen vernachlässigt hatte – wie fast meine gesamte Pflege. Ich hatte noch nie viel Wert auf mein Äußeres hinsichtlich Make-Up, aufwendigen Frisuren und immer der neusten Mode gelegt, aber jetzt war mir selbst saubere Kleidung teilweise egal. Hauptsache, ich hatte etwas an.

Fiona war wie meist schon am Werkeln, als ich die Küche betrat und meine lederne Umhängetasche neben der Tür stehen ließ. Lächelnd sah sie jedoch von ihrer Arbeit auf, als ich mich an den Tisch setzte. »Guten Morgen. Gut geschlafen?«

»Ja«, log ich. Obwohl ich nicht träumte, erwachte ich immer mit einem Gefühl von Grauen und Angst. Fiona musterte mich eingehend, als würde sie mir nicht glauben. »Was möchtest du Essen? Müsli, Rührei oder Knäckebrot?«, fragte sie schließlich. Ich atmete erleichtert auf, weil sie mich nicht wie üblich mit Fragen über meine nicht vorhandenen Träume löcherte. »Knäckebrot.«

»Dachte ich mir irgendwie schon.« Lächelnd reichte sie mir die Verpackung und stellte Butter, verschiedene selbstgemachte Gemüseaufstriche sowie Ziegenkäse und Honig auf den Tisch.

Sie selbst schien wie meist gegessen zu haben, denn sie wandte sich wieder der Arbeitsplatte zu.

»Wann stehst du auf?«, fragte ich und strich den Tomaten-Paprika-Aufstrich auf das Brot.

»Das ist vollkommen unterschiedlich. Meistens aber gegen sechs. Dann werden die meisten Kräuter geerntet. Der Tau gibt ihnen ein ganz besonderes Aroma.«

»Hmm.« Halbherzig kaute ich auf dem Brot, trank einen Schluck von Fionas selbst geernteten Pfefferminztee und stand wieder auf. »Wir müssen los. Ansonsten komm ich zu spät.«

Verdutzt sah sie auf. »Hast du keinen Hunger mehr?«

Ich schüttelte den Kopf und schraubte das Glas mit dem Aufstrich zu. Zusätzlich zu meiner Appetitlosigkeit fühlte ich mich nervös wegen meines ersten Schultages. Aber das würde ich ihr nicht sagen. Seufzend legte sie die Stirn in Falten, ehe ein dringlicher Ausdruck auf ihrem Gesicht erschien. »Bin gleich wieder da.«

Während ich den Tisch abräumte, eilte sie in den Flur. Ich hörte, wie die Terrassentür aufgeschoben wurde.

Angespannt ging ich schon nach draußen und wartete auf der Veranda, meine Tante erschien kurze Zeit später mit einem großen bunten Umhängebeutel neben mir.

»Dann mal auf.« Schwungvoll stieg sie ins Auto und fuhr die holprigen Wege entlang, bis wir die Hauptstraße nach Templin erreichten. Ich merkte mir den Weg, falls ich heute schon den Bus nehmen sollte. Schulstunden fielen in jedem Land aus.

Neuanfang

»Da wären wir.« Sie stellte den Motor aus, drehte sich mir zu und umarmte mich flüchtig über den Schaltknüppel. Lächelnd ließ sie mich wieder los. »Ich wünsche dir einen schönen Tag. Wann soll ich wieder hier sein?«

»Ich habe um drei Schluss«, antwortete ich, richtete meine Haare und öffnete die Tür.

»Warte! Brauchst du noch Geld für die Cafeteria?«

Ich rang mir ein Lächeln ab, das von Schmerz begleitet war. Sie benahm sich wie meine Mutter. Damals ... »Nein, danke. Ich habe noch genug.«

»Wie du meinst. Bis nachher. Falls du noch etwas zum späten Mittagessen möchtest, ruf mich einfach an. Meine Telefonnummer hast du ja.«

Ich nickte, schloss die Autotür und blinzelte in den grauen Tag. Die Sonne war nur als fahler Kreis zu erkennen, ihre Strahlen wurden von Wolken geschluckt. Irgendwie passend zu meiner Stimmung. Ein dumpfes Drücken meldete sich in meinem Bauch, tapfer sah ich aber zum Schulgebäude auf: einem grauen Betonklotz aus der Nachkriegszeit, von dem der Putz teilweise abbröckelte und den nur ein paar Kletterpflanzen Farbe gaben. Ein Vorteil des Gebäudes war, dass die Unterstufler in einem anderen Haus untergebracht waren, sodass die älteren Schüler unter sich waren.

Das Gefühl in meinem Magen wurde stärker, als ich die noch fast leere Eingangshalle betrat, von der einige Flure abgingen und eine breite Treppe in das Obergeschoss führte. An der Wand neben der Treppe hing ein riesiges Schwarzes Brett, an dem die Vertretungspläne sowie Nachhilfezettel, eine Liste mit Konzerten und einige AG-Angebote, die ich in nächster Zeit garantiert nicht wahrnehmen würde, gepinnt waren.

Mit dem Stundenplan in der Hand ging ich langsam durch die kahlen und weiß gestrichenen Gänge, an den Decken strahlten

Neonleuchten, obwohl die Helligkeit des Tages durch die gro-ßen Fenster fiel. Suchend sah ich mich um. Vielleicht hätte ich doch meinen Paten-Schüler kennenlernen sollen, der mir in der ersten Zeit helfen sollte mich einzugewöhnen. Oder ich hätte zumindest die Führung machen sollen, welche mir die etwas ältere Dame im Sekretariat vor einigen Tagen angeboten hatte. Beides hatte ich ausgeschlagen – mir war nicht nach Gesell-schaft und bislang hatte ich mich überall zurechtgefunden.

Mit der Zeit füllten sich die Gänge zusehends. Keiner nahm jedoch von mir Notiz – Zum Glück. Als eine Gruppe kichernder Mädchen an mir vorbeiging, zog sich mein Magen schmerzhaft zusammen, als hätte er eine Abneigung gegen Frohsinn. Schnell stellte ich meine Tasche auf den Boden und tat so, als ob ich etwas in ihr suchen würde. Ich wollte nicht in ein Gespräch verwickelt werden. Eines der Mädchen hatte mich nämlich direkt angesehen und war schon einen Schritt auf mich zuge-gangen. Als ich mich erhob, war die Gruppe jedoch ver-schwunden und ich hastete weiter durch den Gang.

Mit einer Traube Schüler wartete ich vor dem Lateinklassen-raum auf die Lehrerin, die geschäftig auf uns zukam und die Tür aufschloss. Lärmend betraten meine neuen Mitschüler den Raum, ich blieb jedoch unschlüssig in der Tür stehen, da ich nicht wusste, wo ein freier Platz war. Bis auf zwei Plätze waren keine weiteren in der U-förmigen Tischanordnung frei.

»Such dir einen Platz aus«, wies die Lehrerin mich an, die sich mir als Frau Müller vorstellte. Zögerlich setzte ich mich an ein Ende der Tischreihe neben ein Mädchen mit braun und blau getönten Haaren, das missmutig ihre Unterlagen auf ihre Tischseite schob.

»Wie ihr sicherlich mitbekommen habt, haben wir einen Neuzugang. Ich erwarte von euch, dass ihr Luciane bei Fragen helft.« Eindringlich blickte sie in die Runde und begann dann Verse von Ovid an die Tafel zu schreiben.

»Wir machen mit der Metrik Analyse weiter. Am Ende der

Stunde werde ich wie immer verschiedene Personen aufrufen, die ihr Versmaß übertragen.«

Erleichtert stellte ich fest, dass ich die Aufgabe ohne Schwierigkeiten lösen konnte. Schnell kennzeichnete ich die Silben entsprechend und begann dann den Text zu übersetzen.

»Luciane, übernimmst du bitte den letzten Satz?«

Verschreckt sah ich der Lehrerin ins Gesicht, nickte dann aber und stand auf. Der Boden schien mit jedem Schritt weicher zu werden und ich hatte das Gefühl, alle Blicke auf meinem Rücken zu spüren. Mir wurde heiß. Mit leicht bebender Hand übertrug das Muster an die Tafel. Dann hastete ich mit gesenktem Blick zurück auf meinen Platz.

Die Lehrerin überflog die Zeile und nickte mir mit angedeutetem Lächeln zu. »Sehr schön.«

Erleichtert sackten meine Schultern nach unten.

Geschäftig sah sie wieder uns alle durch ihre Brille an. »Analysiert und übersetzt die Zeilen fünfundsechzig bis fünfundsiebzig. Das wär's.«

Ich packte wie der Rest der Klasse meine Sachen zusammen und schaute auf dem Stundenplan nach dem nächsten Fach. Als ich auf den Flur hinaustrat, stieß sich ein blonder Junge mit dem Bein von der Wand ab und kam mit einem einnehmenden Lächeln auf mich zu. Die Sommersprossen auf seiner Nase waren im Vergleich zu meinen kaum zu sehen. »Nicht schlecht. Die Hexameter haben's in sich gehabt. Ich bin übrigens Tom.« Er streckte mir grinsend die Hand entgegen.

»Hallo.« Zögerlich ergriff ich sie und schob meine Umhängetasche wieder höher auf die Schulter. Ich wollte noch keine neuen Kontakte knüpfen. Nur bei dem Gedanken wurde mein Magen schwer. Dennoch rang ich mir ein Lächeln ab.

»Was hast du als Nächstes?« Neugierig sah er mich an. Mir wurde wieder unbehaglich. Während des Unterrichts hatte ich mich ein wenig entspannen können, jetzt kehrte jedoch wieder die Anspannung zurück. *Er möchte nur freundlich sein*, sagte ich mir. »Deutsch«, antwortete ich leise.

Ein Strahlen trat auf sein Gesicht. »Ich auch! Komm, ich zeig dir den Weg.« Er rauschte voran und winkte hier und da einem anderen Jungen oder einem Mädchen zu. Mit gesenktem Blick folgte ich seiner schlaksigen Gestalt ins Obergeschoss, froh darüber, nicht wieder umherirren zu müssen, und trat in einen Raum, in welchem bereits einige Schüler saßen.

»Der Platz da hinten ist noch frei.« Er wies auf einen Tisch in der dritten Reihe.

»Danke.« Ich setzte mich auf den Stuhl, während er es sich mit baumelnden Beinen auf dem Tisch bequem machte. »Wo kommst du eigentlich her?«

Seufzend zog ich erst meine Unterlagen aus meiner Tasche, ehe ich ihm antwortete. Genau vor diesen Fragen hatte ich mich gefürchtet. Sie wühlten nur alte Erinnerungen auf, denen ich besonders in der Schule nicht begegnen wollte. »Aus Seefeld«, antwortete ich schließlich, da er sich trotz meines Schweigens nicht vom Fleck bewegt hatte.

»Äh ja, … wo liegt das denn?«

»In Österreich.« Ich fummelte unruhig an meinem runden, abgegriffenen Federmäppchen. Mit jeder Sekunde wurde mir unbehaglicher zumute und ich bereute es, diesem Jungen geantwortet zu haben. Vielleicht entkam ich ihm zur Pause. Die Idee, schon wieder die Schule zu besuchen, kam mir plötzlich nicht mehr schlau vor. Ich war noch nicht so weit, mich wieder unter Schülern zu begeben. Ihre Blicke, ihre Fragen … Vielleicht sollte ich nach dieser Stunde einfach heimlich verschwinden? Meine Tante würde schon eine Antwort für das Sekretariat bereithaben, wenn ich in Zukunft nicht mehr in den Unterricht kam. *Reiß dich zusammen. Immerhin lenkt dich der Unterricht ab*, schalt ich mich. Die Lateinstunde hatte mir gezeigt, dass ich für einige Zeit meinen Erinnerungen entkommen konnte. Also schob ich den Gedanken wieder beiseite.

»So klein ist Österreich nun auch nicht«, bohrte er weiter.

Ich sah von meinen Unterlagen auf das Logo seines T-Shirts. »Aus Tirol. Seefeld liegt in der Nähe von Innsbruck«, antwortete ich leise und wagte einen Blick in sein Gesicht. Seine blassblauen Augen weiteten sich ein wenig.

»Ah, da war ich schon ein, zwei Mal Skifahren. Dein Akzent passt aber nicht wirklich …«

Ich zuckte ausweichend mit den Schultern und starrte an die Tafel. Da meine Eltern sich immer Hochdeutsch unterhalten hatten, da sie ursprünglich aus dem Norden Deutschlands stammten, war ich eher mit deutschem Akzent gesegnet als mit österreichischem.

Die die Lehrerin betrat den Raum. Sichtlich widerstrebend ging Tom zu seinem Platz, wandte sich aber während der Stunde häufig zu mir um. Die Lehrerin nickte mir zu, und begann nahtlos und ohne Begrüßung den Unterricht fortzuführen. Konzentriert schrieb ich alles mit und ignorierte die neugierigen Blicke, dir mir gelegentlich zugeworfen wurden.

Als es klingelte, kam Tom wieder an meinen Tisch. Breit grinsend, gleichzeitig wirkte er aber sehr neugierig. »Kommst du mit in die Cafeteria? Ich hab 'nen Mordshunger.«

»Ja«, murmelte ich, packte den Block und die Stifte ein und folgte ihm durch das dichte Gedränge in den Fluren. Eigentlich wollte ich nicht mit, aber was hätte ich antworten sollen? Nein, ich habe schon etwas vor?

Immer mehr Freunde von Tom gesellten sich zu uns und nahmen seine Aufmerksamkeit vollständig in Beschlag, sodass er mich anscheinend vergaß. Mir kam das sehr gelegen. Ich wollte keine Fragen beantworten, nicht schon wieder neugierig gemustert werden.

Als die Gruppe um eine Ecke bog, ging ich den Gang weiter und gelangte zur Eingangstür. Sonnenschein drang durch die breiten Fenster und lockte die meisten Schüler auf die Wiese, welche sich links neben dem Gebäude befand. Ich folgte einer gemischten Gruppe und bog zu einer kleinen Kieferngruppe ab, die sich am Rande der Wiese befand und unter der sich keine Schüler tummelten. Anscheinend war es ihnen dort zu schattig. Meine Füße versanken in weichem Moos, als ich zwischen die fünf einsamen Bäume trat, die ihre knorrigen Äste in den Himmel streckten. Es war still hier, abgesehen von gelegentlichen Diskussionen oder Gelächter, die der Wind mit sich trug. Erleichtert ließ ich mich an einem der schmalen Stämme hinabsinken und packte mein Pausenbrot und einen Apfel aus.

Fiona erwartete mich nach Schulschluss auf dem Parkplatz und winkte mir fröhlich zu, als sie mich entdeckte. Ich winkte nicht zurück, sondern zog nur einen Mundwinkel etwas höher.

»Wie war dein erster Tag?«, fragte sie überschwänglich und schob sich eine ergraute Haarsträhne, die ihrem Haarband entkommen war, hinters Ohr. Die Frau trug nie einen Zopf oder einen Knoten, nur Tücher bändigten ihre krause braune Mähne, in der hier und da graue Strähnen zu erkennen waren. Das waren die einzigen Anzeichen ihres Alters. Das runde Gesicht war frei von Falten, abgesehen von einigen Lachfältchen um Mund und Augen, und die braunen Augen funkelten immer wachsam.

»War in Ordnung.« Ich setzte mich auf den warmen Stoff des Sitzes und zog meine Tasche auf den Schoß. Das Auto wackelte ein wenig, als sie die Fahrertür zuzog. Während sie sich anschnallte, musterte sie mich aufmerksam. Wortlos startete sie aber den Motor und fuhr vom Parkplatz. Das Radio lief so leise, dass ich es kaum hörte.

»Bist du überall mitgekommen oder musst du viel nachholen?«

Ich lächelte ein wenig, weil sie sich wirklich Mühe gab, mein neues Leben mit mir zu teilen. »Der Stoff ist sehr ähnlich. Nur Chemie muss ich nachholen.«

»Ah, da kann ich dir sehr gerne behilflich sein.«

Verwundert blickte ich zu ihr. Sie trommelte fröhlich den Takt eines Liedes mit den Fingern auf dem Lenkrad nach, dann schaute sie kurz lächelnd zu mir, ehe sie sich wieder auf den Verkehr konzentrierte. »Ich war damals sehr gut in Chemie und so viel kann sich ja nicht geändert haben.«

Ich zog die Augenbrauen empor und blickte wieder nach draußen.

»Hast du schon jemanden kennengelernt?«

Ich unterdrückte ein Seufzen. »Einen Schüler, der Tom heißt. Ganz netter Junge«, fügte ich noch hinzu, ehe sie weiter fragen konnte.

»Das freut mich.«

Während der weiteren Fahrt versuchte sie noch mehr über meinen Schultag zu erfahren, ich antwortete wie meist nur einsilbig. Akzeptierte sie jemals, dass mir nicht nach Reden zumute war? Oder wollte sie mich durch die Fragen zum Reden bringen? Ich ließ den Gedanken fallen und starrte stattdessen den Bäumen nach, die an meinem Fenster vorbeizogen.

Sobald die Reifen auf dem Kies vor der Veranda zum Stehen kamen, stieß ich die Tür auf und wollte ins Haus flüchten, als sie mich jedoch zurückrief.

»Hilf mir mal bitte den Kofferraum zu leeren.«

Nur widerwillig stellte ich meine Tasche auf die Stufen und ging zurück zum Auto. Während wir einige Säcke mit Erde, einen großen Eimer und zwei große Körbe aus dem Kofferraum hievten, redete sie jedoch nur über ihr nächstes Gartenprojekt. Allerdings warf sie mir immer wieder Seitenblicke zu.

»Ich glaube, die Schule war doch nicht so gut für dich.« Verwundert hob ich den Blick von den Körben mit Lebensmitteln zu meinen Füßen.

»Du bist ganz blass.«

»Ich … Schule ist wichtig«, wich ich aus. Auch wenn ich vorhin selbst den gleichen Gedanken gehabt hatte – ich wollte kein Jahr wegen des Unfalls verstreichen lassen. Für meine Eltern nicht. Ihnen war meine Ausbildung wichtig gewesen. Ein Stich zuckte durch meine Brust und ein Kloß bildete sich in meinem Hals, vehement griff ich jedoch nach den Körben und hob sie hoch.

Fiona legte ihre Hand auf meine und obwohl ich sie nicht ansehen wollte, hob ich den Blick.

»Lucy … deine Eltern hätten sicher nichts dagegen.«

Das Gefühl in meinem Hals wurde so stark, dass ich glaubte, nie wieder etwas schlucken zu können.

»Ich bin stolz auf dich, dass du so stark bist. Doch Gefühle können einen seelisch schwer verletzen.«

»Deswegen bin ich in Behandlung.« Ehe sie weiterreden konnte, eilte ich mit den Einkäufen ins Haus. Das Auspacken überließ ich meiner Tante. Ich wollte nur noch Ruhe. Für mich sein. Und den Schmerz zurück in seinen Käfig aus Taubheit sperren.

Auf dem Korbsessel in meinem Zimmer lungerte Amadeus, der jedoch knurrend aufsprang, als ich den Raum betrat, und mit erhobenem, gesträubtem Schwanz hinausstolzierte. Ich schloss die Tür hinter ihm, froh darüber, dass er fort war. Mir behagte der Kater nicht. Er kam mir seltsam, fast unheimlich vor. Besonders wenn er mich lange mit seinen dunkelgrünen Augen anstarrte, als sähe er direkt in mich hinein und war nicht zufrieden mit dem, was er erkannte.

»Lucy? Wenn du weiterhin so wenig isst, muss ich dich zwangsernähren«, schimpfte meine Tante, als ich wieder nur mit der Gabel in meinen Kartoffeln und einem kleinen Stück Fisch stocherte. Was sollte ich machen? Ich hatte keinen Hunger, und wenn ich zu viel aß, wurde mir nur wieder schlecht. Mit verzogener Miene spießte ich eine Kartoffel auf und schob sie unwillig in den Mund.

»Wenn es dir nicht schmeckt, sag es einfach. Dann koche ich etwas anderes.«

»Es schmeckt«, murmelte ich, stocherte aber doch nur wieder mit der Gabel in dem Gemüse.

»Ich schaue mir das trotzdem nicht länger an!« Aufgebracht sprang sie vom Stuhl hoch, stürmte auf einen ihrer Schränke über der Küchenzeile zu, kramte eine Weile in diesem und kam mit einer Tinktur zu mir zurück. Sie träufelte einige Tropfen in meinen Apfelsaft und lehnte sich anschließend mit verschränkten Armen und einem herausfordernden Blitzen in den Augen zurück. Ich sah misstrauisch auf mein Glas und schob es von mir. Es war schon schlimm genug, dass ich meistens nicht wusste, was im Essen enthalten war. Vielleicht tat sie mir da auch etwas hinein? Bei dem Gedanken schob ich auch den Teller endgültig von mir und schwor mir, nur noch in der Schule zu essen. Oder verpackte Dinge.

»Das ist wirklich nichts Schlimmes, meine Liebe. Nur ein Pflanzenmittel.«

Ich ignorierte das Essen und meinen Saft aber weiterhin. Auch wenn sie es bestimmt gut meinte, traute ich ihr nicht. Ich kannte sie erst seit wenigen Wochen wirklich, ihre Medizin jedoch überhaupt nicht.

»Bitte probiere es wenigstens.« Sie sah mich flehend an.

Ich musterte meinen Saft, dann das Fläschchen mit dem Tonikum. »Was bewirkt es?«

»Es ist nur ein appetitanregendes Mittel«, seufzte sie erleichtert, als sie den nachgiebigen Ton in meiner Stimme hörte. Zögernd griff ich nach dem Glas. Der Saft roch weiterhin nach Apfelsaft. Allerdings meinte ich eine erdige Note wahrzunehmen. Ich setzte das Glas an die Lippen, schloss die Augen und trank den Saft in einem Zug aus. Entgegen meiner Erwartung schmeckte ich nichts von ihrem Tonikum, dafür merkte ich nach wenigen Minuten ein nagendes Hungergefühl im Magen. Erschrocken legte ich die Hände auf den Bauch und starrte meine Tante mit weit aufgerissen Augen an. Hatte sie mich jetzt doch vergiftet oder woher kam das unangenehme Gefühl, das sogar den immer anwesenden Druck in meinem Magen verdrängte. »Fiona?«

»Ups, da habe ich die Dosierung wohl falsch eingeschätzt. Du scheinst einen sehr schnellen Stoffwechsel zu haben«, entgegnete sie nachdenklich, ohne wirklich auf mich zu achten. Sie warf mir einen prüfenden Blick zu, zuckte dann aber mit den Schultern und schob mir meinen Teller zu, auf den sie noch ein paar Kartoffeln und etwas Fisch tat. »Iss. Dann verschwindet das Gefühl sehr schnell wieder.«

Skeptisch beäugte ich erst sie, dann das Essen und wagte mich schließlich an die für mich große Portion, die ich tatsächlich ganz aufaß. Das unheimliche Gefühl in meinem Magen schwand einer angenehmen Wärme und ich fühlte mich seit Langem entspannter. Vielleicht sollte ich ihre Medizin häufiger nehmen. Einfach, um etwas anderes als die Taubheit oder die Leere zu fühlen.

»Besser?«

Ich nickte dankbar und schenkte mir Saft nach. »Das gibst du mir aber nicht heimlich, oder?«

»Nein«, beschwichtigte sie mich mit einem Lächeln, stand dann auf und ging aus dem Raum. Ich hörte eine Tür quietschen, dann kam sie schon mit einem kleinen Päckchen zu mir zurück. Ich musterte das hellgrüne Papier, um das ein orangenes Stoffband gebunden war.

»Das ist für dich.«

Ich nahm ihr das buchgroße Ding ab und riss das Papier herunter – früher hätte ich es sorgfältig entkleidet, damit man das Geschenkpapier wieder benutzen konnte. Zum Vorschein kam ein blaues und relativ dickes Büchlein, auf dessen Buchdeckel ein Symbol geprägt war. Ich berührte es mit dem Zeigefinger. Es fühlte sich kalt an, fast wie Eis. Die Kälte wanderte bis in meine Hand, die leicht zu kribbeln begann. Unbehaglich zog ich sie zurück und bewegte die Finger, damit das Gefühl verschwand. *Dass ist nur das Material*, beruhigte ich mich.

»Was soll ich hiermit?« Fragend durchblätterte ich es, da ich aber nichts finden konnte, weder einen Eintrag noch die kleinste Notiz, legte ich es auf meinen Schoß und sah verwirrt zu meiner Tante.

»Es ist ein Tagebuch. Da du weder mit mir noch mit der Therapeutin reden möchtest, dachte ich, dass du, wenn du magst, einfach alles aufschreibst. Das wirkt immerhin auch therapierend.«

Nachdenklich musterte ich das Buch in meiner Hand. Jeder konnte in ihm lesen. Es gab keinen Schutz durch ein Schloss oder einen anderen Schließmechanismus. Fiona schien meine Gedanken zu erahnen, denn sie reichte mir einen platten, hölzernen Gegenstand. Seine Form erinnerte mich an ein Pentagramm. Auch in ihm waren mir unbekannte Symbole geprägt. Als meine Finger das Holz berührten, zuckte ich zurück. Es fühlte sich wie das Zeichen auf dem Buch nicht so an, wie es sollte.

»Was ist los?« Fiona sah mich fragend an, dann änderte sich ihre Miene plötzlich. Ich glaubte, Staunen in ihrem Blick zu erkennen. Aber nur für einen Augenblick, ehe sie mich wieder fragend musterte.

»Nichts«, entgegnete ich schnell und zwang mich, den Schlüssel wieder anzufassen. Dieses Mal war ich darauf vorbereitet, dass sich das Holz eigenartig kühl anfühlte. Eher wie Metall. Lebendiges Metall. Ich drängte das Gefühl beiseite, wobei mir fast entging, dass die schwarzen Symbole kurz hell aufleuchteten. Das hatte ich mir bestimmt nur eingebildet …

»Das ist ein Schlüssel zu einem kleinen Schrank, den ich dir schon in dein Zimmer gebracht habe. Du kannst dort alles lagern, was keiner sehen soll«, erklärte meine Tante, die mich immer noch aufmerksam beobachtete.

»Äh, danke«, antwortete ich schnell und steckte den Schlüssel in meine Hosentasche, in der Hoffnung, die unwirklichen Gefühle und den Moment auf diese Weise ebenfalls verschwinden zu lassen. Manchmal war meine Tante wirklich mehr als seltsam ...

Zusammen räumten wir den Tisch ab und während Fiona mit abspülen beschäftigt war, schlich ich die knarzende Wendeltreppe ins Obergeschoss, um in meinem Zimmer nach dem Schränkchen zu suchen. Ich entdeckte es unter meinem Schreibtisch. Es war schmucklos und gegen meine Erwartung glich es eher einem größeren Holzbock beziehungsweise einer Truhe als dem, was ich mir unter einem Schrank vorstellte. Zögerlich griff ich nach dem Schlüssel in meiner Tasche. Ob noch weitere seltsame Dinge passierten, wenn ich den Schrank öffnete? *Sie wird dir nichts Gefährliches gegeben haben,* ermutigte ich mich selbst und hob den Arm. Sobald ich den Schlüssel in die passende Einfräsung drückte, sprang der Deckel auf.

Weiter geschah nichts.

Ich kräuselte die Lippen zu einem erleichterten Schmunzeln. »Du interpretierst zu viel in die Sache hinein«, murmelte ich leise und hob energisch den schmucklosen Deckel an, damit ich ins Innere blicken konnte. Neben dem Buch konnte ich noch einige andere Dinge verstauen, für größere Gegenstände reichte der Platz allerdings nicht.

Ich schloss den Deckel wieder, versteckte den Schlüssel in einem meiner Bücher und setzte mich mit Fionas Geschenk in der Hand in den Korbsessel. Für das Bücherregal, dass mir gegenüber stand und über und über mit Pflanzen vollgestellt war, hatte ich kein Auge. Ebenso wenig für die Bücher in ihm. Mein Blick wurde von dem Zeichen auf meinem Tagebuch gefangen genommen. Es ähnelte einem Dreieck, dass aus drei Bögen gebildet wurde. Ich hatte es schon einmal im Internet gesehen. Auf einer Seite für Symbole. Aber was es darstelle, daran erinnerte ich mich nicht. Langsam fuhr ich mit dem Zeigefinger über die Bögen. Sie fühlten sich immer noch kalt an. Erst jetzt fielen mir die kleinen Zeichen auf jedem der drei Bögen auf. Ich hob das Buch näher an mein Gesicht.

»Griechische Buchstaben?« Meine Worte verhallten leise an den Dachschrägen. Ich strich mit dem Finger über das Wort, das auf dem linken Bogen stand. Es war warm. Richtig warm. Beinahe heiß. Sofort zog ich die Hand zurück.

»Was hast du mir hier nur geschenkt?«, fragte ich leise, wobei ich das Buch in das Regal vor mir legte. Ein Tagebuch, das anscheinend mehr war als das. Dann der Trank zum Mittag. *Gendar* ..., zählte ich in Gedanken weiter auf. Wer besaß schon so eine Pflanze? Verwirrt, aber auch leicht besorgt betrachtete ich das Buch. Verheimlichte sie mir etwas über sich?

»Hilfst du mir bitte im Garten?«, rief meine Tante plötzlich.

Ertappt zuckte ich zusammen und schob die Gedanken vorerst beiseite.

»Komme schon.« Mit einem letzten Blick auf das Buch verließ ich mein Zimmer

∘ ∘ ∘

Es klingelte zur Mittagspause. Ich hatte meine Freistunde wie meist lesend in einem Innenhof verbracht, den ich vor einer Woche entdeckt hatte. Hierher verirrte sich kaum jemand. Vielleicht auch, weil es meist dämmrig war, da durch das ausladende Blätterdach der Eiche kaum ein Sonnenstrahl den Boden berührte.

Blinzelnd hob ich den Kopf und schaute direkt in Toms Gesicht, neben dem ein pummeliges Mädchen mit einem freundlichen runden Gesicht und einer Stupsnase stand.

»Das ist Julia. Ich weiß nicht, ob du sie schon kennengelernt hast?«

»Nein, Tom. Aber da du mir schon so viel von ihr erzählt hast, kommt es mir so vor, als würde ich sie schon kennen«, antwortete sie mit heller Stimme, ehe ich reagieren konnte.

Ich blickte verwirrt zu Tom. Er sah mich entschuldigend an, wobei er leicht die Schultern hob.

»Hi«, wandte Julia sich kichernd mir zu, der unser Austausch nicht entgangen war. »Schön dich endlich kennenzulernen, Luciane.«

»Gleichfalls«, erwiderte ich zurückhaltend, aber mit einem angedeuteten Lächeln. Julia sprühte vor Energie und Sonnenschein, was auf mich abfärbte. Toms Magen knurrte laut und ich grinste endgültig. Er hatte eigentlich immer Hunger.

»Kommst du mit essen?«, fragte er überflüssigerweise und wandte sich schon sehnsüchtig der Tür zu.

Unschlüssig blickte ich auf das Buch in meinem Schoß, schlug es dann aber zu. Ich hatte einmal wirklich Hunger und seit ich Fionas Medizin nahm, wollte ich wieder das Leben spüren. Im Gegensatz zu den Tabletten meiner Therapeutin schafften es die Kräuter meiner Tante, den Schmerz in meinem Herz zu lindern. Selbst die Taubheit, die meine Gefühle und Gedanken seit dem Unfall überschattet hatte, hatte fast vollkommen nachgelassen.

Vielleicht habe ich hier eine Chance, richtige Freunde zu finden. Bei dem Gedanken wurde mein Magen schwer. In Österreich war ich meist die Außenseiterin gewesen. Weshalb, hatte ich jedoch nie herausgefunden. Irgendwie hatte ich nicht dorthin gepasst, obwohl ich ohne Problem mit österreichischem Akzent sprechen konnte und meine Eltern keine überzeugten Ökos gewesen waren, wie Fiona einer zu sein schien.

Ich nickte, wobei ich das Buch in meine lederne Umhängetasche steckte, und stand auf. »Nenn mich bitte Lucy«, sagte ich zu Julia, als wir in das Gebäude traten.

»Okay.« Vergnügt hüpfte sie voran, sodass ihre dunkelblonden Haare auf und ab wippten.

Wir drängelten uns an der Schlange Wartender vor der Essenausgabe vorbei und setzten uns an einen Tisch, an dem eigentlich kein Platz mehr war.

»Passt du kurz auf meine Tasche auf, Lucy?«, fragte Julia und eilte schon davon, ohne auf meine Antwort zu warten.

Schmunzelnd schob ich ihr hellblaues Ungetüm unter meinen Stuhl und musterte aus den Augenwinkeln die anderen am Tisch. Sie unterhielten sich angeregt und achteten nicht weiter auf mich. Nach zwei Wochen war das Interesse an mir anscheinend verflogen, worüber ich dankbar war. So konnte ich ungestört bleiben und sie unauffällig beobachten.

»So, da bin ich wieder. Ich habe dir auch was mitgebracht. Ich hoffe, du magst Salat?«

»Ja, danke.« Überrascht nahm ich ihr die Plastikbox ab.

Grinsend reichte sie mir noch eine Gabel und plumpste neben mir auf den Stuhl, wobei sie mit leuchtenden Augen den Apfelstrudel vor sich fixierte.

Da Tom sie sofort in ein Gespräch verwickelte, aß ich geistesabwesend den Salat, als ich einen bohrenden Blick auf mir spürte. Irritiert hob ich den Kopf. Zwei dunkel schimmernde Augen musterten mich intensiv. Sofort senkte ich den Blick auf meinen Salat. Mein Herz pochte schneller in meiner Brust. Meine Neugier gewann jedoch über meine Verlegenheit. Verstohlen musterte ich den Jungen, als er mit seinem Nachbarn scherzte. Ich war nicht das erste Mal in der Cafeteria, dennoch war er mir bisher nicht aufgefallen. Und das, obwohl seine kurzen rotblonden Haare, die im Licht golden schimmerten, deutlich aus der Menge hervorstachen. Wie seine Augen. Dieses Grünblau, das türkis schimmerte, hatte ich noch nie gesehen. Erneut begegneten sich unsere Blicke und wieder sah ich schnell weg. Die Haut auf meinen Armen kribbelte auf einmal und ich musste mächtig den Drang widerstehen, nicht über meine nackten Arme zu reiben. Ausweichend zupfte ich am Ärmel meines legeren T-Shirts.

»Lucy? Alles ok?«

Ich zuckte zusammen und blinzelte Julia verwirrt an. Sie musterte mich besorgt.

»Äh, ja«, antwortete ich abwesend. Ohne es zu wollen, sah ich wieder zu dem Jungen. Das unangenehme Gefühl auf meiner

Haut vertiefte sich und verschwand dann plötzlich. *Das bildest du dir nur ein*, beschwichtigte ich mich und setzte mich gerade auf, als mir bewusst wurde, dass ich zusammengesackt war. So saß ich halb verborgen hinter Toms schlaksiger Gestalt und Julias Lockenkopf.

»Das ist Aaron. Ich hab ihn dir vor ein paar Tagen vorgestellt«, stellte Tom leicht erheitert fest, als er Julias Blickrichtung gefolgt war. Sie sah ebenfalls zu Aaron, mit leicht verklärtem Gesichtsausdruck.

Ich stocherte ertappt mit meiner Gabel im restlichen Salat. »Da war ich wohl nicht ganz anwesend gewesen …«

»Das war Tom zu Beginn hier auch nicht. Genauso wie die Wochen danach. Eigentlich bis heute«, sagte ein anderer Junge mit dunkelbraunen Haaren und beinahe schwarzen Augen, die vorwitzig funkelten. Wie Aaron war er mir bisher auch noch nicht aufgefallen und das, obwohl beide zu Toms Freundeskreis zu zählen schienen.

»Hat dir schon mal jemand gesagt, dass du ganz schön fies sein kannst, Leander?«, entgegnete Tom angefressen. Mit zusammengepressten Lippen fuchtelte er mit der Gabel vor Leander herum.

»Da hat er aber recht, Tom«, mischte sich Julia ein, jetzt wieder ganz bei uns. »Aber du bist ja auch nicht besser, Leander. Immer nur Sport und Weiber im Kopf!«

»Na besser als nur Bücher«, feixte er und knuffte Julia in den Arm.

»Ihr benehmt euch wie ein altes Ehepaar«, murmelte Tom und spießte eine Pommes frites auf.

»Sind wir ja auch … irgendwie«, entgegnete Julia ernst, woraufhin sie und Leander losprusteten. Ich beachtete die beiden nur noch am Rande, da ich Aaron immer wieder aus den Augenwinkeln musterte. Er sah nicht mehr zu mir, worüber ich froh war. Ich kannte ihn nicht und dennoch hatte ich ein ungutes Gefühl.

Das Klingeln der Schulglocke lenkte mich ab und zusammen mit den anderen verließ ich die Cafeteria. Tom und Julia winkten mir zum Abschied und liefen den Korridor weiter, während ich die angelehnte Tür zum Musikraum öffnete. Wahllos standen Einzeltische in diesem herum. Am Kopf des Raumes befand sich eine kleine Bühne, vor der ein Steinway Flügel stand. Im hinteren Bereich befanden sich mehrere Schränke. Einige Plätze waren bereits besetzt, jedoch von niemandem, den ich kannte. Ich zog mir einen Tisch an eines der geöffneten Fenster und sah gedankenverloren nach draußen in den trüben Tag.

Schnell füllte sich der Raum, still wurde es aber erst, als der Lehrer eintrat. »So, meine Damen, Zettel weg und Ohren gespitzt!«

Verdutzt sah ich ihn an. Er schien absichtlich die wenigen männlichen Personen im Raum übersehen zu haben. Schon erklangen Akkorde, die wir benennen sollten. Da ich das noch nie gemacht hatte, saß ich angespannt auf meinem Stuhl und hoffte, dass er mich nicht fragte. Als er die Finger vom Piano nahm, atmete ich erleichtert auf.

»Sehr schön. Wir machen bei der letzten Passage aus der Zauberflöte weiter. Wie in den vergangenen Stunden werde ich das Stück erst abspielen, damit ihr einen Höreindruck bekommt. Anschließend führt ihr bitte die Analyse durch.«

Das Rascheln von Mappen und Zetteln mischte sich mit dem Lärm von der Straße. Ein Auto hupte, dann dröhnte der Motor auf. Ich ignorierte die Geräusche, zu vertieft in meinen Ordner, den ich immer hektischer durchwühlte … wie anschließend meinen Block. Ich biss meine Zähne immer fester zusammen. Ich hatte meine Noten nicht dabei.

Unbehaglich lugte ich zu meinen Nachbarn.; einem kleinen Mädchen, das gerade ihre Blätter sortierte, und einem gelangweilten Jungen, der unter dem Tisch mit seinem Handy spielte. Beide wollte ich nur ungern fragen, ob ich bei ihnen mit hineinsehen konnte. Ich sah wieder zu unserem Lehrer. Er war mit dem CD-Spieler beschäftigt und drückte gerade auf einen Klopf. Ich atmete tief durch und drehte mich zu dem Mädchen neben mir.

»Hast du die Noten vergessen?«, fragte sie, ehe ich den Mund geöffnet hatte. Sie lächelte mich freundlich an.

»Ja«, antwortete ich verlegen und zwang mich, nicht auf meinem Stuhl hin und her zu rutschen.

»Du kannst gern bei mir mitlesen. Hier …« Sie schob die Noten in Richtung der Tischkante, jedoch zu enthusiastisch, denn die Blätter segelten zu Boden. »Oh nein! Entschuldige.« Zerknirscht bückte sie sich, wobei ihr die kurzen schwarzen Haare ins Gesicht fielen.

»Das passiert mir auch häufig«, gestand ich, nun ebenfalls lächelnd, und half ihr, die Notenblätter aufzusammeln. Eine Hand erschien in meinem Blickfeld, die mir ein paar verirrte Blätter reichte.

»Danke«, sagte ich, ohne aufzusehen, wer sie mir gereicht hatte. Plötzlich begann meine Haut wieder zu prickeln. Erschrocken zuckte ich zusammen und knallte mit dem Kopf an die Tischkante.

»Alles in Ordnung?«, fragte eine männliche Stimme.

»Geht schon.« Mit tränenden Augen rieb ich mir den Hinterkopf. Mehrmals blinzelnd hob ich den Blick und sah geradewegs in türkisfarbene Augen. Das Kribbeln wurde so stark, dass ich nicht anders konnte, als mir die Arme zu reiben. Dabei wich ich ein wenig vor ihm zurück. Mein Gefühl sagte mir, dass etwas an ihm anders war. Aber konnte ich meinem Gefühl wirklich trauen? Aaron zog leicht die Augenbrauen zusammen und setzte sich wieder an seinen Tisch, der nicht weit von mir entfernt stand.

»Herr Zanin guckt schon so komisch«, riss mich das Mädchen aus den Gedanken.

Hastig stand ich auf, legte die Noten auf ihren Tisch und setzte mich mit noch leicht pochenden Kopf auf meinen Stuhl. Wir sortierten schnell die Blätter und gemeinsam verfolgten wir dann die Partitur.

»Ich heiße übrigens Alina«, sagte sie, nachdem das Stück geendet hatte und wir die Noten zu analysieren begannen.

Ich umkreiste ein eingestrichenes H und sah dann zu ihr auf. »Lucy«, antwortete ich lächelnd. Ich kannte sie kaum und trotzdem war sie mir sofort sympathisch.

Sobald ich das Klassenzimmer verließ, verlangsamte sich mein Herzschlag und meine Schultern sanken nach unten. Irritiert rieb ich mir über die Arme. Aber nicht, weil meine Haut wieder kribbelte. War Aarons Anwesenheit für meine Anspannung verantwortlich gewesen? Und wenn ja, warum? Ich hatte mich bisher nie vor Jungs gefürchtet und er sah überhaupt nicht wie der klassische Schlägertyp aus. Groß ja, breite Schultern auch, aber er hatte nicht dieses harte Gesicht, welches beinahe typisch bei diesen Kerlen war.

»Was hast du jetzt?«, fragte Alina neben mir. Ich drehte mich zu ihr um, wobei ich den Gurt meiner Tasche festhalten musste, damit er nicht von meiner Schulter rutschte. »Chemie.«

Sie sah mich fast überrascht an. Was ich auch getan hätte. Ich konnte immer noch nicht glauben, dass ich dieses Fach belegte.

»Das ist nichts für mich. Dann sehen wir uns morgen vielleicht wieder?«

»Vielleicht, bis dann.«

Sie winkte mir zum Abschied und hüpfte den Gang entlang, während ich schmunzelnd über ihre Fortbewegung in den Korridor zum Wissenschaftstrakt abbog und prompt in jemanden hineinlief. »'Tschuldigung«, murmelte ich verdattert und trat einen Schritt zurück, als sich auf meinen Armen ein nur allzu bekanntes Gefühl ausbreitete. Ich widerstand dem Drang zusammenzuzucken und vergrößerte stattdessen den Abstand zwischen Aaron und mir.

»Achte besser auf den Weg, sonst stolperst du noch«, bemerkte er freundlich, wobei er mich jedoch sehr genau musterte. Mir schoss die Röte in die Wangen. Wo ich früher Paroli geboten hätte, eilte ich jetzt stumm weiter. Mir ging es besser, aber ob ich jemals wieder meine alte Kampfeslust bekommen würde, würden die nächsten Wochen zeigen.

Zusammen mit den anderen Schülern betrat ich den Chemieraum, setzte mich ganz nach hinten und starrte stur geradeaus auf den Lehrer, der an seinem Kachelpult lehnte und uns nicht sehr freundlich ansah.

»Da ihr in der vergangenen Stunde bei der Nomenklatur der organischen Substanzen so kläglich versagt habt, werden wir uns heute ausschließlich diesem Thema widmen.« Der Mann musterte jeden Einzelnen von uns finster, wandte sich ruckartig der Tafel zu und schrieb verschiedene Regeln zur Benennung von chemischen Substanzen auf. Ich konzentrierte mich ausschließlich auf mein Blatt, da ich Angst hatte, dass der Lehrer mich plötzlich und unaufgefordert drannehmen könnte.

Zum Ende der Doppelstunde hatten wir alle mit einigen Schwierigkeiten die komplizierten Formeln, die er an die Tafel gezeichnet hatte, benennen können. Anscheinend zu seiner Zufriedenheit, denn er wirkte nicht mehr bärbeißig wie zum Beginn der Stunde.

»Nächste Stunde werden wir dann ein paar Versuche durchführen. Bereitet euch bitte auf das Thema vor und seht euch die Sicherheitshinweise an. Ich werde jeden von euch vor dem Versuch prüfen. Wer sich nicht mit den Gefahren der Chemikalien vertraut gemacht hat, wird für die Dauer des Versuches auf seinen Platz verwiesen.« Er teilte Zettel aus, auf denen mehrere Versuchsanordnungen beschrieben waren. Seufzend steckte ich diese ein und verließ den Raum.

Auf den Gängen herrschte schon gähnende Leere, da die meisten Schüler nach der sechsten Stunde gegangen waren – egal, ob sie danach noch zwei weitere hatten.

Eine frische Brise wehte meinen Pferdeschwanz gegen meinen Nacken, als ich aus dem Gebäude trat. Die Wolken verdeckten immer noch die Sonne, sodass es recht kühl war. Ich schob den Träger meiner Tasche höher auf meine Schulter und eilte auf die Bushaltestelle zu. Aus den Augenwinkeln bemerkte ich jemanden, der mir folgte. Sobald ich aber den Kopf in dessen Richtung drehte, ging die Person weiter. Die Haare in meinem Nacken stellten sich auf, ohne dass ich ihn überhaupt sah. Als ich die Bushaltestelle erreichte, blieb ich mit dem Rücken zu Aaron stehen und blickte auf die Straße, in der Hoffnung, dass er weitergehen würde. Was wollte er von mir? In den vergangenen beiden Wochen war ich für ihn nicht interessant gewesen. *Oder habe ich es nur nicht mitbekommen?* Unbehaglich schob ich den Gedanken beiseite.

»Hallo, Lucy.«

»Was willst du von mir?«, fragte ich unwirsch, ohne mich ihm zuzuwenden und starrte auf die Bäume gegenüber der Bushaltestelle. Dieses Mal blieb das Kribbeln aus, worüber ich froh war. Mir war so schon unbehaglich genug zumute. Langsam wünschte ich mir wieder die Taubheit zurück. Nichts zu fühlen hatte manchmal wirklich seine Vorteile.

»Wir hatten zufällig denselben Weg«, antwortete er. Ich hörte deutlich in seinem Tonfall, dass er amüsiert war.

Schnaubend und mit erhobenen Augenbrauen drehte ich mich doch zu ihm um. »Du fährst Bus?« Er kam mir eher wie der typische Autofahrer vor.

»Fast meine Richtung«, lenkte er schmunzelnd ein. Seine Mundwinkel hoben sich noch weiter und er veränderte ein wenig seine Position, sodass er frontal zu mir stand. Er schien sich seiner Wirkung auf Mädchen sehr bewusst zu sein. Auf mich wirkte es jedoch bedrohlich.

»Du hast meine Frage nicht beantwortet«, hakte ich unruhig nach und blickte auf die Straße, aber der Bus kam immer noch nicht. Angespannt schob ich mich ein wenig an dem Gitter entlang, das den Schulhof von der Straße trennte. Aaron folgte mir, behielt jetzt aber einen größeren Abstand als zu Beginn unseres Gespräches bei.

»Ich bin neugierig. Immerhin kommen nicht viele Fremde hierher. Es geht das Gerücht um, dass du aus Österreich stammst.«

Mein Magen verkrampfte sich bei der Nennung meiner alten Heimat. Ich drehte ihm endgültig den Rücken zu, eingehend auf die Straße blickend.

»Weichst du mir etwa aus?« Er klang schon wieder amüsiert. »Bisher ist niemand vor mir geflohen oder sah mich ängstlich an.«

Ich reagierte nicht. Mein Mund fühlte sich vollkommen trocken an, meine Hände verschwitzt. Warum ging er nicht einfach, wenn er schon festgestellt hat, dass ich mich nicht mit ihm unterhalten wollte?

Der erlösende Bus rollte endlich um die Ecke und hielt vor mir. Erleichtert atmete ich aus und eilte zur Tür.

Der Trampelpfad zum Haus meiner Tante kam mir Ewigkeiten lang vor, trotz Fahrrad. Als ich dann endlich ankam, ließ ich erschöpft die Umhängetasche auf die unterste Stufe der Wendeltreppe fallen und sackte am Küchentisch zusammen.

»Du siehst aber geschafft aus«, stellte Fiona überflüssigerweise fest und sah mich besorgt an.

Ich setzte mich ein wenig auf. »Der Weg ist doch ziemlich weit«, antwortete ich, wobei das nur die halbe Wahrheit war.

»Ich kann dich gerne von der Schule abholen.«

»Schon gut. Ich bin nur müde.«

Sie sah mich jedoch nicht überzeugt an. Was ich ihr nicht verübeln konnte. Trotz der wenigen Wochen, die ich nun bei ihr lebte, konnte sie mich schon sehr gut lesen. Ich hatte immer noch das unangenehme Gefühl, Aaron in meiner unmittelbarer Nähe zu haben. Warum klebte diese Empfindung nur so hartnäckig an mir?

Fiona schob mir mit noch leicht gerunzelter Stirn einen Teller entgegen und werkelte dann weiter in einem auf dem Herd stehenden Topf. Dass ich den Teller von mir schob, schien sie allerdings zu bemerken, denn sie drehte sich mit besorgtem Gesicht wieder zu mir um. »Hast du keinen Hunger?«

»Ich hab in der Schule gegessen.« Was auch stimmte. Es war zwar nur ein Salat gewesen, aber ich wartete lieber bis zum Abendessen, um der Gemüsesuppe aus dem Weg gehen. Sie zog die Augenbrauen empor, sagte aber nichts dazu.

Nach dem Deutschunterricht wanderte ich geistesabwesend zu der kleinen Sporthalle neben dem Schulgebäude, vertieft in eine der Betriebsanweisungen der Chemikalien, die ich am nächsten Tag für die Versuche benötigte. Die Halle war nur ein kleines Gebäude mit einem flachen Dach und stand ein wenig abseits von der Schule. Die Blätter einer alten Eiche raschelten in der warmen Brise und meine Füße trugen mich automatisch in die Richtung des Baumes, der nicht weit von der Halle entfernt stand.

»Fleißig am Lernen?«, fragte eine mir wohlbekannte Stimme. Erschrocken blickte ich von dem Blatt Papier zu Aaron auf. »Was machst du hier?«

»Ich habe Sport. Volleyball. Wie du«

Er war in meinem Kurs? Das war mir in der einzigen Stunde, die ich bisher gehabt hatte, nicht aufgefallen. »Hmm«, murmelte ich schließlich als Antwort und blätterte zum nächsten Zettel, ohne den Versuch darauf wirklich zu sehen. Das Kribbeln hatte wieder begonnen, jedoch nicht so stark wie am Tag zuvor. Fast so, als gewöhnte ich mich langsam an Aarons Gegenwart. Er kam weiter auf mich zu und steigerte damit mein Unbehagen. Ich wich ich einige Schritte zurück und stellte mich unter den Baum. Der Stamm gab mir erstaunlicherweise Halt und beruhigte meinen Herzschlag.

»Brauchst du Hilfe, um den alten Stoff aufzuholen?«

»Dabei kannst du mir bestimmt nicht helfen«, entgegnete ich. Er wollte mich doch bestimmt auf den Arm nehmen? Chemie war garantiert nichts für ihn – Das war ein Fach für Nerds.

»Wir sind im selben Kurs, falls dir das bisher entgangen ist.«

Ich starrte ihn verdutzt an, dann wurde ich mir seiner vollen Präsenz und Nähe bewusst. Das Licht, das durch das Blätterdach über uns fiel, ließ seine Haare eher goldblond als rot leuchten, auch seine leicht gebräunte Haut wirkte heller. Er war einen knappen Kopf größer als ich und trotz seiner eher schlanken Statur kam er mir gerade riesig vor. Sofort wich ich einen weiteren Schritt zurück und brachte den Baum zwischen uns.

»Nein, danke«, antwortete ich letztendlich auf seine Frage und blickte mich um, fand aber nirgends Schüler, zu denen ich hätte flüchten können.

»Warum fliehst du vor mir?« Er wirkte ehrlich interessiert und gleichzeitig verwundert. Ich musterte ihn flüchtig und dann wieder den Eingang der Sporthalle. Ich konnte ihm ja schlecht sagen, dass meine Haut in seiner Anwesenheit zu kribbeln begann und er mir seltsam vor kam. Das würde er mir nicht glauben und klang total bescheuert. Ich fand es ja selbst merkwürdig – bisher war er freundlich zu mir gewesen und sämtliche Mädchen machten ihm schöne Augen. Es gab aber auch einen wirklichen Grund, weshalb ich ihm aus dem Weg ging: Irgendwann würde er Fragen stellen, die ich nicht beantworten wollte.

Er musterte mich jetzt eingehend. Da ich nicht antwortete, redete er weiter. »Du scheinst schüchtern zu sein.«

Wenn er es so deuten wollte, hatte ich nichts dagegen. Stumm nickte ich.

»Ich würde dir wirklich gerne helfen.«

Ich hob unruhig die Augenbrauen. »Warum?«

»Warum nicht? Ich wurde höflich erzogen und keiner scheint dir das bisher angeboten zu haben.«

Skeptisch musterte ich ihn. »Bisher komme ich gut zurecht. Danke.« Ich schulterte meine Tasche, die mir von der Schulter zu rutschen drohte, und eilte auf den Halleneingang zu, in dem ein Lehrer erschienen war.

»Du hast es ja eilig.«

Ohne darauf einzugehen, hastete ich in die Damenumkleide.

Als ich nach dem Duschen aus der Umkleide trat, kam mir Aaron mit lässig über der Schulter hängender Sporttasche entgegen. »Du hast aber lang gebraucht.«

Verwirrt hob ich eine Augenbraue und stapfte an ihm vorbei zur Bushaltestelle. »Du hättest ja nicht warten müssen.«

»Stimmt, habe ich aber. Darf ich dich nach Hause fahren?«

Ich blieb stehen, drehte mich um und musterte ihn skeptisch. Schon wieder. Das wurde anscheinend langsam zur Angewohnheit.

»Wieso willst du das?«

»Damit ich die Gelegenheit erhalte, etwas über das schöne Österreich zu erfahren. Hier bist du ja nicht sonderlich gesprächig.«

Mir stockte der Atem und mein Herzschlag beschleunigte sich schmerzhaft. Ich redete mit niemandem über meine Heimat. Es weckte nur schmerzhafte Erinnerungen, die selbst Fionas Wundermittel nicht vertreiben konnten.

Ich eilte weiter auf die Bushaltestelle zu und versuchte ihn zu ignorieren. Er folgte mir jedoch beharrlich. »Was willst du von mir? Hier gibt es genug andere Mädchen, nerv die!« Wütend ließ ich meine Tasche zu Boden gleiten und verschränkte die Arme vor der Brust.

»Ich möchte mehr über dich erfahren. Die anderen kenne ich bereits.«

»Ich bin langweilig«, brummte ich und blickte auf meine verblichenen, weinroten Chucks, die an der Sohle schon fast auseinanderfielen.

»Das meinst du …«

Eine geschlagene Viertelstunde standen wir schweigend nebeneinander, bis ich resigniert feststellte, dass ich durch das lange Duschen den Bus verpasst hatte. Der nächste kam erst in einer Stunde.

»Mein Angebot steht immer noch«, bemerkte Aaron und sah mich freundlich an. Ich blickte ein letztes Mal auf die Straßen, dann schulterte ich seufzend meine Tasche und folgte ihm auf den Parkplatz neben der Schule, wo er auf einen dunkelblauen Seat Leon zusteuerte. Ich musste ihm seine Fragen ja nicht beantworten …

Mit einem breiten Grinsen öffnete er mir die Beifahrertür. Ich erwiderte es nicht, sondern stieg einfach ein.

»Wohin?«, fragte er, als er auf dem Fahrersitz Platz nahm und sich anschnallte. Das Grinsen war ihm trotz meiner reservierten Art nicht vergangen.

»Kennst du das große Gelände am Templiner See? Ich glaube, dass ist eine Schule.«

»An der 109?«

Ich sah ihn fragend an.

»Der Hauptstraße, die an dem See lang verläuft …«, erklärte er.

»Ja die. Einfach folgen. Ich sag dann, wo du mich rauslassen kannst.« Er hob eine Augenbraue, was ich ihm nicht verübeln konnte. Fiona lebte wirklich sehr weit draußen.

»Und frag nicht weiter nach Straßennahmen«, fügte ich noch hinzu.

»Verstanden.« Sein Grinsen wurde so breit, dass sich Fältchen in seinen Augenwinkeln bildeten. Während ich mich anschnallte, steckte er den Schlüssel ins Schloss und startete den Motor.

»Ich kann mir nicht vorstellen, dass du zu den ruhigen Typen zählst«, stellte er plötzlich fest, als er den Rückwärtsgang einlegte. Lässig parkte er aus und fuhr dann mit quietschenden

Reifen vom Parkplatz. Grimmig hielt ich mich am Türgriff fest. *Kerle*! Warum musste das Testosteron sie in diesem Alter nur so sehr im Griff haben?

Mit zusammengekniffenen Lippen starrte ich auf das Armaturenbrett, auf dem ein kleiner Block und eine Edelsteinkette hin und her rutschten. Ob das Auto seiner Mutter gehörte? An ihm konnte ich mir den Schmuck einfach nicht vorstellen.

»Wie kommst du darauf?«, fragte ich schließlich.

»Du bist nicht unscheinbar.«

Mit zusammengezogenen Augenbrauen sah ich an mir hinunter. Die schon etwas in die Jahre gekommene hellblaue Jeans, die mir locker auf der Hüfte saß, und das schwarze Tanktop waren für mich nicht auffällig. Ich mochte diesen Look, weil er bequem und sportlich war.

»Ein Schal im Sommer. Und dann ein so auffälliger?«, klärte Aaron mich auf.

»Du beobachtest ja sehr genau«, konterte ich und ging nicht weiter auf seinen Kommentar ein, weil mir seine Einschätzung egal war. Ich mochte Schals und besonders diesen. Er war bunt gemustert. Grundsätzlich mochte ich bunt, auch wenn ich mich gerade grau fühlte.

Ich sah wieder auf die Straße. Aaron hielt an einer roten Ampel und nutzte den Moment, um mich anzusehen. »Bei Personen, die mich interessieren …« Ein Unterton schwang in seinen Worten mit, der mir nicht gefiel. Innerlich spannte ich mich an.

»Den anderen mag es kaum aufgefallen sein, aber seit vorgestern bist du nicht mehr wie weggetreten. Und nicht mehr traurig«, fügte er hinzu. Mir wurde heiß, dann eiskalt. Seitdem ich an die Schule gekommen war, schien er mich tatsächlich zu beobachten. Zum Glück sprang die Ampel auf Grün um und Aaron wandte seine Aufmerksamkeit der Straße zu, sodass er nicht sah, wie fest ich den Gurt meiner Tasche umschloss.

»Was …?«

»Hast du die Sicherheitsdatenblätter bereits gelernt?«, unterbrach ich ihn mit Nachdruck und zwang meine Finger vom Gurt der Tasche.

»Nein«, antwortete er und warf mir einen flüchtigen Blick zu. Ich sah stur geradeaus auf die Familienhäuser, die langsam weniger wurden. Das Ortsausgangsschild erschien und verschwand fast augenblicklich wieder. Dafür umfing uns der Wald, zwischen dem ich manchmal den See erkennen konnte. Er schien meinen Wink zu verstehen und ging nicht weiter auf das Thema ein.

»Wieso seid ihr hierhergezogen? Haben deine Eltern hier einen Job angenommen? Aber bestimmt nicht in Templin, die Stadt hat kaum etwas zu bieten.« Er lachte leise und schaltete das Radio ein, das mit seinem MP3-Player verbunden war. Selbst die Foo Fighters konnten meinen Herzschmerz nicht lindern, auch wenn mich *Tired of You* häufig über die schmerzlichen Erinnerungen getröstet hatte. Aaron warf mir wieder einen Seitenblick zu. »Ich wollte dir nicht zu nahe treten«, entschuldigte er sich mit weicher Stimme und drehte die Musik etwas lauter. Dankbar lehnte ich mich im Sitz zurück und sah schweigend hinaus.

An der Bushaltestelle, die sich am nächsten zu Fionas Haus befand, ließ ich ihn anhalten. Mein Fahrrad war hier an einem Baum angeschlossen. Außerdem wollte ich Aaron entkommen.

»Ich kann dein Fahrrad im Kofferraum verstauen«, sagte er ernst und beobachtete mich mit vor der Brust verschränkten Armen, als ich das Schloss öffnete.

»Es ist nicht mehr weit.«

»Trotzdem.« Elegant stieß er sich von der Tür ab. Sein Kopf verschwand für einen Augenblick im Auto, als er die Rückbank umklappte, dann nahm er mir auch schon rigoros das Rad aus der Hand.

»Es ist wirklich nicht mehr weit«, protestierte ich und versuchte ihn am Beladen zu hindern.

»Das kleine Stück fahre ich dich gerne«, antwortete er verschmitzt grinsend, schloss die Klappe des Kofferraums und bugsierte mich sanft, aber bestimmt zurück auf den Beifahrersitz. Murrend fügte ich mich letztlich, da ich nicht den weiten Weg laufen wollte. »Bist du immer so?«

»Ja«, erwiderte er mit erhobener Augenbraue und fuhr auf den holprigen Waldweg, der zu Fionas Haus führte.

»Von deiner Sorte gibt's nicht mehr viele«, sagte ich leise und fummelte nervös am Taschengurt. Das Unbehagen war einer anderen Empfindung gewichen, die mich fast noch nervöser machte. Das Kribbeln auf meinen Armen spürte ich nicht mehr – und das machte mich zusätzlich nervös.

Vor uns tauchte endlich die Fassade von Fionas Haus auf. Die Reifen standen noch nicht einmal, da löste ich schon den Gurt.

»Du lebst weit draußen. Hast du keine Angst?«

Ich zuckte nur die Schultern und stieg aus. Zusammen mit Aaron hob ich das Rad aus dem Kofferraum und stellte es vor die Veranda.

Nervös schob ich den Gurt meiner Tasche höher auf die Schulter, als ich mich ihm zuwandte. Eine sanfte Brise wehte ihm einige Haare in die Stirn. Das Türkis seiner Augen erschien mir durch den Wald nun eher grün. Aaron wirkte hier irgendwie seltsam fehl am Platz. Als ob dieser Ort nur den Frauen gehörte. Vielleicht lag es daran, dass hier, soweit ich wusste, seit einer ganzen Weile kein Mann mehr gewesen war.

»Danke fürs Bringen.«

»Kein Problem.« Er lächelte mich an, wobei seine Augen funkelten, und öffnete die Fahrertür.

Ich wartete nicht ab, bis er vom Hof gefahren war. Schnell schloss ich das Fahrrad ab und öffnete die Haustür auf, wobei ich seinen Blick auf mir spürte. Erst als die Tür hinter mir zufiel, atmete ich erleichtert aus.

Leises Klappern drang aus der Küche, das sich mit den Rufen der Vögel mischte. Vom Wohnzimmer her wehte mir eine frische Brise entgegen. Fiona musste die Terrassentür offen gelassen haben.

»Du kommst aber spät«, begrüßte mich meine Tante. Sie klang leicht besorgt.

»Ich habe den Bus verpasst.« Ich streifte die Schuhe ab, stellte meine Tasche neben die Kommode im Flur und trat zu ihr in den großzügigen Raum. Fiona stand mit dem Rücken zu mir an der langen Arbeitsplatte. Neben ihr wie meist einige Kräuter, ein Mörser und ein Sammelsurium an kleinen Gläschen.

»Dafür bist du aber früh. Hat dich jemand hierhergebracht?«

Unschlüssig, ob ich ihr von Aaron erzählen sollte, fummelte ich an meinem Pferdeschwanz. Fiona sah interessiert von dem Buch auf, das neben ihr auf der Arbeitsplatte lag und in dem sie gerade gelesen hatte.

»Einer aus der Schule hat mich gefahren«, antwortete ich schließlich und ging auf den Kühlschrank zu. Der silberne Kasten stand gleich neben der Eingangstür und brummte beruhigend. Ich öffnete die Tür, inspizierte kurz den Inhalt und holte mir dann den Rest Kidneybohnensalat heraus, den wir gestern gemacht hatten. Mit der Schüssel in der Hand wandte ich mich wieder meiner Tante zu.

»Kenne ich ihn?« Sie lächelte mich tatsächlich verschmitzt an. Ich unterdrückte den Impuls, die Augen zu verdrehen, als mir ein Gedanke kam. Sollte ich ihr von den seltsamen Empfindungen in seiner Nähe erzählen? Sie hatte ja auch bemerkt, dass ich etwas gespürt hatte, als sie mir das Tagebuch und den Schlüssel zu dem kleinen Schrank gegeben hatte. Aus den Augenwinkeln sah ich eine Phiole, die der ähnelte, in welcher sich das Wundermittel befand, das Fiona mir täglich verabreichte. *Solange du nicht weißt, ob du dir das nur eingebildet hast, halte besser den Mund …*

»Er heißt Aaron Köplin«, sagte ich so betont gelangweilt wie möglich, damit sie nicht weiter fragte.

»Köplin? Sagt mir nichts.«

Sie senkte den Blick wieder auf ihr Buch und blätterte eine Seite um. Erleichtert, weiteren Fragen entkommen zu sein, holte ich mir einen Löffel aus dem Besteckkorb neben der Spüle und ging zurück in den Flur. Ich schwang meine Tasche über meine Schulter und stapfte die Treppe hinauf in mein Zimmer. Obwohl ich nur Socken trug, erklang ein dumpfer Ton begleitet von einem Knarzen, wenn ich auf die Stufen trat. Achtlos warf ich die Tasche unter den Schreibtisch, dann setzte ich mich mit dem Salat in den gemütlichen Korbsessel und sah nach draußen in den sonnigen Tag. Heute überkam mich jedoch keine Ruhe wie sonst. Ich fühlte mich fast … geladen. Die Trauer saß weiterhin in meinem Herzen, aber ich wusste, dass ich nun besser mit ihr umgehen konnte. Dass das Leben weiterging … Etwas an Aaron hatte meine restliche Lethargie beiseitegeschoben. Oder war es Fiona mit ihren Kräutern?

Ich schob die Gedanken beiseite, aß den Salat auf und setzte mich an den Schreibtisch, um mit den Hausaufgaben zu beginnen.

○ ○ ○

Ich saß ungeduldig in dem ledernen Sessel schräg gegenüber meiner Psychotherapeutin und schielte an ihr vorbei auf die Uhr, die zwischen zwei Sprossenfenstern hing. Neben dem Ticken war das Kratzen ihres Füllers, als sie etwas zu ihren weiteren Notizen hinzufügte, das einzige Geräusch in dem großen, aber karg eingerichteten Raum. Die Frau wirkte entspannter als in den vergangenen Stunden, was wohl daran lag, dass sie mit meiner Entwicklung zufrieden war. Ich wirkte auf sie nicht mehr so abwesend. Dennoch entging mir ihre leichte Anspannung nicht, die sich in kleinen Fältchen um ihre Lippen zeigte. Sie hatte wieder versucht mich zu überreden, ihr mein Tagebuch zu geben. Heute sogar zweimal – aber dieses würde ich ihr garantiert nicht aushändigen. Ich wollte mich ihr nicht vollkommen öffnen, aber genau das würde ich tun, wenn sie das Buch las.

Ich sah über den kleinen Beistelltisch zwischen uns, auf dem unsere Wassergläser und ein Blumenstrauß standen, wieder zu ihr und griff dann nach meiner Tasche. Die Stunde war fast vorüber und ich wollte keine Minute länger als nötig mit der Frau in dem Raum sitzen. An sich war sie freundlich, die wenigen Runzeln auf ihrer Haut sowie ihre Art wirkten einnehmend, aber ihre Fragen konnte und wollte ich nicht länger ertragen. Es war *mein* Schmerz, *ich* hatte ihn zu bewältigen, auf meine Art und nicht auf eine vorgeschriebene Weise, mit der ich nichts anfangen konnte.

Endlich sah sie von ihrem Blatt auf. Ehe sie ihren Mund öffnete, wusste ich schon, was sie sagen wollte. Sofort versteifte ich mich.

»Ich könnte dich besser verstehen, wenn du mir dein Tagebuch zu lesen gibst, Luciane. Mir gegenüber bist du sehr zurückhaltend, für die weitere Therapie ist es aber wichtig, dass ich dich verstehen lerne. Nimm es das nächste Mal bitte mit.«

»Nein«, sagte ich entschieden, stand energisch auf und stiefelte mit finsterer Miene auf die Tür zu. Als ich diese aufriss, rannte ich beinahe meine Tante um, die erst mich verdutzt musterte und dann meine Therapeutin. »Was ist denn hier los?«

Ich schwieg und stapfte den schmalen Flur entlang, der als Wartebereich diente.

»Ich bat Luciane wiederholt darum, mir ihr Tagebuch auszuhändigen. Sie weigert sich jedoch beharrlich.«

»Warum sollte sie auch?«, meinte Fiona mit harschem Tonfall. Verdutzt blieb ich stehen, die Hand schon auf der Klinke der Haustür.

Meine Therapeutin war zu uns in den Flur getreten. Sie blieb trotz meiner Weigerung ruhig und sah meine Tante eindringlich an. »Luciane ist weiterhin sehr verschlossen. Das Buch würde mir helfen, sie besser zu verstehen.«

»Schön und Gut. Wenn meine Nichte jedoch nicht will, dann belassen Sie es dabei.«

»Sie ist noch weit davon entfernt ...«

»Lassen Sie das arme Kind doch mal in Ruhe!«, unterbrach Fiona die Frau aufgebracht. »Sie wissen doch am besten, das jeder anders mit dem Schmerz umgeht – Beim Barte des Zeus!« Sie funkelte die Therapeutin wild an.

Ich ging fragend einen Schritt auf meine Tante zu. Warum spielte sie sich so auf? Und was war das für ein seltsamer Ausruf? Ich kannte niemanden, der im Namen von Zeus fluchte.

»Sie redet wieder mehr als zwei Worte, isst und beteiligt sich am Leben. Was wollen Sie denn noch?«

»Luciane mag normal wirken, aber der Heilungsprozess wird sich noch lange hinziehen«, fuhr die Therapeutin unbeirrt fort, allerdings mit leicht zusammengezogenen Lippen. Meine Tante schien ihr nicht sonderlich zu gefallen. Ein kleines Lächeln stahl sich auf mein Gesicht. Ich war stolz auf meine Tante – und dankbar, dass sie sich so für mich einsetzte.

Fiona drehte sich langsam zu mir um. »Willst du das hier noch fortsetzen?« Dabei deutete sie mit dem Kopf auf die Frau Doktor, deren Mund zu einer schmalen Linie geworden war. Missbilligend musterte sie das bunte Haarband, welches die krause Mähne meiner Tante zusammenhielt, dann die dreckige Jeans. Fiona hatte wohl wieder im Garten gearbeitet.

»Nein«, antwortete ich entschieden, blickte der Therapeutin dabei direkt in die Augen und wandte mich wieder der Tür zu. Ich wollte so schnell wie möglich hier raus!

»Die Therapie ist ...«

»... hiermit beendet«, beendete Fiona den Satz, stapfte an mir vorbei und riss die Eingangstür auf. Scheppernd fiel sie hinter uns ins Schloss.

»Was für eine eingebildete Schnepfe!«, schimpfte Fiona, als wir in ihrem Wagen saßen. Ich schwieg. Im Stillen stimmte ich ihr jedoch vollends zu.

»Und sowas Aufdringliches wird Psychologin, pah!« Dann blickte sie leicht verunsichert zu mir. Hatte ich etwas falsch gemacht? Unruhig umklammerte ich meine Tasche und starrte durch die Windschutzscheibe.

»Du wolltest bei ihr doch nicht weiter machen, oder?«

»Nein. Sie war mir zu aufdringlich«, sagte ich ehrlich und erleichtert. Die Stunden waren kein Vergnügen gewesen. Fiona atmete ebenfalls erleichtert auf, wurde dann aber nachdenklich. »Wir können dir eine neue ...«

»Nein«, erwiderte ich energisch. Fragend sah Fiona kurz zu mir.

»Ich ... ich brauch keine Therapie.« Das schwere Gefühl in meinem Magen, das die meiste Zeit schwieg, meldete sich wieder. Ich presste die Kiefer aufeinander.

»Du siehst vielleicht besser aus, Liebes, aber du fühlst dich nicht besser.«

Das stimmte nicht ganz. Wie sie treffend festgestellt hatte, beteiligte ich mich wieder am Leben. Trotzdem kamen nachts noch oft die Erinnerungen an meine Familie. Aber das war doch normal, oder? Jeder trauert unterschiedlich lang ...

Das Auto kam knirschend zum Stehen. Verwirrt blickte ich auf die Veranda, da ich nicht bemerkt hatten, dass die Zeit so schnell verflogen war. Fiona zog den Schlüssel aus dem Zündschloss und drehte sich zu mir. Ihre Stirn lag leicht in Falten. »Lucy. Du kannst mit mir über alles reden.«

»Ich weiß«, antwortete ich leise, sah sie dabei aber nicht an. Ehe sie weiterreden konnte, öffnete ich die Tür und eilte um das kleine Backsteinhaus in den Garten und von ihm weiter zum See, zur Trauerweide – meinem Zufluchtsort. Etwas an diesem Baum beruhigte mich und vermochte den Schmerz zu dämpfen. Vielleicht war es aber auch nur ihr Name, der uns verband. Ich wollte nicht weiter über mich reden. Konnte es nicht. Der Puffer, der die Lethargie zwischen mir und dem Schmerz gewesen war, existierte nicht mehr. Mein Magen hatte sich zu einem kleinen Ball zusammengerollt und ich tat es ihm hinter den sanft im Wind schwingenden Zweigen der Weide gleich. Genau deshalb hasste ich die Stunden bei der Therapeutin; sie rissen meine Wunden auf. Wunden, die zu heilen begonnen hatten. Das Gefühl von Hoffnungslosigkeit stürzte über mich herein, des Alleinseins. Erinnerungen drängten sich hervor, doch ich hielt sie zurück. Gestattete es lediglich einigen Tränen, ihren Weg über meine Wangen zu finden, ehe ich sie mit dem Ärmel meiner Strickjacke wegwischte. Obwohl es warm war, sehr warm sogar für Mitte Mai, fror ich innerlich.

Als der Schmerz verklungen war, wagte ich mich zurück zum Haus. Fiona saß in ihrem Lieblingssessel im Wohnzimmer, tief über ein Buch gebeugt, bemerkte aber sofort mein Eintreten. »Liebes, du musst dich wirklich nicht alleine quälen«, begann sie wieder – wie ich erwartet hatte. Ich deutete ein Lächeln an. Mein Gesicht schmerzte jedoch dabei. Meine Tante musterte mich besorgt, dann sprang sie behände vom Sessel auf, wobei ihre krausen Haare und die Enden des grünen Bands, mit dem sie heute ihre Mähne bändigte, ihr um den Hals wehten, und delegierte mich in die Küche. Auf dem Herd stand ein kleiner Kupfertopf, in dem eine hellrote Flüssigkeit blubberte. Sie goss vorsichtig etwas in eine Tasse und reichte sie mir, mich forsch dabei ansehend. Ich hatte es aufgegeben, gegen ihre Heilmittel zu protestieren. Auch wenn Fiona sonst umgänglich war, wenn es um ihre Medizin ging, war sie vollkommen stur.

Ohne die Miene zu verziehen, trank ich den scharfen Tee, stellte den Becher anschließend achtlos neben die Spüle und ließ mich auf einem der gepolsterten Stühle vor dem Küchentisch nieder.

»Und ich dachte, dass du dich schon besser fühlst«, sagte sie leise und setzte sich zu mir an den Tisch.

»Stimmt auch. Aber etwas an dieser Frau hat es in den vergangenen Wochen wieder schlimmer gemacht«, erwiderte ich und sank entspannt in mich zusammen, als die Wirkung des

Tees einsetzte. Tees hatten mich schon immer gewärmt und beruhigt, wo Medikamente vom Arzt versagt hatten, aber Fionas spezielle Mischungen wirkten um einiges intensiver. Ich zog meine Strickjacke aus und hängte sie über die Lehne des Stuhls neben mir. Ein Lächeln breitete sich auf Fionas Gesicht aus. Ohne Vorwarnung zog sie mich in ihre Arme. »Das hättest du mir sagen müssen.«

Ich atmete tief den Geruch von Kräutern und Erde ein, der sie immer umgab, und entspannte mich noch weiter dabei.

»Sie war auch komisch. Wir sehen einfach, was kommt.« Sie ließ mich wieder los.

Ich nickte erleichtert, dass sie mir keine weitere Therapie aufdrängen wollte, und nahm mir einen Apfel aus der Obstschale, die immer gut gefüllt auf ihrem großen Esstisch stand, und biss hinein. In diesem Moment wurde mir bewusst, dass meine Tante viel mehr zu meiner Heilung beigetragen hatte als diese Frau mit ihren Medikamenten, die ich vor einiger Zeit abgesetzt hatte. Nicht meine Trauer war für die langanhaltende Lethargie verantwortlich gewesen, sondern die Psychopharmaka. Fionas mild wirkende Kräutertees wärmten mich hingegen von innen und brachten mir Ruhe.

»Deine Tees wirken viel besser als Therapiestunden«, sagte ich schließlich, als ich den Apfel fast vollständig abgeknabbert hatte, und zu ihrer sichtlichen Freude.

»Schön, dass wenigstens eine meine Heilkunst anerkennt.«

Verwundert zog ich eine Augenbraue hoch und legte den Apfelgriebs auf einen Teller.

»Dein Onkel hat meinen Kenntnissen nicht vertraut«, erklärte Fiona losgelöst lächelnd, drückte mir sanft die Schulter und verschwand zurück ins Wohnzimmer, wo sie sich wahrscheinlich wieder ihrer Lektüre widmete.

Schmerz und Feuer

Die Pausenglocke klingelte und erleichtert verstaute ich meinen Block in meiner Tasche. Bioorganische Stoffe und ihre Anwendungsmöglichkeiten mochten ein interessantes Thema sein, doch unser Lehrer hatte es geschafft, es genauso trocken vorzutragen wie den allgemeinen Unterrichtsstoff. Aus den Augenwinkeln sah ich, dass eine ganz bestimmte Person auf mich zusteuerte, weshalb ich hastig aufstand, den Raum verließ und im Gedränge des Flurs in Richtung Innenhof flüchtete. Hierher hatte Aaron mich bisher nicht verfolgt – und darauf hoffte ich auch jetzt. Die einstigen seltsamen Empfindungen in seiner Gegenwart waren Genervtsein gewichen. Mich auszuhorchen war anscheinend zu seinem liebsten Hobby geworden.

Das Gedränge auf den Fluren trug mich in Richtung Cafeteria und ich änderte kurzfristig meinen Plan, da mein Magen zu knurren begann. Tom, Julia, Leander und Alina saßen mit einigen anderen bereits an unserem Stammtisch, auf den ich mit einem Tablett in der Hand zusteuerte. Sobald Alina mich sah, rutschte sie zur Seite, damit ich mich zwischen sie und Julia auf die Bank quetschen konnte.

»Habt ihr wieder den Vorgarten in die Luft gesprengt?«, fragte Leander mit sichtlichem Interesse.

»Nein. Er hat uns diesmal mit einem Vortrag über irgendwas Bioorganisches gelangweilt.«

»Der Anwendung von bioorganischen Stoffen in der katalytischen Chemie«, ergänzte Aaron vom anderen Ende des Tisches. Ich sah nicht zu ihm, obwohl ich wusste, dass er nur wegen mir geantwortet hatte. Meist saß er nicht einmal an unserem Tisch.

Konzentriert spießte ich eine Kartoffel auf, um mich von ihm abzulenken.

»Klingt … sehr interessant.« Leander deutete ein unterdrücktes Gähnen an und zwinkerte mir zu. »Manchmal bereue ich es, nicht auch noch Chemie gewählt zu haben.«

»Ich hätte dir nicht von der Schießbaumwolle erzählen dürfen«, sagte Aaron breit grinsend.

»Du hättest mir welche mitbringen sollen!«

»Um was zu tun?«, hakte Julia nach und fixierte ihn mit ihrem Blick. »Um es jemandem in die Tasche zu stopfen und dann darauf zu hauen?«

»Das verrate ich bestimmt.« Zwinkernd knuffte er ihr in die Seite, sah mich aber dabei an. Ich wich seinem Blick aus, indem ich mich wieder auf den Kartoffelsalat auf meinem Teller konzentrierte. Es war ein gutes Gefühl, akzeptiert zu werden und ein Teil von etwas zu sein. In meiner alten Heimat hatte ich nie dieses Gefühl der Verbundenheit gespürt. Aber die Andeutungen, die die Jungs zeitweise machten, behagten mir nicht.

»Woher weißt du so gut über das Zeug Bescheid?« Tom sah Julia ehrlich verdutzt an.

»Mein Bruder hatte den gleichen Chemielehrer …«

Die weitere Diskussion verfolgte ich nur mit halbem Ohr. Auch wenn Aaron am anderen Ende des Tisches saß, spürte ich seinen Blick auf mir. Das Prickeln hatte ich seit einigen Tagen nicht mehr gefühlt. Es war durch etwas Erwartungsvolles gewichen, das mir fast noch unheimlicher war …

»Hey Lucy, kommst du am Samstag eigentlich auch mit zum See?«

Verwirrt sah ich von meinem Essen auf und direkt in Toms Gesicht. Er wirkte sehr gespannt.

»Ich muss noch lernen«, erwiderte ich schnell. Ich freute mich darüber, dass sie an mich gedacht hatten, aber bei einer Exkursion konnte ich nur schlecht vor unangenehmen Fragen flüchten.

»Das kannst du heute, morgen und am Sonntag noch«, entgegnete Leander grinsend und mit funkelnden dunklen Augen.

»Es soll richtig warm werden, Lucy. Los komm, gib dir 'nen Ruck«, versuchte Alina mich umzustimmen.

»Aber …«

»Nichts aber, Lucy! Hast du schon mehr als nur Templin und dein neues Haus gesehen?«, fragte Julia lauernd. Mein Gesicht schien mehr als Worte zu sagen, denn sie stieß ein triumphierendes *Ha!* aus. Es klingelte und mein *Ich muss wirklich noch lernen* ging in der allgemeinen Hektik unter.

»Nächste Pause organisieren wir die Fahrgemeinschaften«, sagte Tom geschäftig, als wir in den Flur vor der Cafeteria traten.

»Sie fährt bei mir mit«, entgegnete eine mir nur allzu bekannte Stimme hinter mir.

Erschrocken wirbelte ich herum. »Du kommst doch gar nicht mit!«

Aaron zog eine Augenbraue empor und lächelte schief. »Da hat wohl jemand geträumt, als wir darüber gesprochen haben …«

Um uns herum war es mucksmäuschenstill geworden. Alina und Julia starrten uns mit leicht geöffneten Mündern an, als ob sie noch nie jemanden mit Aaron hatten reden sehen.

»Alina oder Tom können mich auch mitnehmen.«

»In mein Auto passt keiner mehr«, erwiderte Alina schnell. *Tolle Freundin!* Ich presste die Zähnen aufeinander. Auf keinen Fall wollte ich wieder mit ihm fahren. Auch wenn ich jetzt das Kribbeln nicht mehr fühlte, wollte ich nicht schon wieder mit Fragen gelöchert werden.

»Ich weiß, wo du wohnst. Die anderen nicht.«

»Von mir aus«, seufzte ich und zog die kichernde Alina Richtung Matheraum.

»Danke, dass du mir in den Rücken gefallen bist«, beschwerte ich mich bei ihr, als wir den schon geöffneten Klassenraum betraten. Sie kicherte immer noch.

»Ich versau dir doch nicht einen der heißesten Typen der Schule!«

»Ich bin nicht interessiert.« Warum konnten sie mich nicht einfach in Ruhe lassen? Mit immer noch zusammengepressten

Lippen setzte ich mich neben Alina an den Tisch und starrte stumpf auf die schwarze Tafel. »Angle du ihn dir doch.«

»Ne, danke. Kein Interesse«, flötete Alina augenzwinkernd und verstummte, als der Lehrer die Klasse betrat.

Am Samstag klingelte der Wecker für meinen Geschmack viel zu früh. Dennoch schälte ich mich aus der Decke, zog mir eine weite, hellbraune Stoffhose und ein blaues Top an und trottete gähnend nach unten. Warum musste Fiona ausgerechnet so früh mit mir ihren Garten vom Unkraut befreien? Die Küche war jedoch verlassen. Seltsam – normalerweise werkelte Fiona um die Uhrzeit ….

Schulterzuckend nahm ich mir das große Glas, in dem ich mir meine Müslimischung zusammengemixt hatte – geröstete Haferflocken, Haselnussstückchen, Schokoflakes und Rosinen, holte Mandelmilch aus dem Kühlschrank und frühstückte erst einmal. Danach konnte ich sie immer noch suchen gehen.

Die Sonne schien durch das Sprossenfenster, die Vögel sangen laut in den Bäumen und Amadeus lag leise schnarchend neben mir auf einem Stuhl. Ein perfekter Samstag. Genüsslich rührte ich in meiner Schüssel und löffelte die immer brauner werdende Milch. Fionas Gesichtsausdruck erschien vor meinen Augen, als ich die Schokoflakes damals in den Einkaufswagen gelegt hatte. Gespitzte Lippen und verengte Augen. Ich begann zu grinsen. Es war für mich ein kleiner Triumph gewesen, dass sie die Packung nicht zurückgelegt hatte. Sie verabscheute sämtliche Produkte mit weißem Zucker – ich aber nicht. Ich würde daran schon nicht sterben …

Breit grinsend biss ich auf ein Flakes. Es knirschte laut zwischen meinen Zähnen. Ein wenig zu laut. Verdutzt hielt ich inne. Das Geräusch blieb aber. Es klang nach Kies unter Autoreifen. Verwundert sah von meiner Schale auf. Amadeus Ohren zuckten, dann hob er den Kopf und sah wie ich zum Fenster. War meine Tante einkaufen gewesen? Ich widmete mich wieder meinem Müsli, da ich es ohnehin gleich erfahren würde, und fand Amadeus vor meiner Schüssel, eine Tatze auf dem Tisch, die andere bereits erhoben und auf den Rand zusteuernd.

»Nein, Amadeus!«

Er sah mich mit seinen durchdringenden Augen an und fauchte. Ich fauchte zurück, was ihm völlig kalt ließ.

»Du hast es nicht anders gewollt ...«, brummte ich und zog an dem Stuhl, auf dem er stand. Mit einem empörten Aufschrei fiel er zu Boden. Ich sah ihm grimmig nach, als er mit erhobenen und leicht gesträubtem Schwanz aus der Küche stolzierte. Mitleid hatte ich keines mit ihm. Ich hatte einmal den Fehler begangen und ihn angefasst, um ihn aus dem Korb mit meiner frisch gewaschenen Wäsche zu heben. Er war zwar aus dem Korb gegangen, aber zuvor hatte er mir einige tiefe Kratzer am Arm verpasst. Seitdem hielt ich immer Sicherheitsabstand zu ihm ...

Es klickte leise, als ob eine Tür geschlossen wurde, ich aß aber weiter mein Müsli. Wenn Fiona mich brauchte, würde sie mich rufen.

Gerade als ich die letzten Haferflocken mit meinem Löffel einfangen wollte, klingelte es an er Tür. Mit gerunzelter Stirn stand ich auf. Fiona vergaß doch nie ihre Schlüssel ... Aber wer besucht uns dann um neun Uhr morgens? Der Postbote? Aber es war nicht der Postbote, der mir angrinste, als ich die Tür öffnete – sondern Aaron.

»Guten Morgen«, begrüßte er mich gutgelaunt. Seine Augen funkelten mit den rötlichen Strähnen in seinen Haaren, die von der Sonne beleuchtet wurden, um die Wette.

»Du ... äh«, stammelte ich und starrte ihn an. Was machte er denn hier?

»Lucy? Wer ist das?«, fragte Fiona, die dem Knarzen der Schiebetür nach gerade das Wohnzimmer betreten hatte.

»Äh ...«, rief ich absolut verwirrt zurück. Ehe ich eine richtige

Antwort zustande bringen konnte, stand Fiona auch schon neben mir. Ihre Augen weiteten sich, als überrasche sie etwas, dann sah sie ihn wieder freundlich an »Hallöchen. Mit wem haben wir das Vergnügen zu so früher Stunde?«

Verwirrt blinzelte Aaron uns an.

»Das ist Aaron. Einer aus der Schule ...«, erklärte ich stockend, da mich sein plötzliches Erscheinen noch immer irritierte.

»Dachte ich mir schon. Dann lass ich euch mal allein.« Breit grinsend ging sie federnden Schrittes in die Küche.

»Aber ...« Was sollte ich denn jetzt mit ihm machen? Ich wusste ja nicht einmal, warum er hier war!

»Dir tut eine Abwechslung ganz gut, Lucy«, erwiderte Fiona aus dem Raum.

»Hast du den Ausflug vergessen?«

Ausflug? Fieberhaft durchwühlte ich mein Gedächtnis, bis ich auf eine Tischdiskussion vor ein paar Tagen stieß. Dann blickte ich wieder zu Aaron. Panik durchrieselte meine Adern. Ich wollte nicht weg. Und schon gar nicht mit einer Horde quasselnder, glücklicher, pubertierender Jugendlicher! Ehe ich mich aber umdrehen und in mein Zimmer flüchten konnte, trat Fiona wieder zu uns in den Flur. »Ein Ausflug? Das klingt doch toll! Wohin wollt ihr denn?«

»Zum Lübbesee«, antwortete Aaron, wobei er meine enthusiastische Tante musterte. Als sie meine erstarrte Miene und Aarons verwirrte bemerkte, verschwand der aufgedrehte Ausdruck zusehends aus ihrem Gesicht.

»Hast du noch einen kleinen Moment Zeit?«, fragte sie ihn.

»Natürlich.« Aaron sah uns fragend an.

»Warte doch bitte in der Küche auf uns.« Sie deutete rechts neben sich in den Raum, dann schob sie mich rigoros die Treppe hinauf und in mein Zimmer. Sobald die Tür geschlossen war, drehte sie sich mit in die Hüften gestemmten Armen zu mir um, die funkelnden Augen auf mich gerichtet.

»Du gehst mit ihm, keine Widerrede, verstanden?«

»Aber …« Ich hob abwehrend die Hände, ließ sie bei ihrem Blick aber wieder sinken.

»Nichts aber«, unterbrach sie mich. »Der Ausflug wird dich auf andere Gedanken bringen und du lernst deine Klassenkameraden besser kennen. Das willst du doch? Außerdem scheint Aaron doch ganz in Ordnung zu sein. Auf mich macht er einen netten Eindruck.« Ich biss mir auf die Unterlippe. Auf der einen Seite wollte ich mit, weil es mir das Gefühl versprach, dazuzugehören, auf der anderen fürchtete ich mich vor Fragen zu meiner Vergangenheit.

Während ich noch ratlos mitten im Zimmer stand, durchwühlte meine Tante schon meinen Schrank und drückte mir schließlich einen dunkelgrünen Bikini in die Hand. »Hier, zieh den an. Ich werde mich solange um unseren Gast kümmern.«

Ehe ich widersprechen konnte, rauschte sie aus dem Zimmer und ließ mich verwirrt und mit wild pochendem Herzen zurück. Unschlüssig beäugte ich den Bikini und griff beherzt nach ihm. Meine Tante hatte recht: Eine Abwechslung würde mir guttun. Auf unangenehme Fragen musste ich ja nicht antworten …

Als ich auf die unterste Treppenstufe trat, kamen mir schon Fiona und Aaron entgegen. Aaron wirkte irgendwie leicht eingeschüchtert, meine Tante grinste aber wie meist und reichte mir eine Strandtasche, in der sich ein Handtuch, etwas zu lesen und einige Knabbereien befanden. »Viel Spaß euch beiden.«

»Danke, Frau Galender«, antwortete Aaron artig und öffnete die Tür. Dass Fiona erst ihn und dann mich fragend ansah, bemerkte er nicht. Ich zuckte ausweichend mit den Schultern und wandte mich an Aaron »Warte noch kurz.« Er nickte, ging jedoch schon einmal auf die Veranda. Schnell suchte ich auf der Kommode im Flur nach meinem Sonnenhut, umarmte meine Tante flüchtig zum Abschied und trat in den Sonnenschein. Aarons Seat stand neben Fionas Auto und blitzte mit ihm um die Wette. Eine warme Brise wehte mir einige Strähnen ins Gesicht. Ich hielt sie zurück und ging auf sein Auto zu.

»Hübscher Hut«, meinte Aaron grinsend und hielt mir die Beifahrertür auf. Eins musste ich ihm lassen – Anstand hatte er. Irgendwie entspannte mich dieser Umstand, denn ich sackte in mich zusammen und beobachtete ein Meisen Pärchen, während Aaron das Auto vorsichtig wendete und dann von der kleinen Lichtung fuhr, auf der Fionas Haus stand.

»Und, gestern noch gelernt?«

Verständnislos musterte ich ihn.

»Meintest du doch am Donnerstag.« Er grinste, sah dabei auf die Straße.

Ich runzelte die Stirn, dann kam die Erinnerung. »Ein wenig«, antwortete ich schließlich.

»Du bist immer noch kurz angebunden.«

Ich zuckte mit den Schultern und streckte die Beine aus »Was soll ich denn erzählen?«

»Wir könnten an der Stelle weitermachen, an der wir zuletzt aufgehört haben: Wie war es in Österreich ... wie gefällt es dir hier? Mir fallen garantiert noch mehr Fragen ein.«

Sofort spannte ich mich wieder an. Haltsuchend griff ich nach der Kordel, die als Träger der Strandtasche diente. »Du bist ja sehr interessiert.«

»Meine Neugier scheinst du ebenfalls vergessen zu haben ...«, bemerkte er gespielt pikiert.

Ich schnaubte als Antwort auf seinen Tonfall. »Mir fehlen die Berge. Aber wenigstens gibt es hier Wälder. Ich mag den Geruch der Kiefern«, gab ich jedoch nach.

»Es muss schwer sein, sich plötzlich woanders eingewöhnen zu müssen«, sagte er leise.

Verwirrt musterte ich sein Profil. Diese mitfühlende Art hatte ich nicht erwartet, nicht von ihm. Er wirkte auf mich wie der typische Weiberheld: Gut in Sport, durchtrainierte Gestalt und dieser wissende Ausdruck in den Augen, der den meisten

Mädchen weiche Knie bescherte – Mir gefiel er jedoch nicht. Ich fühlte mich durchleuchtet, als ob er alles sehen könnte. Ausweichend beobachtete ich nach die Bäume, die an uns vorbeirauschten.

»Deine Mutter sieht dir nicht sehr ähnlich«, wechselte er das Thema. Dachte er vielleicht zumindest. Sofort erschien ein Bild eines Fotos von mir und meiner Mum vor meinen Augen, wie wir lachend auf einer Bergwiese sitzen, um uns unsere Wanderrucksäcke und einige Ziegen, von der eine in Mums Rucksack wühlte. Von meinem Bruder sieht man nur eine Hand, da er versuchte sie fortzulocken. Mein Vater hatte es vor gar nicht langer Zeit gemacht. Es war eines meiner Lieblingsbilder. Mein Hals fühlte sich wie zugeschnürt an, sodass ich kaum noch Luft bekam.

»Lucy?« Aarons Stimme brach den Bann und ich musste den Drang unterdrücken, hektisch nach Luft zu schnappen.

»Sie ist nicht meine Mutter, sondern meine Tante«, sagte ich fest, aber mit einem Unterton, der ihm hoffentlich sagte, dass ich nicht weiter darüber reden wollte.

»Aha«, antwortete er nur. Mit einem Seitenblick auf mich schaltete er das Radio an. Ich löste die Hände von meiner Tasche und bewegte so unauffällig wie möglich meine Finger, um wieder Blut in sie hinein zu befördern.

Aaron begann mit den Fingern den Rhythmus eines Liedes auf dem Lenkrad nach zu trommeln. Ich achtete nicht auf unseren Weg, sondern verlor mich in den Rhythmen des Liedes. Es kam mir bekannt vor, aber ich erinnerte mich weder an die Band noch an den Titel des Songs. »Wie heißt das Lied noch mal?«, fragte ich, als die letzten Töne erklangen.

»Du kennst es?« Er klang leicht erstaunt

»Ja?«, entgegnete ich eher fragend als antwortend. Was war so seltsam daran?

»Du bist das erste Mädchen, das Muse hört. Der Song heißt *Time is Running out.*«

Ich verzog die Lippen zu einem Schmunzeln. »Das zeigt mir nur, dass ich definitiv nicht in dein bisheriges Beuteschema passe.«

Er lachte. »Ich wusste, dass du Humor besitzt. Wie sieht es denn mit diesem Song aus …« Er tippte auf den Weiterschalter am Radio und der nächste Song erklang.

»*Everlong*«, antwortete ich und entspannte mich endlich vollständig. Er pfiff anerkennend, dann setzte er den Blinker und bog ab, ehe er das nächste Lied startete. Die weitere Fahrt veranstalteten wir ein Song-Raten, als er plötzlich wieder abbog. Jedoch nicht in eine weitere Straßen, sondern auf einen großen sandigen Parkplatz ein, auf dem schon einige Autos standen. Ein wenig unterhalb der ebenen Fläche glitzerte ein langgestreckter See in der Sonne.

»Der ist größer als Fionas«, bemerkte ich, als ich meinen Gurt löste und nach der Tasche zu meinen Füßen griff. Schwungvoll öffnete ich die Tür und stieg aus.

»Ihr wohnt an einem See?«, fragte er mich über das Dach seines Autos hinweg.

»Jap. Im Gegensatz zu diesem hier gleicht der bei meiner Tante aber einem kleinen Tümpel. Er ist von allen Seiten bewachsen, dass man kaum zu ihm vordringen kann.«

»Du wohnst wirklich weit draußen.«

Ich entgegnete nichts darauf und beobachtete ihn stattdessen, wie er einen Rucksack aus dem Kofferraum zog und gerade, als er die Heckklappe schloss, kam uns eine kleine Gruppe entgegen.

»Hey, Lucy, Aaron«, rief Alina und winkte uns enthusiastisch zu. Ich musste grinsen. Ich kannte Alina noch nicht lange, aber sie hatte wirklich immer gute Laune. Tom und Julia hielten neben ihr und wirkten genauso fröhlich.

»Auch schon so früh da?«

»Ansonsten sind doch die besten Plätze weg«, antwortete Aaron amüsiert auf Alinas Frage.

»Stimmt auch wieder.«

Gemeinsam gingen wir einen schmalen Waldweg hinunter, der auf einer von Bäumen umringten Grünfläche endete. Sie ging nach einigen Metern in einen Sandstrand über. Wir waren nicht die ersten. Der Wind trug Gelächter und laute Unterhaltungen mit sich, aber es gab noch viele freie Stellen am Stand und auf der Wiese.

»Ahh, wie schön«, seufzte Julia und streckte ihr Gesicht der warmen Brise entgegen. Nur einige Schönwetterwolken zogen am sonst strahlend blauen Himmel entlang.

»Helft mir mal«, rief Alina uns zu. Sie war bereits am Strand und wedelte ungeduldig mit den Armen.

»Dass sie sich nicht einmal entspannen kann«, brummte Julia, zwinkerte mir aber dabei zu. Kichernd eilten wir um einige Handtücher und Decken herum auf Alina zu und schlugen mit ihr eine große Picknickdecke auf.

»Ich bin dann mal!«, verabschiedete sich Tom. Im Gehen warf er seinen Rucksack zu einem kleinen Haufen weiterer Rucksäcke, zog sich das T-Shirt über den Kopf und rannte auf den See zu. Ehe er ihn erreichte, wurde er schon durch einen Schwall Wasser begrüßt.

»Der hat's ja eilig.« Ich wandte den Blick von ihm ab und bemerkte erst jetzt, dass Aaron mich sehr ausgiebig musterte. Julia sah zwischen ihm und mir hin und her, wobei ihr Grinsen immer breiter wurde.

»Was ist?«, fragte ich ihn herausfordernd, musste aber blinzelnd, da die Sonne mich blendete.

»Nichts. Bis später.« Er winkte mir zum Abschied und ging auf einen Jungen mit dunklen Haaren zu, der gerade den Hang hinunter kam. Ich schüttelte verwirrt über seinen schnellen Abgang den Kopf und ließ mich neben Alina auf die Decke nieder, die ihm ebenfalls nachgesehen hatte, jetzt aber in ihrer Strandtasche wühlte. »Den muss ich nicht verstehen, oder?«

»Was gibt's da nicht zu verstehen?« Julia sah mich mitleidig an. Ich ging nicht auf ihren Kommentar ein und setzte meinen Hut auf. Nicht nur, weil die Sonne mich blendete, sondern auch, weil meine Nase sehr schnell einen Sonnenbrand bekam – trotz Sonnencreme. Vorsorglich cremte ich sie dennoch mit einer mir unbekannten Sorte ein, die ich unter meinem Handtuch entdeckte. Fiona hatte wirklich an alles gedacht …

»Kommt doch auch!«, rief Tom und wich lachend einem Wasserball aus, den ihm einer der anderen entgegenwarf.

»Nachher. Erst einmal aufwärmen«, antwortete Julia und zog ihr Strandkleid aus, unter dem ein blauer Badeanzug zum Vorschein kam. Alina folgte ihrem Beispiel und räkelte sich in einem rosaroten Bikini neben ihr. Ich setzte mich nur bequemer hin und sah auf die Wasseroberfläche.

»Wird das nicht warm?«, fragte Alina und zupfte an meiner Strandhose.

»Nein. Leinen kühlt.«

»Tu uns den Gefallen und zeig deine langen Beine«, sagte jemand hinter mir.

»Guck die anderen Mädels an«, erwiderte ich Leander gelangweilt.

»Die kenn ich ja schon alle in kurzen Hosen oder Bikini.«

»Oder ohne alles«, fügte Julia lachend hinzu. Leander zwinkerte schelmisch und setzte sich zu uns auf die Decke. Meine Arme begannen leicht zu kribbeln. Wie bei Aaron damals. Unbehaglich rutschte ich ein wenig von ihm, was er zum Glück nicht bemerkte, denn Julia nahm seine Aufmerksamkeit in Beschlag.

»Woher du das nur wieder weißt?«, fragte ich Julia, um mich von dem seltsamen Gefühl abzulenken. Ich wollte darüber jetzt nicht grübeln. Wahrscheinlich hatte es nichts zu bedeuten, sondern war eine Nebenwirkung von Fionas Medizin.

»Er prahlt manchmal mit seinen Liebchen, wenn er zu tief ins Glas geguckt hat«, flüsterte sie mir hinter vorgehaltener Hand zu, aber dennoch so laut, dass Leander mithören konnte.

»Such dir endlich was Festes und mach nicht mit jeder rum«, entgegnete Alina ernst.

»Wo bleibt der Spaß, ihr Spießer?«, erwiderte er grinsend.

»Du stimmst mir doch sicherlich zu, oder Lucy?«

Ich hob abwehrend die Hände.

»Ich bin hier definitiv falsch.« Lachend erhob er sich und rannte ins Wasser zu einer Wasserball spielenden Gruppe. Julia starrte ihm nach. »Was für eine Sahneschnitte«, schwärmte sie.

»Davon gibt es da hinten doch eine Menge«, entgegnete ich und zeigte auf die Horde Jungs im Wasser.

»Ja, aber keinen, der so schön braun gebrannt ist.«

»Schwelg du mal weiter«, sagte Alina grinsend. »Komm Lucy, wir gehen schwimmen.«

Wogegen ich nichts einzuwenden hatte. In der Sonne war es mir langsam zu warm. Ich setzte den Hut ab, zog meine Kleidung aus und trat mit Alina an den Rand des Sees.

»Wärmer als ich gedacht habe«, bemerkte ich verblüfft und watete vorsichtig in das Wasser.

»Wie ich geahnt habe – schön lange Beine«, hörte ich Leander nicht weit von mir sagen. Ich warf ihm einen flüchtigen Blick zu und verzog leicht die Lippen, als ich sah, dass er mich gründlich musterte.

»Der checkt schon mal seine Beute ab«, feixte Alina.

»Da kann er lange pirschen. Kein Interesse«, erwiderte ich ernst und blieb im hüfthohen Wasser stehen.

»Der Arme. Er beißt sich nicht gern die Zähne aus.« Plötzlich kreischte Alina und fiel ins Wasser. Argwöhnisch untersuchte ich die nähere Umgebung. Unruhige Wellen schlugen mir gegen den Bauch, mehr erkannte ich nicht. Prustend und mit leicht rotem Gesicht tauchte Alina wieder auf.

»Alles in Ordnung?«, fragte ich besorgt.

»Klar.« Sie schielte bei ihrer Antwort jedoch zu einem Jungen mit schulterlangen dunklen und sehr nassen Haaren, die sein breites Gesicht einrahmten. Er stand keine vier Schritte neben uns und grinste breit über da ganze Gesicht. Ich unterdrückte ein Schmunzeln als ich eins und eins zusammenzählte. »Geh schon.«

Zum Abschied berührte Alina meine Schulter und watete mit gespielter Entrüstung auf ihn zu.

Ein letztes Mal die Umgebung musternd, schwamm ich langsam zur Mitte des Sees, wo keine weiteren Menschen zu sehen waren. Dort drehte ich mich auf den Rücken und genoss die Ruhe und die Sonne auf dem Gesicht.

»Ist das gemütlich?«, fragte Julia nach einiger Zeit neben mir. Erschrocken drehte ich mich um und erblickte sie auf einer Luftmatratze.

»Nicht wirklich.«

»Bei mir ist noch genug Platz.« Sie klopfte auf die freie Stelle neben sich. »Was machst du hier so allein?«

»Die Ruhe genießen«, antwortete ich und sah einem Blatt nach, das langsam an uns vorbeitrieb. »Und du?«

»Das Gleiche. Ich bin kein Freund von Wasserschlachten.«

»Manchmal können sie schon Spaß machen.« Aber gerade war mir auch nicht danach. Faul ließen wir die Beine baumeln und genossen die wärmende Sonne auf dem Rücken.

»Wollen wir zurück?«, fragte Julia irgendwann. Ich nickte, auch wenn ich noch gern länger geblieben wäre. Es war relativ ruhig und Julia war eine angenehme Zeitgenossin. Ich kannte nicht viele Personen, mit denen ich schweigen konnte, ohne dass es sich unangenehm anfühlte. Bevor wir aber das Ufer erreichten, packte jemand meine Beine und zog mich unter Wasser. Vor Schreck öffnete ich den Mund und schluckte einen ordentlichen Schwall. Hustend und mit tränenden Augen kam ich wieder an die Oberfläche, wo ich mich blinzelnd umsah.

Julia lag lachend auf der Matratze und hielt sich den Bauch, den Störenfried konnte ich zu Beginn jedoch nicht ausfindig machen, bis ich goldrote Haare neben mir ausmachte. »Sehr witzig …«

Er grinste nur verschmitzt. Ehe ich ihn weiter beschimpfen konnte, traf mich jedoch ein Schwall Wasser von der Seite.

»Was soll das denn!« Ich drehte mich zur Seite, von der mich das Wasser getroffen hatte, und blickte in Alinas lachendes Gesicht.

»Reg dich ab, Lucy. Du musst dich mal entspannen.«

Genervt verdrehte ich die Augen, sagte aber nichts weiter.

»Genieß doch einfach den Tag«, stimmte Aaron ihr zu. Ich legte den Kopf schief, besann mich aber doch eines Besseren, und grinste, anstatt meinem Unmut Luft zu machen. Die ausgelassene Stimmung färbte auf mich ab. Mit einem süffisanten Grinsen auf den Lippen spritzte ich dem verdutzten Aaron eine Ladung Wasser mitten ins Gesicht.

»Richtig so, Lu!«, rief Alina und stieg in die Wasserschlacht ein, bis der dunkelhaarige Junge, zu dem sie vorhin geschwommen war, es ihr gleichtat, aber sie statt Aaron traf. Quietschend drehte sie sich zu ihm um. »Hey, Silvio! Das ist nicht fair!«

»Sagt genau die Richtige: zwei gegen einen?« Silvio blickte Aaron kurz an und zwinkerte ihm zu, ehe er Alina kurzerhand hochhob, um sie dann ins Wasser zu werfen. Aaron folgte seinem Beispiel und warf mich empor. Prustend tauchte ich wieder auf.

»Wenn die das noch mal machen, tauchen wir einfach weg«, flüsterte Alina. Ich zwinkerte als Antwort, um mich nicht zu verraten. Schon spürte ich wieder warme Hände an meiner Taille, die mich hochhoben. Sobald ich die Wasseroberfläche durchbrach, tauchte ich weg; neben mir erkannte ich Alina, die den Daumen nach oben richtete.

»Den haben wir's aber gezeigt«, flüsterte sie verschwörerisch, als wir einige Meter neben den suchenden Jungs aufgetaucht waren.

»Wem sagst du das!«

Breit grinsend beobachteten wir, wie Silvio und Aaron nach

uns suchten. Sobald sie uns gefunden hatten, sprangen sie mit einem Kopfsprung in unsere Richtung.

»Ihr Nixen. Das nächste Mal warnt ihr uns bitte vor«, beschwerte sich Silvio.

»Weshalb denn?«, antwortete ich zuckersüß und zwinkerte Alina zu. »Immerhin habt ihr uns überrascht.«

»Autsch, voll getroffen.« Silvio legte die Hände auf die Brust und ließ sich rücklings ins Wasser fallen. Julia, Tom und ein paar andere aus der Schule kamen zu uns geschwommen und starteten eine weitere Wasserschlacht.

»Ich geh raus, ich habe genug von Wasserspielen. Kommst du mit?«, fragte Alina, die sich mit mir an den Rand des Geschehens zurückgezogen hatte.

Ich schüttelte den Kopf. »Ich schwimm noch eine Runde.« Unauffällig tauchte ich wieder ab und schwamm erneut Richtung Seemitte. Gemächlich im Wasser paddelnd bemerkte ich eine weitere Person neben mir.

»Du kommst wohl nie aus der Puste?« Aaron passte sich meinem Schwimmtempo an.

»Nicht so schnell. Du aber auch nicht.«

»Ich bin aber auch später ins Wasser gegangen. Dafür, dass du aus den Bergen stammst, schwimmst du wie ein Fisch.«

»Mein Vater hat es mir als kleines Mädchen beigebracht, weil wir in der Nähe eines Flusses gelebt hatten und ich mit meinem Bruder immer unterwegs war.« Ich lächelte bei der Erinnerung an mich und meinen Bruder, wie wir auf einer der vielen Bergwiesen in der Nähe des Flusses faulenzten. Gleichzeitig verengte die Trauer meine Brust. Für einen Moment vergaß ich, wo ich mich befand. Wasser drang erneut in meinen Mund und zum Teil in meine Lunge. Mein Herzschlag beschleunigte sich schmerzhaft, vor meinen Augen sah ich schwarze Punkte. Keuchend paddelte ich mit den Armen, um mich über Wasser zu halten, wobei ich zeitgleich versuchte, das Wasser wieder aus meiner Lunge zu befördern.

»Alles in Ordnung?«

Über mein Husten hörte ich ihn kaum. Blinzelnd suchte ich anschließend nach Aaron und fand ihn so nahe neben mir, dass er mich berühren konnte. Er sah mich besorgt an. Einige Wassertropfen rannen aus seinen Augenbrauen die gerade Nase entlang.

»Ich ... war in ... Gedanken«, schnaufte ich und atmete bewusst langsam, um meinen Herzschlag zu beruhigen. Dann vergrößerte ich so unauffällig wie möglich den Abstand zwischen uns, indem ich mich zur Seite drehte und mir einige Strähnen aus dem Gesicht strich.

»Ist zwischen euch etwas vorgefallen?«

»Nein«, antwortete ich knapp. Er sah mich skeptisch an, ich ging jedoch nicht darauf ein und beobachtete das Glitzern der Sonnenstrahlen auf dem See.

»Ich finde es schön, dass du langsam auftaust«, wechselte er das Thema.

»Lass uns bitte zurück schwimmen.« Ich wollte nicht weiter über mich reden.

»Du weichst mir schon wieder aus.«

Ich unterdrückte den Impuls, laut zu seufzen. »Ach meinst du? Mir wird langsam kalt. Wir können uns gerne am Strand weiter unterhalten.«

»Ich nehm dich beim Wort.« Er sah mich so durchdringend an, dass ich schnell einen Kraulzug tat, um seinem Blick zu entkommen.

Kurz bevor wir den Strand erreichten, begannen einige Jungs schon wieder eine Wasserschlacht. Mir war das zu viel Trubel, weshalb ich kurzerhand abtauchte und erst im flachen Wasser vor dem Strand wieder an die Oberfläche kam.

Alina saß alleine auf der Picknickdecke und war in ein Buch vertieft. Als ich vor sie trat und mein Schatten auf sie fiel, blickte sie jedoch verdutzt auf. »Ah, da bist du ja wieder. Warst ja wirklich lange weg.« Sie zwinkerte mir keck zu.

»Du denkst zu viel …«, kommentierte ich mit einem Schmunzeln, während ich das große Handtuch aus meiner Tasche holte und mich abtrocknete. Verstohlen lugte ich zu Aaron, der sich zu Silvio und einigen anderen Jungs gesetzt hatte und gerade einen Ansturm von Fragen zu beantworten schien. Besonders Silvio nahm ihn in die Mangel.

»Woher kennst du eigentlich Silvio?«, fragte ich Alina, als ich meine Haare trocken rubbelte.

»Er sitzt mit uns im Mathekurs.«

Ich ließ verdutzt das Handtuch sinken. »Wirklich?«

»Du solltest mehr auf deine Umgebung achten«, lachte sie und beobachtete Silvio verstohlen aus den Augenwinkeln. »Außerdem ist er ein begnadeter Künstler. Du musst mal seine Werke ansehen, die er im Kunstunterricht gemalt hat.«

»Dich scheint es ja schwer erwischt zu haben.« Grinsend setzte ich mich zu ihr. Sie lief rot an und strich sich eine Strähne ihres schulterlangen schwarzen Haars aus dem Gesicht.

»Anscheinend aber nur mich«, seufzte sie resigniert.

»Meinst du, Silvio würde mit dir im Wasser toben, wenn er nicht an dir interessiert wäre?«

»Auch wahr.« In Alinas Augen erwachte der Kampfgeist. »Dasselbe kann ich aber auch von Aaron behaupten.«

Ich schnaubte und streckte meine Beine aus. »Das ist mir schon aufgefallen.«

»Dann rann an den Speck! Alle Mädchen der Schule fangen ja schon an zu sabbern, wenn er in der Nähe ist.«

»Ich aber nicht.«

Alina verdrehte die Augen. »Jetzt zier dich nicht so und benimm dich. Wir kriegen Besuch.« Ihre Stimme wurde schlagartig heller und die Röte kehrte in ihre Wangen zurück. Aber nicht nur wir beobachteten die beiden. Wie Alina bemerkt hatte, drehten sich ihnen fast alle Mädchen zu. Silvio und Aaron lächelten einem mit langen blonden Locken zu, das ihnen zuwinkte. Dabei zupfte sie an ihrem Strandkleid. Alinas

Miene wurde immer düsterer. »Jungs …«, brummte sie schließlich.

»Wer hat hier auf uns geschimpft?«, fragte Silvio grinsend, als er sich neben Alina hinsetzte, wobei er die Beine von sich streckte. Mit einem Arm stützte er sich hinter ihrem Rücken ab. Alina lief sofort rot an. Auf meinen Armen spürte ich plötzlich ein leichtes Kribbeln, ich scheuchte das Gefühl, was auch immer es bedeutete, aber beiseite.

Aaron setzte sich im Schneidersitz neben mich. Unsere Knie berührten sich beinahe, ich wich jedoch nicht zurück. Auch wenn ich wirklich kein Interesse an ihm hatte – ich fühlte mich doch von seiner Aufmerksamkeit geschmeichelt.

»Denkst du wirklich, wir sind so geschmacklos?«, fragten beide gleichzeitig und fingen an zu lachen.

»Sie hat zwar 'nen echt heißen Körper …«

»… aber einen ekeligen Charakter, der das Gesamtbild unwiderruflich verschandelt«, ergänzte Silvio Aaron. Wir prusteten gleichzeitig los.

Ich kramte in meiner Tasche nach einem Apfel, wobei mir eine Kekspackung herausfiel, die Fiona eingepackt hatte. Zwei Augenpaare klebten förmlich an der Schachtel.

»Bedient euch.« Ich reichte ihnen die Schachtel und Alina einen Apfel, den sie dankend entgegennahm. Silvio zerfetzte unterdessen regelrecht die Verpackung und warf sich gleich eine Handvoll Haferflockenkekse in den Mund. Aaron tat es ihm gleich.

»Ihr benehmt euch wie ausgehungerte Löwen«, bemerkte ich grinsend und wollte mir einen der wenigen verbliebenen Kekse sichern, als mir Aaron sacht auf die Finger schlug und böse brummte. Seine abstehenden Haare und die blitzenden Augen unterstrichen die Ähnlichkeit mit einem Löwen nur noch mehr. Er hockte sich nach Katzenart hin, knurrte noch einmal und sprang dann auf mich zu. Grinsend konnte ich ihm gerade noch ausweichen, sodass er bäuchlings auf dem Sand zum Liegen kam. Silvio und Alina lagen sich lachend in den Armen.

»Ich glaub, wir sollten ihn Leon nennen und nicht Aaron!« Silvio lachte immer noch so sehr, dass sich seine Brust hektisch hob und senkte, und schlug seinem Freund auf die Schulter.

»Absolut«, stimmte Alina ihm kichernd zu.

Alina, Aaron und Silvio schlossen sich einer Partie Wasserball an, ich blieb aber auf der Decke zurück und genoss die Sonne. Aus den Augenwinkeln bemerkte ich Leander, der gemütlich auf mich zu geschlendert kam.

»Darf ich?«

»Sicher.« Ich rutschte ein wenig zur Seite und hielt mein Gesicht wieder der Sonne entgegen.

»Du scheinst nicht so der Sport Typ zu sein …«

»Nein«, antwortete ich und wandte mich ihm zu. »Ich mag es lieber ruhig. Warum bist du nicht bei ihnen?«

»Ich muss mich auch irgendwann mal aufwärmen.« Er zwinkerte mir zu und streckte die Beine aus, wobei er einen Rucksack beiseiteschob. Seiner? Ich fragte nicht danach.

»Da wird Julia aber traurig sein.«

Leander zuckte nur mit den Schultern.

»Schön zu sehen, dass du deinen Eispanzer abgelegt hast. Früher oder später hätte ich Frostbeulen in deiner Nähe bekommen.«

Ich hob die Augenbrauen, dann verzog ich die Lippen zu einem angedeuteten Grinsen. »Vielleicht bräuchtest du die ja mal, nach alldem, was ich erfahren habe.«

Er schlug sich getroffen die Hände vor die Brust. »Autsch.«

Lachend blickten wir auf den See, den immer mehr Schüler verließen. Auch Julia und Alina. Alina knuffte Silvio in die Seite, ehe sich ihre Wege trennten. Ich konnte nicht anders, als zu grinsen, als sie bei uns ankam.

»Ich habe dich vermisst, Schätzchen«, gurrte Julia und stupste mit ihrem Fuß Leanders Bein an.

»Jetzt bin ich ja da.« Das Funkeln in ihrem Augen entging mir nicht. Es wich jedoch leichter Enttäuschung, als er sich wie wir zum Gehen umzog. Die Sonne war mittlerweile hinter den Bäumen verschwunden, dennoch war es noch angenehm warm. Mit Leanders Hilfe falteten wir Alinas Picknickdecke zusammen und machten uns auf den Weg zum Parkplatz.

»Wir sehen uns am Montag«, verabschiedete sich Alina von mir und drückte mich. Julia winkte mir von Toms Auto zu, wo Tom gerade die Heckklappe schloss.

»Bis dann.« Ich erwiderte ihre Umarmung. Dann hüpfte sie ebenfalls zu Toms Wagen.

»Habe ich jetzt die Ehre dich nach Hause fahren zu dürfen?«, fragte Leander, als wir den sandigen Platz erreicht hatten. Es befanden sich nur noch wenige Autos auf ihm und unwillkürlich suchte ich nach Aarons Seat.

»Äh …«, antwortete ich unschlüssig. Eine Hand schloss sich um meinen Unterarm und zog mich von Leander fort.

»Sie fährt wieder mit mir.«

»Hey!« Wütend entwand ich mich Aarons Griff. »Ich kann selber entscheiden.«

»Halte dich besser von ihm fern«, sagte Aaron dunkel und wollte wieder nach meinem Arm greifen.

Ich starrte ihn ungläubig an und trat einen Schritt zurück, damit er nicht mehr nach meinem Arm fassen konnte. »Warum auf einmal? Wir sitzen häufig genug in der Cafeteria zusammen.«

»Das … ist etwas anderes.« Aaron kniff die Lippen zu einem Strich zusammen, sodass sein Gesicht hart und unnahbar aussah. Ich runzelte die Stirn. Was war auf einmal los mit ihm?

»Ach ja?« Ich stemmte die Hände in die Hüften. »Dann erkläre es mir.« Aaron antwortete aber nicht, weshalb ich mich zu Leander wandte. Er wirkte irgendwie selbstgefällig.

»Läuft da eine Wette zwischen euch?« Ich konnte mir das zwar nicht vorstellen, weil die beiden bisher kaum ein Wort gewechselt hatten, aber bei den Jungs in dem Alter konnte man nie wissen …

»Nein. Er würde ohnehin verlieren.« Leander klang absolut von sich überzeugt. Ich schnaubte verächtlich, dass sich in ein Ächzen verwandelte. Ich spürte wieder das Kribbeln. Aber intensiver als jemals zu vor. Fast schmerzhaft. Es fühlte sich ähnlich wie Nadelstiche an. Erschrocken rieb ich mir über die Arme und starrte Aaron an. Warum spürte ich das Kribbeln auf einmal wieder?

»Was soll das?«, fragte ich, ohne nachzudenken. Meine Stimme bebte und ich brachte noch etwas Abstand zwischen uns.

Aaron schien mich aber nicht zu hören oder mich überhaupt zu registrieren. Seine Augen waren schwarz geworden, Leanders dunkelrot. Die beiden wirkten, als wollten sie im nächsten Moment aufeinander losgehen. Um Aaron begann die Luft zu flimmern, wie auf einer Straße, die von der Sonne aufgeheizt wurde. Ich meinte, dass es tatsächlich wieder wärmer wurde. Das Stechen auf meinen Armen breitete sich über meinen gesamten Körper aus und veränderte sich zu einem schmerzhaften Reißen. Ich wollte mich bewegen, nur fort von ihnen, doch meine Füße waren wie am Boden festgeklebt. Panik breitete sich in meiner Brust aus und hinderte mich am Atmen.

»Hey! Hört auf, was immer ihr auch macht!« Mir war es egal, hysterisch wie eine Verrückte zu klingen. Hauptsache, die Schmerzen und die Hitze gingen endlich!

Leander wandte den Blick von Aaron ab, nickte mir knapp zu und ging steif ans andere Ende des Parkplatzes. Und mit ihm brach der Zauber. Ich fühlte meine Beine wieder, der seltsame Schmerz verschwand. Aaron stand noch einen Moment wie erstarrt auf der Stelle. Seine Brust hob und senkte sich schwer. Dann schüttelte er sich und kam auf mich zu.

»Komm.« Er klang immer noch kalt und so, als bereite ihm etwas Schmerzen.

Von der Situation völlig überfordert, folgte ich ihm mechanisch und plumpste auf den Beifahrersitz, als er mir die Tür geöffnet hatte. Aaron sagte kein Wort. Nachdem er sich angeschnallt hatte, musterte er mich eindringlich und mit zusammengekniffenen Lippen, dann fuhr er vom Parkplatz.

»Was ist eben passiert?«, fragte ich, als ich meine Stimme wieder gefunden hatte.

»Nichts.« Seine Hände verkrampften sich allerdings um das Lenkrad, sodass die Fingerknöchel weiß hervortraten.

»Klar doch«, konterte ich wütend. »Ich habe aus heiterem Himmel am ganzen Körper schmerzen.«

Aaron schwieg und je mehr Zeit verstrich, desto mehr presste ich die Zähne aufeinander.

»Das hätte nicht passieren dürfen«, sagte er schließlich leise.

»Was ist passiert?«, forderte ich erneut zu wissen. Wieder herrschte Stille. Ich schnaubte frustriert und versuchte es auf einen anderen Weg. »Was war mit deinen und seinen Augen?«

»Inwiefern?«

»Eure Augenfarbe hat sich verändert.«

»Das hast du dir eingebildet. Augenfarben können sich nicht ändern.« Er lachte hölzern. Seine Haltung blieb aber weiterhin angespannt. Sein Fahrstil war ebenfalls abgehackt. Jedes Mal, wenn er kuppelte, ruckte der Wagen.

»Das weiß ich. Dennoch hab ich es gesehen!« Ich umklammerte ich den Griff der Strandtasche so fest, sodass das Seil schmerzhaft in meine Haut schnitt. Ich hieß den Schmerz jedoch willkommen, denn er lenkte mich ein wenig von meinem Frust ab.

»Du musst dich getäuscht haben. Themenwechsel.« Sein Tonfall wurde noch abweisender. Ohne von der Straße zu sehen, machte er das Radio an. Wütend schaltete ich es wieder aus und drehte mich ruckartig zu ihm, sodass der Sicherheitsgurt in meinen Hals schnitt. »Habe ich nicht! Warum hast du in mir herumgestochert wie in einem Wackelpudding und selber willst du nichts über dich verraten?«

Aaron gab einen Laut von sich, den ich nicht einordnen konnte. Es klang fast wie eine Mischung aus Knurren und einem Gurgeln und passte überhaupt nicht zu seinem Alter. Wie sein gesamtes Benehmen gerade. Die Zähne hatte er so fest zusammengepresst, dass sich seine Kieferknochen scharf unter der Haut abzeichneten. Hektisch sah er in den Rückspiegel, dann bremste er ohne Vorwarnung. Ich wurde in meinem Gurt nach vorn geschleudert, konnte aber noch die Beine gegen die Wand im Fußraum stemmen, um die Wucht ein wenig abzufangen.

»Was soll …!«

Ich kam nicht zum Ausreden, da er plötzlich in einen Waldweg einbog. Verwirrt starrte ich erst auf die dunklen Bäume vor mir, dann zu ihm. Die letzte Helligkeit des Tages ließ sein Gesicht schärfer aussehen. Oder lag es an seinem verbissenen Gesichtsausdruck? Den angespannten Armmuskeln? Die Augen hatte er zu Schlitzen verengt, seine Atmung wurde immer hektischer. Dann stieg auf einmal die Temperatur im Auto. Soweit, dass mir Schweißperlen auf die Stirn traten. Die Heizung hatte er jedoch nicht angemacht.

Meine Nackenhaare stellten sich wieder auf und eine innere Stimme riet mir, so schnell wie möglich fortzulaufen. Auf meinen Armen spürte ich wieder das Kribbeln, welches ich bei unserer ersten Begegnung empfunden hatte. Verängstigt rieb ich darüber und rutschte in meinem Sitz bis an die Tür. »Was passiert hier?« Ich wollte nicht verängstigt klingen, aber ich hatte keine Kontrolle mehr über meine Stimme.

»Vergiss, was zwischen mir und Leander vorgefallen ist – Männersache«, sagte Aaron mit beherrschter Stimme. Die Hitze verschwand so schnell wie sie gekommen war.

Abrupt drehte er sich dem Steuer zu, setzte den Wagen aus dem Waldweg zurück und fuhr mit quietschenden Reifen an. Die Hände zu Fäusten geballt starrte ich aus der Windschutzscheibe. *Männersache, klar.* Das hatte nichts mit *Das-ist-meine-Frau,-lass-deine-Finger-bei-dir* zu tun. Ich weigerte mich daran zu glauben, dass meine Augen mich betrogen hatten. Oder mein Gefühl.

Die Stille lastete bleiern zwischen uns. Das Gefühl der Verbundenheit, das sich heute begonnen hatte zu bilden, spürte ich nicht mehr. Aus den Augenwinkeln lugte ich zu ihm. Aaron saß immer noch verkrampft hinter dem Steuer, als schien er mit sich zu ringen. Das Licht einer Straßenlaterne blendete mich und ich verengte die Augen.

»Es tut mir leid, dass ich unhöflich geworden bin.« Er klang ehrlich betroffen. Ich reagierte nicht.

»Ich darf dir nichts darüber erzählen.«

»Dann hatte ich also recht?«, fragte ich leise und sah ihn endlich an.

»Nein.« Er stoppte den Motor. Verdutzt sah ich auf Fionas Veranda. Wir waren schon da? Das passte super. Wütend griff ich nach meiner Tasche und wollte die Tür öffnen, als er mich am Arm festhielt. »Lucy, warte!«

»Warum? Ich erhalte ja eh keine Antwort«, entgegnete ich bissig und versuchte meinen Arm zu befreien, seine Finger hielten ihn jedoch eisern umschlossen. »Lass mich los!«

»Nein.« Er zog meinen Arm zu sich, sodass er meine Handoberseite sehen konnte und strich behutsam mit einem Finger darüber. »Geht es dir gut?«

Mir klappte der Mund auf. Hörte er mir nicht zu? »Wenn ich eine Antwort erhalte, ja.«

Die Anspannung wich mit einem Mal von ihm. Er seufzte leise, dann ließ er mich los. Sofort öffnete ich die Tür und stieg aus. Der Kies knirschte laut bei jedem meiner Schritte, so fest trat ich auf. Vor Zorn bebend stieg ich die Treppenstufen zur Veranda hinauf, wo ich in meiner Tasche zu kramen begann.

»Lucy, bitte …«

Ich hörte auf in meiner Tasche nach dem Schlüssel zu suchen und sah finster zu ihm. Aaron stand direkt unter mir vor der Treppe und sah flehend herauf.

»Was Lucy?«, knurrte ich und Tränen traten mir in die Augen. »Ich mache das nicht weiter mit, Aaron. Entweder du erzählst mir die Wahrheit oder du lässt mich in Ruhe. Ich will nicht weiter belogen werden und als Verrückte dastehen!«

»Ich …« Er hob die Hände, ließ sie aber resigniert wieder sinken. Für einen Augenblick dachte ich, Trotz in seinen Augen zu sehen. Dann sah er einfach nur traurig aus. »Pass auf dich auf und geh abends nicht mehr nach draußen.«

»Was …« Bevor ich zu Ende reden konnte, war er schon ins Auto gestiegen und fuhr davon.

Ich starrte ihm nach. Mein Kopf fühlte sich vollkommen leer an. Meine Brust schmerzte. Das war's? Einfach weg? Niemals zuvor hatte ich mich so verraten gefühlt wie in diesem Moment.

Mit zitternder Hand suchte ich wieder nach dem Schlüssel. Nach einer gefühlten Ewigkeit fanden meine Finger ihn endlich. Ich rammte ihn ins Schloss, öffnete die Tür und schmiss die Tasche einfach auf die Wendeltreppe. Die Feuchtigkeit war aus meinen Augen gewichen, der Schmerz in meiner Brust hielt sich hingegen hartnäckig. Ich rieb über die Stelle, an der sich mein Herz befand, während ich nach meiner Tante suchte. Aber ich fand sie weder in der Küche noch im Wohnzimmer. Schnaubend stapfte ich in den Wintergarten, aber auch dort war Fiona nicht. Als ich das Glashaus verlassen wollte, bemerkte ich einen schmalen Lichtstreifen auf dem Dielenboden im Wohnzimmer. Die Neugier verdrängte für den Moment das Gefühl des Betrugs und ich trat näher heran. An der Stelle, an der normalerweise ein Teppich lag, entdeckte ich eine Falltür. Mit leisem Quietschen öffnete ich diese und stieg eine schmale Treppe hinab. Am unteren Ende erleuchteten mehrere lange Neonröhren einen kleinen Raum, in dem Fiona an einer langen Werkbank arbeitete, die mich an die Arbeitsfläche in einem Labor erinnerte.

»Fiona?«

Erschrocken wirbelte sie herum. »Oh, Lucy, ich dachte du würdest länger bleiben.« Hastig versuchte sie ein Tuch über etwas zu legen.

»Was ...?« Mir blieb die Frage im Hals stecken.

»Äh ... geh schon mal nach oben, ich komme gleich ... nach.« So zerstreut wie jetzt hatte ich meine Tante noch nie gesehen.

Unfähig mich zu bewegen starrte ich sie an, dann gehorchten meine Beine wieder. Der Tag überforderte mich immer mehr. Erst das für mich immer irrealer erscheinende Duell von Aaron und Leander und dann ein heimliches, unterirdisches Labor meiner Tante.

Meine Füße trugen mich zu dem Sessel neben der Coach, in den ich mich fallen ließ. Amadeus sprang zu mir auf die Lehne und pinselte mein Gesicht mit seinem langen, buschigen Schwanz. Dabei starrte er mich durchdringend an. Irgendwie wissend. Es war das erste Mal, dass er freiwillig zu mir kam, doch in diesem Augenblick machte ich mir keine Gedanken darum.

Ich fühlte mich seltsam leer. Es war nicht die Leere wie nach dem Unfall meiner Familie, die mit Schmerz und Hoffnungslosigkeit angefüllt war, sondern eine Leere, die aus Verrat und Unwissenheit stammte. Mein Blick schweifte den schmalen Lichtstreifen, der aus dem Labor entkam, und meine Brust verkrampfte sich noch weiter.

Fiona kam erst nach einigen Minuten nach. Sorgfältig schloss sie die Tür und schob den Teppich darüber. Erst dann blickte sie zu mir, wobei sie sich mir gegenüber auf das Sofa setzte. Bei Amadeus Anblick hob sie kurz die Augenbraue, als wäre sie verblüfft, ehe sie ihre Aufmerksamkeit wieder mir zuwandte. »Du fragst dich sicher, was es mit dem Labor auf sich hat?«

Ich nickte stumm – zu aufgewühlt, um zu reden.

»Ich stelle dort bestimmte Pflanzensäfte her und bearbeite sie für das Forschungsinstitut, in dem ich arbeite. Es ist sozusagen ein auf mein Haus erweitertes Arbeitsverhältnis, weil bestimmte Gewächse nicht in einem öffentlichen Gewächshaus gezogen werden dürfen.«

Das konnte ich mir nur zu gut vorstellen. Ihre fleischfressende Pflanze Gendar zum Beispiel gehört sicherlich zu diesen …

»Da ich einige Aufarbeitungsschritte der Pflanzensäfte nur mittels spezieller Werkzeuge durchführen kann, wurde mir dieses Labor zur Verfügung gestellt«, erklärte sie ruhig, sie sah mich jedoch fragend an, als ob sie meine Bestätigung für ihre Geschichte brauchte.

Es klang plausibel, trotzdem kam mir diese Zusammenarbeit seltsam vor. Eine innere Stimme zweifelte an ihrer Aussage, vermutete mehr dahinter. Ich nickte müde, weil ich mir darüber jetzt keine Gedanken machen wollte. Amadeus kletterte auf die Lehne des Sessels und legte sich darauf. Ich traute ihm nicht, dass er friedlich blieb, ließ ihn aber vorerst dort liegen. Der Tag war so verrückt gewesen – vielleicht war ja ein Wunder geschehen und er mochte mich auf einmal.

»Möchtest du mir auch etwas erzählen? Du siehst mitgenommen aus.« Sie musterte mich aufmerksam und schlug die Beine übereinander. Ich unterdrückte den Laut, der aus Frust geboren meinen Hals hinauf wandern wollte. Ihre Feststellung traf meine Gefühlswelt nur annähernd. Langsam zweifelte ich meinen Verstand an. Aber das sagte ich nicht. Ich wollte erst einmal ihre Meinung hören. Vielleicht hatte ich durch ihre Medizin doch nur eine Halluzinationen gehabt …

Ich atmete tief durch, wobei ich meine Gedanken sortierte. »Da ist etwas Merkwürdiges zwischen …«

Knapp berichtete ich von der Konfrontation. Nur bei der Erinnerung stellten sich mir schon wieder die Nackenhaare auf und ein Echo des reißenden Gefühls hallte kurz durch mich.

Fiona unterbrach mich nicht. Ganz untypisch reagierte sie überhaupt nicht. Nicht einmal ihre Augenbrauen zuckten wie üblich.

Als ich endete, sah sie lange Zeit aus dem Fenster in die Nacht und mit jeder verstrichenen Sekunde wurde ich unruhiger. Glaubte sie mir? »Fiona …«

Sie wandte den Blick vom Fenster ab und sah mich eindringlich an. »Ich stimme Aaron zu. Draußen ist es nachts nicht mehr sicher für dich.«

Meine Kinnlade klappte herunter. Jetzt sprach auch sie noch diese Warnung aus? Was sollte sich so plötzlich verändert haben?

»Und warum?«, hakte ich nach, wobei ich sie grimmig ansah. Das sonst freundliche Gesicht meiner Tante sah zum ersten Mal ernst aus. »Höre bitte auf unsere Warnung.«

Ich hob die Augenbrauen, aber sie erklärte sich nicht weiter. Meine Stimmung wurde immer finsterer, was auch anscheinend auf meinem Gesicht zu sehen war, denn sie stellte beide Beine auf den Boden und lehnte sich ein wenig vor. Ihre Miene war wieder freundlich und aufgeschlossen. »Im Sommer sind hier einige Wildschweine unterwegs.«

Ich schnaubte laut und stand auf, wobei Amadeus auf die Sitzfläche fiel. Zusammengekauert und fauchend starrte er mich von dort aus an. Na wenigstens einer, der ehrlich war.

»Irgendwann erfahre ich die Wahrheit.«

Für einen Augenblick glaubte ich eine Art Sehnsucht in ihren Augen zu lesen. Im nächsten Augenblick wurde das Gefühl durch Sorge verdrängt. »Hast du vielleicht einen Sonnenstich?« Sie stand auf und streckte die Hand nach meiner Stirn aus, ich wich jedoch wütend zurück.

»Mir geht es blendend!« Ohne sie noch eines Blickes zu würdigen, eilte ich in den Flur und stapfte die Treppe hoch, dass bei jedem Tritt die Stufen knarzten. In meinem Zimmer angekommen, knallte ich die Tür zu und warf mich rücklings aufs Bett, von dem aus ich schwer atmend an die dunkle Dachschräge starrte.

Der Parkplatz erschien vor meinen Augen, Aaron, Leander,

Hitze und Schmerz … Solche Dinge geschahen nur in Büchern, aber nicht in der Wirklichkeit. Fabelwesen und paranormale Fähigkeiten waren doch reine Fiktion. Ich schüttelte den Kopf, um die Gedanken zu vertreiben. Wahrscheinlicher war eher, dass die halluzinogenen Dämpfe einiger Pflanzen Fionas langsam ihre Wirkung zu entfalten begannen.

»Das ist doch alles verrückt«, murmelte ich zur Decke und blickte aus dem Fenster, durch das die Mondsichel ihr spärliches Licht schickte. Bald würde Vollmond sein, Gruselzeit. Ich verbot mir weiter in diese Richtung zu denken und stand auf, öffnete das Fenster und atmete den Kiefernduft ein, der mich wie immer beruhigte.

Als ich das Sprossenfenster wieder schließen wollte, bemerkte ich ein Glänzen im Unterholz. Aufmerksam betrachtete ich die Umgebung und blickte in dunkelrote Augen. Mit rasendem Herz wich ich zurück und schlug das Fenster zu. Im nächsten Moment schüttelte ich über meine Naivität aber den Kopf. Die Augen hatte ich mir bestimmt nur eingebildet. Zögerlich lugte ich um eine Sprosse und wie ich erwartet hatte, fand ich die Augen nicht mehr.

»Das sind die Nachwirkungen des Tages …«, wisperte ich leise. Dennoch fröstelte ich, als ich unter der Decke lag.

Viele Fragen

Die Sonne hatte den Kampf noch nicht gegen den Frühnebel und die Dunkelheit der Nacht gewonnen, da saß ich schon angezogen und vollkommen wach auf meinem Bett und starrte an die gegenüberliegende Wand, ohne diese wirklich zu sehen. Geweckt hatten mich meine Gedanken, die sich im Laufe der Nacht zu beunruhigenden Ideen geformt hatten. Am vordringlichsten waren jedoch die Erinnerungen des vergangenen Tages. Was war wirklich geschehen?

Verzweifelt ließ ich mein Gesicht in die Hände fallen und versuchte Ruhe in meinen Kopf zu bringen. All die Fragen führten zu nichts außer zu Kopfschmerzen und absolut lächerlichen Erkenntnissen: Menschen mit übernatürlichen Kräften gab es nur in Büchern!

Ein Lichtstrahl drang durch meine Finger, weshalb ich den Kopf hob. Als ich aus dem Fenster sah, brach die Dämmerung gerade herein. Ihr erster Schein war knapp über dem dunklen Wald zu erahnen. Woher kam aber das Licht?

Angespannt sah ich hinunter in den Garten, da ein kleiner Teil in mir befürchtete, erneut die roten Augen zu sehen. Der Garten war nicht so düster, wie er um die Uhrzeit sein sollte. Unregelmäßig schwankte ein Licht über den Boden. Vor Schreck taumelte ich zurück und stolperte dabei fast über den Hocker, der mir als Nachttisch diente. Dann erkannte ich, dass es sich um eine Taschenlampe handelte und nicht um selbst wandelnde Lichtstrahlen. Vor Erleichterung schluchzte ich tatsächlich auf. Es war nur meine Tante, die zu der unchristlichen Zeit von fünf Uhr morgens durch den Garten geisterte, um wahrscheinlich einige Pflanzen zu ernten. Eine Weile sah ich ihr zu, hin und her gerissen, ob ich zu ihr gehen sollte oder nicht. Entgegen meiner Erwartung hatte sie mir gestern aufmerksam zugehört und glaubte mir anscheinend, auch wenn sie es abstritt. Warum sonst hatte sie mich wie Aaron vor der Nacht gewarnt?

Langsam kroch die Sonne über die Baumwipfel und tauchte den Garten in goldenes Licht. Fiona griff nach etwas, sah dann in den Wald, wobei sie mit einer Hand wedelte, und bückte sich wieder.

Ich verzog die Augenbrauen. Meine Tante war schon eine seltsame Frau. Vielleicht konnte ich sie heute dazu bringen, mir zu erklären, was gestern geschehen war.

Kurzerhand griff ich nach einer dicken Strickjacke, schlüpfte in meine Schlappen und tapste die Treppe herunter. Die Terrassentür war einen Spaltbreit geöffnet und als ich sie aufschob und auf den Weg treten wollte, stolperte ich wie meist fast über Amadeus, der fauchend aus meiner Fußreichweite sprang und mich böse knurrend anfunkelte.

»Was ist denn Amad–, oh, guten Morgen, Lucy. Warum bist du denn schon wach?« Fiona klang leicht aufgeregt und schmiss eilig einige für mich nicht sichtbare Dinge in einen Eimer neben sich. Mit gerunzelter Stirn ging ich zu ihr ans Kräuterbeet, vorbei an einigen Sträuchern und zwei riesigen Kürbispflanzen, an denen ein Dutzend Blüten zeigten. Alles lag noch im Schatten der mächtigen Bäume des Waldes, sodass die Pflanzen unheimlich wirkten und nach mir zu greifen schienen. Ich unterdrückte ein Frösteln.

»Ich hab nicht so gut geschlafen«, gestand ich und blinzelte, da der Nebel die ersten Sonnenstrahlen reflektierte, die durch die Zweige der Kiefern fielen.

»Die Geschichte gestern?«

Ich nickte und setzte mich auf einen umgefallenen Baumstamm, der quer im Kräuterbeet lag. Fiona störte sich nicht an dem modernen Baum und hatte ihre Gewächse um ihn herum gepflanzt.

»Da hätte ich auch nicht schlafen können«, antwortete sie nicht ganz bei der Sache, da sie gerade eine Pflanze vorsichtig einsetzte. Anschließend wischte sie sich die Hände an ihrer schon ganz dreckigen Jeans ab, goss das Gewächs und gesellte sich zu mir. Ich hatte von ihrem Treiben nicht viel mitbekommen – mein Blick klebte an einem Busch, dessen Äste sich bewegten, obwohl kein einziges Lüftchen wehte.

»Lucy?«

Verwirrte sah ich kurz zu meiner Tante, dann aber wieder zu dem Strauch. »Da ist was«, antwortete ich, anstatt zu fragen, was sie von mir wollte.

»Quatsch. Das ist der Wind«, tat sie ab und sah nicht einmal in die Richtung, in welche ich mit leicht zitternder Hand deutete. »Du bist wohl immer noch ein wenig neben der Spur.«

»Ich … äh … was?« Ihre Behauptung brachte mich aus dem Konzept. Verwirrt sah ich sie an. »Ich dachte, du glaubst mir?«

»Ja nun …, das was gestern passiert ist schon. In meinem Garten gibt es aber keine seltsamen Dinge!«

Ich wandte ihr endgültig mein Gesicht zu, überrascht über ihren forschen Tonfall. Hatte sie auch die roten Augen gesehen oder verheimlichte sie mir noch mehr? Existierte hier ein weiteres Labor oder züchtete sie weit gefährlichere Pflanzen als die seltsamen Monstrositäten in ihrem Gewächshaus?

»Jetzt atme einmal tief durch und sag mir, was dich beunruhigt.« Sie sah mich lächelnd an und legte eine Hand auf mein Knie.

Auch wenn ich wissen wollte, was ihr Ausruf bedeutete, folgte ich ihrer Anweisung und erstaunlicherweise fühlte ich mich anschließend nicht mehr ganz so aufgewühlt. Ich ordnete meine Gedanken und setzte mich bequemer hin, ehe ich ihr antwortete. »Ich will wissen, ob ich mir das gestern eingebildet habe oder nicht.«

»Das habe ich mir schon gedacht«, murmelte Fiona, tätschelte mein Knie und pulte einen Dreckklumpen von ihrer Hose. »Deine Augen haben dich wahrscheinlich nicht betrogen.«

Erleichtert atmete ich aus. Unbewusst hatte ich atemlos auf ihre Antwort gewartet und nicht einmal gemerkt, wie angespannt ich war.

»Aber was ist denn passiert?«

»Das kann ich dir auch nicht sagen«, antwortete sie leise. Mich beschlich der Verdacht, dass sie das sehr wohl konnte, aber nicht wollte.

»Und warum nicht? Es muss doch einen Grund geben, warum Aaron Hitze abgestrahlt hat und sich die Augenfarbe der beiden änderte. Und dann auch noch seine und deine Warnung!« Vor Erregung war ich aufgesprungen und stand nun mitten in Fionas Beet. Dass ich ihre geliebten Pflanzen gerade zertrampelte, schien meine Tante kaum zu registrieren. Sie musterte mich mit zusammengekniffenen Lippen und sah gar nicht glücklich aus. Als ob ich ein Thema angeschnitten hätte, das ihr unangenehm war.

»Ich habe auch manchmal Dinge gesehen, die nicht zu erklären waren und die ich mir bis heute nicht erklären kann. Zerbrich dir nicht weiter den Kopf darüber. Sei einfach vorsichtig und pass auf dich auf.«

Perplex starrte ich sie an. Worauf sollte ich denn achtgeben, wenn sie es mir nicht sagte?

»Ich versteh dich nicht«, brummte ich unzufrieden und setzte mich wieder auf den Stamm, aber mit einigem Abstand zu ihr. Ich fühlte mich missverstanden und verraten.

Wütend schloss ich meine linke Hand um einen kümmerlichen Ast, der noch aus der alten modernden Rinde ragte, und quetschte ihn so fest, dass er anfing zu rauchen. Erschrocken öffnete ich die Hand und starrte auf die Überreste des Zweigs; große graue Splitter lagen in meiner Hand, von denen einer noch leicht glomm.

»Wa–as«, stotterte ich verängstigt.

Fiona rutschte zu mir, nahm meine Hand in ihre und musterte interessiert die Überreste. Ihre Augen blitzten plötzlich, wie schon einmal, als sie mir den Schlüssel zu dem kleinen Schränkchen gegeben hatte, in dem ich mein Tagebuch aufbewahrte.

»Du hast aber einen festen Griff.« Sanft fegte sie die Holzsplitter von meiner Handfläche.

Verwirrt schüttelte ich den Kopf und bewegte meine Hand um zu sehen, ob wieder etwas Seltsames passierte. Aber nichts. Sie fühlte sich an wie immer. Selbst als ich erneut einen Zweig in die Hand nahm und zudrückte.

»Ich glaube, ich werde langsam verrückt ...« Leise ächzend ließ ich den Kopf in meine Hände sinken.

»Das wird schon.« Fiona tätschelte mir die Schulter. Ihr Geruch nach Kräutern umfing mich und ich entspannte mich ein wenig.

»Komm. Du hast doch sicherlich Hunger.« Lächelnd stand sie auf und reichte mir die Hand, die ich ohne zu zögern ergriff. Es machte keinen Sinn, weiter zu bohren oder über diese Dinge nachzudenken. Vielleicht bekam ich ja irgendwann meine Antwort.

Der Wecker am nächsten Morgen war wie ein dröhnender Gong, der direkt in meinem Kopf widerhallte. Ich riss die Augen auf. Sogar die Welt vor meinen Augen wackelte einen Moment. Als ich mich aufrichtete, stieß ich mir auch noch den Kopf an der Dachschräge.

»Au.« Mit tränenden Augen rieb ich mir die Stirn.

Der Tag fing ja gut an.

Ich war hundemüde, eine Beule bildete sich direkt unter meinem Haaransatz und in meinem Kopf hörte ich immer noch das Nachhallen des Glockenschlags. Ich sollte dringend den Klingelton meines Handyweckers ändern ...

Nachdem ich mir wahllos etwas aus dem Kleiderschrank gegriffen und es angezogen hatte, torkelte ich gähnend hinunter in die Küche. Das Frühstück hätte ich am liebsten ausfallen lassen, da ich keinen Hunger hatte. Mir schlug nicht nur die Müdigkeit auf den Magen sondern auch, dass ich Aaron und Leander sehen würde. Ich wusste nicht, wie ich mich ihnen gegenüber verhalten sollte, und das machte mich nervös. Fiona sah mich jedoch so durchdringend an, dass ich doch ein Knäckebrot herunterwürgte. Sie würde mich nicht gehen lassen, ehe ich etwas im Magen hatte.

Sobald ich das Schulgebäude betrat, fühlte ich mich so angespannt wie an meinem ersten Schultag. Und das obwohl ich in den ersten Stunden weder mit Leander noch mit Aaron in einem Kurs saß. Als ich die Klassenzimmer wechselte, überblickte ich die Flure wahrscheinlich besser als ein Falke ein Feld nach einer Maus.

»Alles okay bei dir?«, fragte Tom nach dem Deutschunterricht, als wir Richtung Cafeteria gingen.

»Ja, wieso?« Ich hörte auf nach Aaron oder Leander zu suchen.

»Du guckst dich um, als ob dir eine Horde Dämonen oder so folgen würde ...« Er meinte es spaßig, dass sah ich seinen Augen an. Wenn er wüsste, dass er damit voll ins Schwarze traf ...

»Ich hab nur nach Alina gesucht«, wich ich ihm aus.

»Nach mir. Wieso? Habe ich was verpasst?« Aus dem nichts erschien Alina vor mir, breit grinsend und mit wissendem Ausdruck in den Augen. Ich war froh, dass wir die Cafeteria erreicht hatten. Vor der Essensausgabe herrschte reges Gedränge und die allgemeine Lautstärke machte es mir unmöglich zu antworten. Während wir unser Essen kauften, lenkten Tom und Julia Alina ab, als wir uns jedoch an unseren Tisch setzten, sah sie mich auffordernd an. Meine Aufmerksamkeit galt hingegen Leander, der schräg gegenüber von mir saß. Er scherzte jedoch wie immer und benahm sich auch sonst nicht anders.

»Und?«, hakte Alina noch einmal nach. Seufzend legte ich den Löffel neben meine Kartoffelsuppe.

»Was und?«

»Du wolltest mir doch bestimmt erzählen, dass Aaron nach dem See noch bei dir geblieben ist.«

»Nein«, antwortete ich unbehaglich und senkte schnell den

Blick wieder auf meinen Teller. Aaron war in den Raum getreten und noch hatte er mich nicht gesehen … Nur bei seinem Anblick spürte ich schon die Hitze auf meiner Haut.

»Nein?«

Ich musste sie nicht ansehen, um zu wissen, dass sie mich mit weit erhobenen Augenbrauen anstarrte.

»Hast du die Mathehausaufgaben? Ich hab da was nicht verstanden.« Ich sah sie eindringlich an, auch deswegen, um Aaron nicht zu beobachten. Ich wollte nicht an ihn denken. Dann zweifelte ich nur wieder an meinem Verstand.

Alina holte laut Luft, ging aber auf das neue Thema ein. Für den Moment. Als wir im Matheunterricht in der letzten Reihe Platz nahmen, konnte ich sie jedoch nicht mehr ablenken. »Was ist los mit euch?«

Ich spannte mich an, kaschierte es aber, indem ich einen Block aus meiner Tasche holte. »Nichts, wieso?«

»Ihr habt euch super verstanden und jetzt redet ihr kein Wort miteinander?« Sie sah mich eindringlich an.

»Müssen wir das denn?«, konterte ich grimmig. Unwirsch knallte ich mein Mathebuch auf den Tisch, schlug die Seite auf, die wir zuletzt bearbeitet hatten, und vertiefte mich in die Definition des Themas. Alina ließ aber nicht locker. Sie klappte das Buch zu und sah mich herausfordernd an. »Jetzt sag schon!«

»Da ist nichts. Er hat mich gebracht und ist gleich wieder gefahren. Hör endlich auf, da mehr zu sehen als da ist!« Ich wurde lauter, obwohl ich es eigentlich nicht gewollt hatte. Aus den Augenwinkeln sah ich, dass wir beobachtet wurden. Unter anderem auch von Silvio. Ich konzentrierte mich jedoch nur auf Alina. Sollten sie denken, was sie wollte.

Verdutzt hob sie die Augenbrauen, kam aber meiner Bitte nach, auch wenn es ihr gewaltig gegen den Strich zu gehen schien. Sie fummelte nervtötend häufig an ihrem Federmäppchen herum und warf mir immer wieder verstohlene Blicke zu.

Als es endlich klingelte, schnappte ich mir erleichtert das

Mathebuch und stürmte aus dem Raum, ohne es einzustecken. Da es meine letzte Stunde war, eilte ich durch die Flure auf den Ausgang zu. Vor der Tür stand jedoch Aaron. Er lehnte mit vor der Brust verschränkten Armen am Türrahmen. Das Türkis seiner Iris war eine Spur dunkler als gewöhnlich, sodass es eher dunkelgrün wirkte.

»Was machst du denn hier?«, fragte ich nicht gerade freundlich und stopfte mein Buch in meine Umhängetasche, um meine zitternden Hände zu verbergen. Ich spürte jetzt nicht das Kribbeln und trotzdem fühlte ich mich angegriffen.

»Wie du das Gebäude verlassen.« Seine Stimme klang leicht angestrengt.

Ich hörte auf, an meiner Tasche zu fummeln und sah ihn geradeheraus an. »Du stehst an der Tür. Beim Verlassen geht man durch sie hindurch. Wenn du mir was zu sagen hast, dann beeil dich. Ich will meinen Bus kriegen.«

»Hast du mit jemandem über Samstag geredet?« Mit jedem Wort wirkte er noch angespannter.

Aus dem Bauch heraus wollte ich mit *Nein* antworten, weil es ihn nichts anging, der Trotz siegte jedoch. Ich war immer noch wütend auf ihn und es schien, dass er deswegen Ärger kriegen könnte. »Mit meiner Tante.«

Aaron presste die Zähne aufeinander, sodass seine Kieferknochen hervortraten, entspannte sich jedoch wenige Sekunden später wieder.

»Mit niemandem sonst?«

»Nein«, entgegnete ich genervt, wobei ich den Gurt meiner Tasche höher auf meine Schulter schob. »Warum ist dir das so wichtig, wenn ich mir alles nur eingebildet haben sollte?«

»Dein Bus ist da.«

Ich starrte ihn an und danach erst aus dem Fenster. »Ich … Bis dann.«

Die Türen schlossen sich gerade, der Fahrer war jedoch so freundlich, sie wieder zu öffnen. Als ich mich setzte, sah ich zurück zum Schulgebäude; Aaron stand immer noch in der Tür und sah mir nach. Unbehaglich wandte ich den Blick nach vorn und versuchte das bittere Gefühl abzuschütteln, das unsere Begegnung in mir verursacht hatte. Aber es hielt sich hartnäckig. Grimmig steckte ich mir Kopfhörer in die Ohren und startete meinen MP3-Player. Irgendwann würde ich schon noch hinter dieses Geheimnis kommen ...

○ ○ ○

In den kommenden Tagen ging Aaron mir aus dem Weg, worüber ich froh war. Nur seine Gegenwart ließ schon die Erinnerungen an das unheimliche Erlebnis am See aufkommen und etwas anderes, was ich nicht verstand. Es fühlte sich ein wenig wie einer Ahnung an. Aber für was?

Leander hingegen nutzte jede Sekunde, in der wir zusammen in einem Raum waren, um mich entweder zu beobachten oder sich mit mir über etwas zu unterhalten – egal über was. Seine Nähe behagte mir nicht, auch schon deswegen, weil ich nun in seiner Nähe das Kribbeln spürte. Es kostete mich alle Mühe, mir nicht ständig über die Arme zu reiben. Dennoch schien er es mitzubekommen. Es war nicht sein Verhalten, dass es mir verriet, sondern ein Ausdruck in seinen Augen. Hatte ich am Wochenende noch an meinem Verstand gezweifelt, jetzt tat ich es nicht mehr.

Tom, Julia und die anderen schienen nicht zu bemerken, dass sich etwas verändert hatte. Alina hingegen entging es nicht. Aber was sollte ich ihr sagen? Dass an Aaron und Leander etwas seltsam war?

Geistesabwesend kaute ich auf einem Bleistift und starrte an die Tafel, an welche die Lehrerin eine Art Stammbaum gezeichnet hatte. Nahmen wir jetzt Ahnenkunde durch? Ich blinzelte das Bild an, vertiefte mich aber wieder in meine Gedanken. Tom neben mir, der mich zwischenzeitlich verstohlen musterte, ignorierte ich. Wie konnte ich herausfinden, was hier nicht stimmte? Und warum ich dieses Kribbeln spürte?

»Dieses Schaubild habt ihr wahrscheinlich schon einmal gesehen–«, riss mich die Lehrerin aus den Gedanken. Ich starrte wieder an die Tafel, auf der die Hierarchie der griechischen Götter dargestellt war. Also nahmen wir jetzt griechische Mythologie durch. Meinetwegen.

Einige Schüler meldeten sich und diskutierten mit der Lehrerin über irgendwas, ich hörte ihnen aber nur mit halbem Ohr zu.

Als es endlich klingelte, war ich die Erste, die aus dem Raum stürmte und meine Beine trugen mich automatisch in die Richtung des kleinen und meist nicht genutzten Innenhofs. Ich kam jedoch nicht weit.

»Lucy?«

Ich drehte mich zu Tom um. Er stand direkt vor mir und sah mich besorgt an. Das Sonnenlicht ließ seine dunkelbraunen Haare heller erscheinen. »Was ist in letzter Zeit los mit dir?«

»Nichts, warum?«

»Du bist wieder so still. Kommst du mit dem Stoff nicht mit? Ich kann dir helfen.« So ernst hatte ich ihn noch nie gesehen und ich konnte nicht anders, als ein wenig zu lächeln. »Mir geht's gut. Ich bin nur müde.« Das stimmte nur zum Teil, mein Gähnen schien ihn jedoch zu überzeugen.

»Kommst du mit Essen?«, wechselte er das Thema und wandte sie schon halb von mir ab. Ich überlegte einen kleinen Moment, entschied mich aber dagegen. Aaron würde da sein, und Leander. Ihm würde ich gleich im Biologieunterricht begegnen und da wollte ich nicht jetzt schon das Prickeln spüren.

»Ich wollte in den Innenhof. Ein wenig dösen …«

»Okay. Mein Angebot steht noch.«

»Danke«, verabschiedete ich mich, lächelte kurz und ging in den Innenhof. Der Boden war mit hellen Sprenkeln besetzt, die vom Sonnenlicht stammten, das durch das Blätterdach fiel. Ein Vogel zwitscherte in den Ästen und aus den geöffneten Fenstern im ersten Stock drangen leise Unterhaltungen. Gähnend setzte ich mich auf eine Bank vor dem Baum und lehnte mich gegen die raue Rinde, als plötzlich die Tür zum Hof aufging.

»Du versteckst dich schon wieder? Das geht aber nicht so weiter, Lu!«

Seufzend richtete ich mich wieder auf und rutschte zur Seite, sodass Alina sich zu mir setzen konnte.

»Mach ich doch gar nicht. Ich mag die Ruhe.«

Sie verzog die Augenbrauen. »Du verschweigst mir etwas und ich gehe nicht eher, bis ich die Antwort weiß.« Sie lehnte sich mit vor der Brust verschränkten Armen an den dicken Stamm und sah mich herausfordernd an. Ausweichend holte ich einen Apfel aus meiner Tasche und biss hinein, ihr durchdringender Blick verdarb mir jedoch den Appetit. Und jetzt? Was sollte ich ihr erzählen? Die Wahrheit glaubte ich ja selber kaum.

Fieberhaft versuchte ich mir eine plausible Lüge einfallen zu lassen, aber umso mehr Zeit verstrich, desto unglaubhafter würde sie werden.

»Ich weiß auch nicht, was los ist«, gestand ich schließlich. Teilweise stimmte das, aber eben nicht ganz und genau das bekam Alina mit.

»Ach wirklich? Jetzt sag's schon!«

Unschlüssig presste ich die Lippen leicht aufeinander und starrte durch die Blätter in den Himmel. Vielleicht konnte sie mir sogar helfen … Immerhin kannte sie die beiden lange und hatte eventuell schon seltsame Begebenheiten zwischen ihnen miterlebt. »Hast du auf dem Parkplatz am See etwas mitbekommen, also – als wir abends gefahren sind?«, begann ich.

Sie schürzte nachdenklich die Lippen und schüttelte dann den Kopf. »Nein. Ich war aber auch mit Packen beschäftigt. Was war denn gewesen?«

Wie sollte ich das jetzt halbwegs glaubhaft erzählen?

»Ähm – ja, Leander und Aaron haben sich gestritten, bei wem ich jetzt mitfahren sollte, und plötzlich fühlte ich eine unheimliche … äh … Atmosphäre …« Atmosphäre war nicht ganz das passende Wort. Alina schwieg aber und deutete mit einem Kopfnicken an, dass ich weiterreden sollte.

»Ich fühlte mich plötzlich … seltsam und dann veränderte sich die Augenfarbe der beiden.« Nur von der Erzählung verspannte ich mich schon wieder.

»Ihre Augenfarbe veränderte sich?«, hakte Alina skeptisch nach.

»Ja. Wirklich. Aarons wurden ganz schwarz und Leanders irgendwie … dunkelrot«, schloss ich leise und blickte flehend in Alinas misstrauisches Gesicht. Sie schien mir nicht zu glauben. Meine Brust verkrampfte sich und ich wollte nur noch weg. Irgendwo hin, wo keine seltsamen Dinge passierten.

»Du hast dich sicherlich getäuscht. Immerhin begann es schon zu dämmern.«

»Vielleicht«, murmelte ich und war froh, die Hitze in Aarons Nähe und den Schmerz in der Erzählung ausgelassen zu haben. Wahrscheinlich dachte sie jetzt schon, ich würde durchdrehen. Es klingelte und erleichtert atmete ich auf. Gleichzeitig griffen wir nach unseren Taschen und verließen den kleinen Hof.

»Denk nicht mehr dran«, sagte Alina noch aufmunternd zum Abschied und trottete Richtung Obergeschoss. Ich nickte ihr nur zu, dann ging ich zu den Biologieräumen.

Unerwünscht

Zum ersten Mal war ich wirklich froh mit dem Fahrrad durch den Wald zu radeln. Der unebene Boden, die vielen Äste und Schlaglöcher forderten meine gesamte Konzentration, sodass ich mir keine Gedanken über das Gespräch mit Alina machen konnte. Damit würde mein Kopf mich heute Nacht quälen. Meine Träume drehten sich seit der Konfrontation von Leander und Aaron nur noch um verdunkelnde Augen und flammende Menschen. Ich war heilfroh, nicht mehr in Behandlung bei der Therapeutin zu sein. Sie hätte mich wahrscheinlich wegen Halluzinationen oder einer psychischen Störung, oder wie die verschiedenen Geisteskrankheiten genannt wurden, sofort in eine Klinik eingewiesen.

Mit quietschenden Reifen kam ich vor Fionas in die Jahre gekommenen Backsteinhaus zum Stehen und schloss es am Geländer an. Da ich keine Lust hatte, nach dem Schlüssel zu suchen, ging ich um das Gebäude herum. Es war schönes Wetter, da hatte Fiona garantiert die Terrassentür offen. Amadeus lungerte mit halb geschlossenen Augen auf der Bank neben der Tür und brummte zur Begrüßung, als ich an ihm vorbeiging.

»Dir auch einen schönen Tag, Katerchen«, konterte ich und unterließ es wie immer, ihn zu streichen, auch wenn sein rotes flauschiges Fell es geradewegs verlangte.

Die Tür war nur angelehnt. Sie quietschte leise, als ich sie aufschob.

»Lucy?« Fionas Stimme klang gedämpft.

»Ja«, antwortete ich, während ich in den Flur ging, wo ich meine Tasche auf die Treppe gleiten ließ.

»Wie war dein Tag?« Meine Tante erschien in der Küchentür. In der Hand ihre große Teetasse, die sie gerade abtrocknete.

»Wie immer.« Ich schlüpfte an ihr vorbei in den Raum und spähte auf den Herd, auf dem ich allerdings kein Essen fand.

»Es steht bereits im Kühlschrank«, entgegnete Fiona auf meine gerunzelte Stirn hin und stellte die nun trockene Tasse in ein Regal.

Während ich aufgewärmten Fisch und Gemüse aß, saß Fiona mir ausnahmsweise einmal still gegenüber und trank mit nachdenklichem Gesichtsausdruck Tee. Ich fragte erst gar nicht nach, was sie beschäftigte. Wahrscheinlich hätte ich es ohnehin nicht verstanden.

»Hast du Hausaufgaben auf?«, fragte sie, als ich Messer und Gabel beiseitelegte.

»In Latein. Wir sollen eine Gegenüberstellung der griechischen mit den römischen Göttern machen.«

»Oh.« Ihr Gesicht hellte sich merklich auf. »Dabei kann ich dir helfen.«

Zweifelnd hob ich die Augenbrauen. Wieso sollte sie sich mit der Mythologie der Griechen auskennen? Ich zuckte nur mit den Schultern und stellte meinen Teller in die Geschirrspülmaschine.

»Oder auch nicht«, hörte ich Fiona murmeln, als ich die Wendeltreppe hinaufging.

Ich hatte gerade meinen Text beendet, als die Tür aufging und meine Tante mit neugierig funkelnden Augen eintrat.

»Ich bin schon fertig«, sagte ich schnell und wollte das Blatt einheften, als sie es mir aus der Hand nahm.

»Hmm«, murmelte sie und las es aufmerksam. Am liebsten hätte ich ihr das Papier weggenommen, dann wäre es aber möglicherweise gerissen. Also saß ich mit verschränkten Armen auf meinem Schreibtischstuhl und musterte Fiona finster. Sie hatte sich bisher nie für meine Hausaufgaben interessiert oder diese kontrolliert.

»Das hier ist aber nicht ganz richtig.« Sie deutete auf die Mitte des Textes. Seufzend stand ich auf und setzte mich neben sie auf mein Bett, damit ich auf den Zettel sehen konnte.

»Und was soll daran falsch sein? Perseus ist doch Zeus' Sohn?«

»Das schon, aber einer, den er am liebsten nicht hätte. Er ist nicht sonderlich gut auf ihn zu sprechen.«

Ich starrte Fiona perplex an. Zeus ist ›nicht sonderlich gut auf ihn zu sprechen‹? Hatte ich das gerade richtig verstanden?

»Das verstehe ich nicht.«

»Was soll daran nicht zu verstehen sein? Das Oberhaupt mag es nicht und bast …« Erschrocken schlug sie sich eine Hand vor den Mund. Mir war mittlerweile die Kinnlade heruntergefallen. Warum redete meine Tante vom Göttervater, als würde sie ihn kennen?

»Was verheimlichst du mir?« Ich taxierte sie mit meinem Blick so eindringlich, wie ich konnte, und tatsächlich sah Fiona schnell aus dem Fenster.

»Vergiss, was ich eben sagte.« Im nächsten Moment war sie schon aufgesprungen und verließ fluchtartig mein Zimmer. Verdattert starrte ich auf den Türrahmen, hechtete ihr dann aber hinterher. Was hatte das zu bedeuten? Sie konnte doch nicht einfach so abhauen und mich mit meinen Fragen allein lassen!

In der Küche war sie nicht, ebenso wenig wie im Wohnzimmer. Ohne einen Blick in ihr Zimmer zu werfen, rannte ich in den Garten, der in rötlichen Flammen zu stehen schien – die Sonne ging gerade unter. Und inmitten des seltsamen Phänomens stand meine Tante, entrückt auf eine Eiche starrend und mich nicht bemerkend, als ich neben sie trat.

»Jetzt erklär mir das aber genauer mit Zeus!«

Erschrocken zuckte sie zusammen. »Wo kommst du denn so schnell her?«

»Weich mir nicht schon wieder aus!« Wütend stemmte ich die Hände in die Hüften.

»Das mache ich doch gar nicht …« Sie wirkte immer noch abwesend und betrachtete angestrengt die Eiche. Was sollte das? Ich trat vor sie und blockierte ihr so die Sicht auf den Baumstamm.

»Ich dreh hier bald durch, Tante. Erst stelle ich fest, dass einige Mitschüler irgendwie ...«, ich suchte nach den richtigen Worten, aber alle bis auf übermenschlich passten nicht, »... übermenschlich sind und dann kommst du mit deiner komischen Aussage. Es hört sich fast so an, als ob du Zeus persönlich kennen würdest! Ich will endlich Antworten!« Die letzten Worte schrie ich in die anbrechende Dunkelheit, sodass einige Amseln kreischen aus den Büschen flogen und sich laut zeternd in einem weiter entfernten Baum niederließen.

»Ich sagte doch, manchmal geschehen Dinge, die wir uns nicht erklären können.«

Ich schnaubte verächtlich, ihr milder Blick besänftigte mich aber. »Aber ...«

»Ach du liebe Güte, der Fisch brennt an.« Von wegen Fisch, der anbrennt. In der Küche stand überhaupt nichts auf dem Herd. Sie flüchtete wieder vor mir. Diesmal folgte ich ihr aber nicht, sondern blieb vollkommen verwirrt mitten auf der Wiese stehen, von welcher der Pfad zum See abging.

»Bleib nicht zu lange draußen und geh nicht zum See!«, rief meine Tante noch, ehe sie die Terrassentür zuschob. Und was sollte das wieder bedeuten? Es war noch nicht dunkel und die Dämmerung dauerte relativ lang.

Ihre Warnung ignorierend, trottete ich den Pfad hinunter zum See und kletterte in die Weide, deren Äste über die spiegelglatte Oberfläche des Gewässers reichten. Leise raschelten die Blätter in einer sanften Brise. Die letzten Sonnenstrahlen verwandelten das Wasser in flüssiges Gold, dessen ebene Fläche hin und wieder ein Fisch störte. Ich hatte für die Aussicht aber kein Auge, in mir kochte immer noch die Wut im Dunkeln gelassen zu werden.

Seufzend lehnte ich mich an den noch warmen Stamm und schloss die Augen. Fast augenblicklich beruhigten sich meine Nerven – wie immer, wenn ich unter diesem Baum saß. Und auch meine Gedanken kamen für den Moment zur Ruhe.

»Wenn du einschläfst, läufst du Gefahr ins Wasser zu stürzen.«

Vor Schreck fiel ich tatsächlich vom Ast, aber Leander zog mich vom Ufer weg, ehe ich in den See taumeln konnte.

»Was machst du hier?«, platzte es aus mir heraus. Ich entwand meinen Arm aus seinem Griff und brachte ein wenig Abstand zwischen uns. Meine Haut fühlte sich noch warm an und kribbelte leicht, wo er mich berührt hatte.

»Dich besuchen«, antwortete er mit einem schelmischen Glitzern in den Augen. Dass ich nicht in seiner Nähe stehen wollte, schien ihn nicht zu stören oder er versteckte es gut.

Ich verengte die Augen eine Spur. Woher wusste er, dass ich hier wohnte und vor allem, dass ich hier hinten, weit abseits des Hauses war? Am See? Hatte ich ihm von diesem erzählt? Ich konnte mich nicht daran erinnern.

Er schien mein Verhalten amüsant zu finden, denn er lächelte breiter als zuvor. »Habe ich dich erschreckt?«

»Nein«, log ich und straffte den Rücken. Ich spürte eine sanfte Bewegung an meiner Hand. Die Brise hatte einen Ast der Weide in meine Richtung geweht. Instinktiv griff ich danach und fühlte mich sofort sicherer. Irgendwie geerdet.

Plötzlich kam mir ein Verdacht in den Sinn. Und ein Bild. Rote Augen inmitten des Gartens blitzten vor mir auf. Hatte Leander vielleicht hier auf mich gewartet? Wollte mich meine Tante vor ihm warnen? Sofort kroch die Angst in meine Glieder, ich behielt meine Haltung jedoch bei.

Leander sog auf einmal tief die Luft ein. Im dunklen Braun seiner Iris glaubte ich eine Spur Rot zu sehen.

»Hat meine Tante dich hierher geschickt?«, fragte ich fest und zog weiter Kraft aus der Berührung mit der Weide.

»Nee, die hat mich gar nicht bemerkt. Die war mit irgendwas in der Küche beschäftigt und hat vor sich hingemurmelt.«

Ich hob eine Augenbraue. War er durchs Haus gegangen? Wie sonst hätte er meine Tante so genau beobachten können … Die Spannung in mir wuchs noch weiter an.

»Was machst du dann hier?«

»Ich wollte auch endlich mal sehen, wo du wohnst. Aaron meinte, du würdest ganz schon abgeschieden leben.« Er sah sich um und grinste. »Und damit hat er verdammt noch mal recht. Kriegst du abends keine Angst?«

Ich antwortete nicht darauf und betrat den Pfad zum Haus, das ich geradeso durch die Bäume erkennen konnte. Hatte ich Angst? Grundsätzlich nicht ... wären da nicht diese glühenden Augen gewesen. Seitdem wagte ich nicht einmal mehr, bei geöffneten Vorhängen zu schlafen oder das Fenster gekippt zu lassen.

Ein Schauder lief meinen Rücken herunter. Leander sah mich mit leicht glühenden Augen an – ahnte er, was ich gerade empfand oder bildete ich mir das nur ein?

Schweigend hastete ich den Weg entlang zurück zum Haus.

»Du hast doch Angst«, flüsterte Leander neben mir. Ich versuchte ihn zu ignorieren, aber etwas an ihm zog mich einerseits an und bereitete mir andererseits Herzrasen. Als ich endlich im Wohnzimmer meiner Tante stand, fiel das beklemmende Gefühl von mir ab. Leander schlenderte wie selbstverständlich in den Flur, geradewegs auf die Treppe zu.

»Hey, wo willst du hin?«

»Ich seh mich nur um.«

»Oh, hallo.« Fionas überraschtes Gesicht erschien im Türrahmen der Küche. »Ich wusste gar nicht, dass du noch Besuch erwartest.«

»Ich auch nicht«, murmelte ich leise, stieg aber die Treppe empor, da ich mich mit Leander nicht unter Fionas wachsamen Augen unterhalten wollte. Die Frau stellte ziemlich häufig unbequeme Fragen ...

Ich ließ mich auf meinem Bett nieder und zwang Leander so, sich auf meinen Schreibtischstuhl zu setzen, da der gemütliche Korbsessel mit schmutziger Wäsche belegt war.

»Nett hast du's hier.«

»Warum bist du hier?«, bohrte ich erneut nach. Dass er mich nur so besuchen wollte, glaubte ich ihm nicht im Mindesten.

»Das sagte ich bereits.« Er lümmelte sich entspannt auf den Stuhl und begann mit einem Kuli zu spielen. Ich schnaubte frustriert. Wenn er nicht mit dieser Wahrheit herausrücken wollte, dann konnte ich ihn nach was Anderem fragen. »Was ist auf dem Parkplatz passiert?«

Ein amüsierter Ausdruck erschien auf seinem Gesicht. »Ich dachte schon, du würdest nie danach fragen!«

Misstrauisch zog ich die Augenbrauen zusammen. Warum hatte er das Thema nicht gleich angesprochen, wenn er mir dazu etwas sagen wollte?

»In der Schule hätte es bestimmt jemand mitbekommen. Warum hast du es nicht angesprochen?«, konterte ich und fixierte ihn mit meinem Blick.

»Wusste ja nicht, ob du vielleicht doch nichts bemerkt hast oder ob du glaubst, dass du den Verstand verlierst, oder so ... Da wollte ich dich nicht mit der Nase draufstoßen.«

»Sehr freundlich von dir. Dann erklär es jetzt. Aaron geht mir seitdem aus dem Weg.«

»Du eher uns ... immerhin erscheinst du fast nicht mehr in der Cafeteria. – Hast du Angst vor uns?« Die letzten Worte hatte er nur noch geflüstert und sich dabei nach vorn gelehnt, sodass sich nur noch ein knapper Meter zwischen unseren Gesichtern befand. Die Luft fühlte sich plötzlich zähflüssig an, als ob sie mich erdrücken wollte.

Ich unterdrückte den Drang, aus dem Raum zu fliehen und Fiona zu bitten, ihn rauszuwerfen. Einerseits wollte ich wissen, was passiert war, andererseits jagten mir die Geschehnisse damals Angst ein. Vielleicht wäre es sicherer, wenn ich einfach den Mund hielt und Leander bat zu gehen. Aber meine Neugier siegte letztlich – wie immer.

»Nein«, erwiderte ich fest, womit ich mir die Blöße gab.

»Das solltest du aber ...« Sein Stimme klang dunkel und passte überhaupt nicht mehr zu seinem Alter. Die zähe Luft wandelte sich schlagartig in das bekannte Prickeln um. Verängstigt rieb ich mir über die Arme. »Hör auf damit!«

»Du machst es mir aber sehr schwer ...«

»Was ...?«, stotterte ich erschrocken.

Leander rollte näher zu mir. Unsere Knie berührten sich fast.

»Deine Aura singt zu mir ...«

Mir stockte der Atem, auch wenn ich nicht verstand, was er damit meinte. Ich gab endlich dem Drang zu fliegen nach. Als ich noch nicht einmal die Hälfte des Zimmers durchquert hatte, schlang Leander einen Arm um meine Brust und zog mich so fest an sich, dass ich mich kaum noch bewegen konnte.

»Fliehen nützt dir auch nichts – du bist mitten drin.« Er atmete wieder tief ein. Schlagartig wurde mir kalt. Das Prickeln wurde zu einem Reißen.

»*Nein*!«

Er schreckte nicht einmal vor meinem Schrei zurück. »Finde dich damit ab, sonst gehst du unter. Du ...« Er unterbrach sich, da in dem Augenblick Fiona in mein Zimmer platzte.

»Was machst du da?« Ihre Augen funkelten angriffslustig, die Hände hielt sie mit den geöffneten Handflächen zu mir. Ich war zu verängstigt, um mir groß Gedanken über ihre seltsame Verteidigungshaltung zu machen.

»Nichts – ich wollte Lucy nur noch einmal die Selbstverteidigungstechnik erklären, die wir im Sportunterricht zurzeit durchnehmen.«

Ich war noch zu schockiert, um auf diese dreiste Lüge zu reagieren.

»Ach wirklich ...« Fiona schien ihm kein Stück zu glauben. »Geh jetzt besser. Es wird bald dunkel«, sagte sie kühl.

Endlich ließ Leander mich los. Dabei geschah jedoch etwas Seltsames: Ich hatte das Gefühl, dass mir die Haut abgezogen würde ... beziehungsweise etwas anderes. Das *Abreißen* endete erst, als er mich nicht mehr berührte.

Zitternd stand ich mitten in meinem Zimmer, die Arme eng um meinen Oberkörper geschlungen und dennoch hatte ich das Gefühl, gleich auseinander zu fallen.

»Bis morgen, Lucy«, flötete Leander fröhlich, grinste mich zum Abschluss süffisant an und schlenderte vor meiner Tante aus dem Zimmer. Jeden ihrer Schritte hörte ich deutlich, als ginge ich direkt neben ihnen, und erst als die Eingangstür geöffnet und wieder geschlossen wurde, fiel die Spannung von mir. Ich sackte auf der Stelle zu Boden und versuchte zu begreifen, was geschehen war. Meine Gedanken rasten gleichzeitig in alle Richtungen, kamen aber letztlich zum selben Ergebnis: Ich verlor langsam den Verstand.

Hilflos sah ich mich im Raum um, der kalt und abweisend auf mich wirkte – vielleicht stammte diese Empfindung aber auch von mir, da sich meine Haut anfühlte, als sei sie mit rauem Schmirgelpapier bearbeitet worden.

»Lucy?«

Ich hatte nicht einmal die Kraft den Kopf zu heben. Eine Hand legte sich auf meine Schulter. Ich zuckte unter der Berührung zusammen, da sie sich wie ein Stromschlag anfühlte.

»Geht es dir gut?«

Nein, überhaupt nicht. Ich sah sie nur an. Mein Blick schien Antwort genug zu sein.

»Beweg dich nicht von der Stelle. Ich bin gleich wieder da!« Sie klang beunruhigt, was mir noch mehr Angst einjagte. Was hatte Leander mit mir gemacht?

»Dass er sich nicht zusammenreißen konnte! Immer das Gleiche mit denen …«, schimpfte sie auf dem Weg die Wendeltreppe hinab. Ich verstand kein Wort, rollte mich auf dem Dielenboden zusammen und konzentrierte mich auf das rhythmische Klopfen eines Spechtes.

»Trink das bitte.«

Ich blinzelte zu ihr empor. Fiona hielt mir einen dampfenden Becher entgegen. Er roch nicht appetitlich, aber die Aussicht auf etwas Warmes in meinem Magen siegte über den stechenden Geruch. In einem Rutsch trank ich das dickliche Getränk aus und rollte mich augenblicklich wieder ein, da ich das Gefühl hatte, sonst auseinanderzubrechen. Der Boden fühlte sich hart wie Stein an, weswegen ich mich ein wenig drehte. Aber auch diese Position brachte mir keine Erleichterung.

»Auch wenn es wehtut, ich helfe dir jetzt auf dein Bett.«

Ich nickte nur schwach, biss die Zähne zusammen, als sie mir unter die Achseln griff und mir aufhalf, und torkelte die wenigen Schritte auf mein Bett zu. Ächzend plumpste ich auf die Matratze und rollte mich sofort wieder ein. Fiona legte meine bunte Tagesdecke über mich und setzte sich auf meinen Schreibtischstuhl. Sobald sie mich losließ, endeten die kleinen Stromschläge, das Stechen blieb jedoch. Selbst die Decke und das weiche Viskose-Shirt schabten unangenehm über meine Haut, trotzdem behielt ich die Haltung bei.

»Es müsste gleich besser werden.« Fiona strich mir sanft die Haare aus der Stirn. Ich zuckte unter ihren Fingern zusammen, die wie Nadeln auf meiner Haut stachen.

Mit zusammengepressten Lippen stand sie auf, räumte auf meinem Bücherregal einige Pflanzen hin und her und kam zu mir zurück. Plötzlich spürte ich einen warmen, angenehmen Hauch, der mich den Kopf heben ließ. Direkt vor mir standen einige Zimmerpflanzen. Ein Farn und ein Gewächs mit großen Blättern. Instinktiv berührte ich die feinen gefiederten Blätter des Farns. Fiona seufzte erleichtert und setzte sich neben mich.

»Besser?«

Ich nickte langsam. Und ungläubig. Waren die Pflanzen für die angenehmen Empfindungen verantwortlich oder ihr Tee?

»Was wollte dieser Leander eigentlich?«

»Das weiß ich auch nicht.« Auf meine Fragen hatte er nicht geantwortet. Stattdessen hatte er nur noch weitere aufgeworfen. Einen Moment wollte ich Fiona erneut nach den unglaublichen Dingen befragen, hielt dann aber den Mund. Sie würde mir wieder nur ausweichen.

Meine Tante musterte mich ausgiebig, behielt ihre Fragen aber ausnahmsweise einmal für sich.

»Wenn er nicht mehr hierher kommen soll, sage es nur. Ich lasse mir dann etwas einfallen.«

»Äh ja …« Ich strich geistesabwesend mit der Hand über meinen Arm. Die Haut prickelte kaum noch. Fionas Wundermedizin schien tatsächlich zu wirken.

»Wie geht es deiner Aura?«, fragte sie abwesend, da sie damit beschäftigt war, verwelkte Blätter aus einer der Topfpflanzen zu zupfen.

Ich starrte sie an. »Aura? Was meinst du damit?« Leander hatte doch auch etwas in der Richtung gesagt …

Erschrocken sah sie von ihrer Arbeit auf. »Ich, nun …«

»Was?« Wütend sprang ich auf, wobei der Farn zu Boden stürzte. »Jetzt gibst du schon zu, von diesen seltsamen Dingen zu wissen, und weigerst dich immer noch, mir die Wahrheit zu erzählen! Was soll das?«

»Beruhige dich bitte. Du interpretierst zu viel in die Sache. Du weißt doch, dass ich mich mit esoterischen Sachen befasse und in dem Gebiet arbeite. Besonders haben es mir die Bereiche angetan, in denen es um Auren geht«, entgegnete sie. Mir entging jedoch nicht, dass ihr Auge leicht zuckte. Ich starrte sie weiterhin finster an – mein Zorn verblasste aber langsam. Ich hatte nicht gewusst, dass sie sich beruflich auch mit Esoterik befasste. Es erklärte aber die vielen Bücher in diesem Genre, die eines der Regale im Wohnzimmer füllten. Dennoch zweifelte ein Teil von mir weiterhin an ihrer Ehrlichkeit.

»Zurück zu meiner Frage. Fühlst du dich besser?«

Ich nickte. Plötzlich schob sich eine Erinnerung in mein Bewusstsein. »Hast du mich deswegen vor dem See gewarnt? Wusstest du, dass Leander dort wartet?«

»Nein«, erwiderte sie ernst. Etwas in ihrer Stimme sagte mir jedoch das Gegenteil.

»Brauchst du mich noch? Ich habe noch einen Auftrag zu bearbeiten.« Fiona erhob sich, stellte die Pflanzen zurück auf das Regal – die zu Boden gestürzte setzte sie mit leidigem Blick wieder in ihren Topf ein und verfrachtete sie zu ihren Geschwistern – und wandte sich dann wieder mir zu. »Lucy?«

»Es geht wieder.« Zum Teil kribbelte mein Körper immer noch seltsam. Meine feinfühlige Tante schien mein Unbehagen zu bemerken und runzelte die Stirn. »Komm bitte mit ins Gewächshaus.«

Verdutzt folgte ich ihr durch den Flur und das Wohnzimmer, hinein in den schwülen Glaskasten. Sobald Fiona das Haus betrat, begann ihre fleischfressende Pflanze Gendar aufgeregt mit dem Schnabel zu klappern und mit den Ranken zu rascheln.

»Jaja, mein Großer. Es gibt gleich Abendessen.« Suchend kramte sie unter dem Regal, auf dem ihre Lieblinge standen, und zog eine Plastikschachtel mit riesigen Heuschrecken hervor, die aufgeregt gegen den durchsichtigen Deckel sprangen. Mit gekräuselten Lippen beobachtete ich, wie Fiona mittels einer langen Pinzette eine Heuschrecke herausfischte und diese in die Nähe des schnabelartigen Gebildes hielt, mit dem Gendar blitzschnell nach dem sich windenden Insekt schnappte.

»Was soll ich hier?«, riss ich Fiona aus ihrer Betrachtung. Ein Bein hing noch aus dem Schnabel, verschwand aber einen Augenblick später.

»Ich bräuchte deine Hilfe bei meinem kleinen Sonnenschein.«

Mit gerunzelter Stirn schritt ich auf die große Pflanze zu, deren hellblaue, runde Blätter sich bei der kleinsten Berührung eines Fremden zusammenrollten. Fiona konnte ungehindert an ihr arbeiten, bei mir zog sie sich jedoch immer noch eingeschüchtert zurück. Zu meinem Erstaunen rollten sich die Blätter jedoch nicht zusammen, als ich in ihre Nähe kam, sondern sie schoben sich mir sogar entgegen und hüllten mich ein. Ich war so verdutzt, dass ich im ersten Moment überhaupt nicht reagierte.

»Was ...?«

»Sie mag dich jetzt wohl.« Fiona zwinkerte mir zu und stellte die Schachtel mit den Heuschrecken wieder beiseite.

Ich nickte perplex, fand meine Sprache aber schnell wieder. »Was soll ich tun?«

»Nichts.«

Mir klappte wieder die Kinnlade herunter. Was sollte ich dann überhaupt hier? »Aber ...«

»Auch wenn sie schüchtern ist, braucht sie zwischendurch mal Gesellschaft. Und ein wenig Abwechslung tut ihr auch ganz gut, wie du siehst.«

»Jah«, hauchte ich lahm. Ich verstand Fionas Beweggründe jedoch immer noch nicht wirklich und auch nicht, warum diese empfindsame Pflanze mich auf einmal in ihrer Nähe duldete. Aber irgendetwas schien sie mit mir zu machen – ich fühlte mich nicht mehr wie von Sand umhüllt und das seltsame Kribbeln verblasste vollends.

»Ich glaube, sie hatte genug Gesellschaft.«

Ich sah an mir hinunter; die Blätter hatten sich wieder entfernt, waren aber immer noch zu voller Größe ausgebreitet. *Seltsames Ding*, ging es mir durch den Kopf. Aber langsam schien ich mich an seltsame Dinge zu gewöhnen – notgedrungenerweise.

Unruhig stand ich am Mittwochmorgen vor der Glastür, die zum Sicherheitstrank der naturwissenschaftlichen Räume führte. Es war die erste gemeinsame Schulstunde mit Leander seit unserer Begegnung und ich wusste nicht, wie ich mich ihm gegenüber verhalten sollte. Am vergangenen Tag hatte ich ihn zum Glück nicht in der Cafeteria getroffen, was mir ein wenig Aufschub gegeben hatte.

Weitere Schüler trafen ein. Alle noch relativ müde aussehend. Wie ich hatten einige einen Becher Kaffee in den Händen.

Ich nippte erneut an meinem Becher und schloss für einen Moment die Augen, um das Aroma zu genießen. Schwarz mit Zucker. Der beste Auftakt für den Tag.

Die Schule war der einzige Ort, an dem ich ihn trinken konnte. Fiona hasste dieses Getränk, warum auch immer, und ihr Schwarztee war keine Alternative.

Der Schulgong ertönte und holte mich aus meiner kleinen Blase Gemütlichkeit. Sofort kehrte meine Anspannung zurück, aber als ich sah, dass Leander noch nicht erschienen war, entspannte ich mich ein wenig. Schritte erklangen nicht weit von mir, dann erschien unser Biologielehrer. Schnell trank ich meinen Kaffee aus und warf den Becher in einen Mülleimer.

Munter wie immer schloss Herr Harmann die Tür auf und rauschte auf den Biologieraum zwei zu. Wir folgten ihm schweigend. Es folgte der alltägliche Krach, als sechzehn Schüler sich auf ihre Plätze setzten und die Unterrichtsmaterialien herausholten. Ich spähte immer wieder am Waschbecken vorbei, das sich zwischen den zwei Tischen befand, zur Tür, aber Leander ließ sich nicht blicken. Als der Lehrer sie schloss, löste sich meine Anspannung und endgültig.

»Guten Morgen. Ich hoffe, ihr habt das Kapitel über den Zellstoffwechsel gele …« Ein Klopfen unterbrach ihn jedoch. Mit leicht gerunzelter Stirn öffnete er die Tür.

»Fast noch pünktlich Leander«, begrüßte er meinen Mitschüler mit deutlich hörbarem Sarkasmus und schloss die Tür hinter ihm.

»Der Bus hatte Verspätung.«

Unser Lehrer nickte nur knapp und stellte sich wieder hinter sein Pult, während Leander seelenruhig auf den Platz neben mir zusteuerte. Bei seinem Anblick meldete sich sofort die Unruhe in mir.

»Der Bus …?«, fragte ich leise, um mich von dem Gefühl abzulenken, und verzog leicht die Augenbrauen.

»Ja«, erwiderte er knapp, während er seinen Block und einen

Stift herausholte. Ich hob vollends die Augenbrauen. »Ist dein Auto kaputt?«

»Nein.« Leander sah mich von der Seite an, ein leidiger Ausdruck blitzte in seinen Augen auf, ehe er den Blick zur Tafel wandte. Kein *Hallo, heute kein Lächeln für mich* wie er mich bisher in jeder Stunde begrüßt hatte. Ich öffnete bereits den Mund, um zu fragen, was mit ihm los war, doch in diesem Moment räusperte sich Herr Harmann.

»Erarbeitet mit eurem Sitznachbarn die verschiedenen Transportwege durch die Zellmembran. Nächste Stunde trägt eine Gruppe ihre Ergebnisse vor.« Dabei sah er speziell mich an. Ich schluckte, schlug das entsprechende Kapitel auf und schob das Buch in die Mitte des Tisches, da Leander seines anscheinend wieder vergessen hatte.

Schweigend bearbeitete ich die entsprechenden Seiten und schob Leander schließlich meine Ideen und Notizen zu, damit wir sie überprüfen konnten. Leander warf jedoch nur flüchtig einen Blick darauf und schrieb wieder etwas auf sein Blatt.

»Was ist los?«, fragte ich leise, dabei fuhr ich mit dem Stift über eine Passage des Biobuches. Nur für den Fall, das wir beobachtet wurden. Anstatt zu antworten, schob er mit seinem Kuli meinen Finger beiseite und blätterte die Seite um.

»Hey – Ich red mit dir!«

Stur notierte er etwas, strich es durch und schrieb es woanders wieder auf. Frustriert schnaubend zog ich seinen Block weg.

»Was soll das, Lucy? Arbeite weiter.«

»Das mach ich, sobald du wieder normal mit mir umgehst. Ich hatte nicht den Eindruck, dass je die beleidigte Leberwurst spielen würdest.«

Endlich hob er den Blick vom Buch. »Beleidigte Leberwurst? Soso.« Er verzog die Lippen zu seinem üblichen Grinsen. »Und wer von uns beiden sitzt denn so, als säße er auf einem Nagelbrett?«

Ich atmete laut ein, um zu protestieren, aber er hatte recht. Stattdessen entspannte ich mich, soweit es zumindest ging. Ich traute ihm nicht und das schien er zu merken.

»Ich werde dich nicht auffressen.«

Ich schnaubte leise, was er mit einem leisen Lachen quittierte.

»Luciane, Leander. Zum Kaffeeklatsch könnt ihr euch in der Pause treffen!« Herr Harrman sah uns mit seinen dunklen Augen eindringlich an. Obwohl er jung war, besaß er seltsamerweise die Autorität, die den älteren Lehrern zu eigen war. Und das trotz seines eher schludrigen Stils aus Jeans, T-shirt und abgelatschten Sneakers.

Ich zuckte unter dem Tadel zusammen und wandte meine Aufmerksamkeit wie Leander wieder dem Buch zu. Sehr häufig spürte ich jedoch seine Augen auf mir ruhen. Es fühlte sich fast so an, als würde er mich prüfen. Kälte breitete sich in mir aus. Bislang hatte er nicht seine andere Seite gezeigt. Aber würde es dabei bleiben? Bekäme es überhaupt jemand mit? Unbehaglich rutschte ich ein wenig von ihm ab.

»Du hast doch Angst vor mir«, murmelte er so leise, dass ich ihn kaum verstand.

»Warum benimmst du dich anders, seit du bei mir warst?«, konterte ich, um zu überspielen, dass dem so war, und in der Hoffnung, seinem Geheimnis auf die Spur zu kommen.

»Wie ich sagte, es hat sich einiges geändert.«

Nur klärte mich weiterhin niemand auf. Wozu auch? Wütend knallte ich meinen Stift auf den Tisch, blickte flüchtig zu unserem Lehrer, der jedoch gerade damit beschäftigt war, etwas an die Tafel zu schreiben, und wandte mich wieder zu Leander. »Warum lasst ihr mich alle im Dunkeln tappen?«

»Du wirst die Wahrheit noch früh genug erfahren – und dann bitter daran zurück denken, wie schön es war, unwissend zu sein.« Seine Stimme klang kalt und leicht frustriert.

Ich wollte etwas erwidern, in dem Moment pikte Leander mir aber in die Seite und deutete mit dem Kopf nach vorn. Der

Lehrer musterte uns eindringlich, fuhr aber in seiner Erklärung fort – ich verstand jedoch kein Wort, denn meine Gedanken kreisten um Leanders Aussage. Was würde ich bald erfahren?

Wandelnde Äste

Nachdenklich saß ich über das Tagebuch gebeugt und kaute auf meinem Bleistift. Irgendetwas ließ mich zögern die jüngsten Ereignisse niederzuschreiben. Nur was?

Grübelnd drehte ich mich auf den Rücken und starrte an die Decke. Die letzten Sonnenstrahlen malten verschlungene Muster auf die weiß gestrichene Wand. Eine Fliege flog durch das geöffnete Fenster und knallte immer wieder brummend gegen den Spiegel, der an meinem Schrank hing. Genervt war ich kurz davor aufzustehen, als Amadeus in mein Zimmer gestiefelt kam, sich interessiert nach der Fliege umsah und sich in Lauerstellung vor den Schrank hockte. Ich drehte den Kopf, damit ich den Kater besser beobachten konnte. Sein Schwanz zuckte unruhig über den Boden, die Barthaare zitterten leicht. Unvermittelt sprang er nach vorn und schlug mir der Pfote nach dem dicken Brummer. Mit Erfolg. Genüsslich auf ihm kauend, starrte er mich schließlich an.

»Glaube ja nicht, dass ich dich dafür lobe.«

Amadeus kniff die Augen zusammen, fauchte und trollte sich dann wieder. Ich sah dem Kater nach. Als sein buschiger Schwanz aus meinem Blickfeld verschwand, drehte ich mich wieder dem Buch zu. Das kleine Schauspiel hatte jedoch nicht gereicht, meine Schreibhemmung zu vertreiben. *Ach, was soll's. Es ist so viel Verrücktes passiert, das bringt das Fass auch nicht zum Überlaufen.*

Ich schlug das Buch zu, verstaute es in dem kleinen Schrank, den mir Fiona geschenkt hatte, und ging hinunter in die Küche.

Das letzte Tageslicht reichte nicht mehr aus, um den nach Norden gerichteten Raum zu erhellen, weshalb die Deckenbeleuchtung schon brannte. Fiona stand vor dem Herd und rührte in einem Topf und Amadeus lungerte wie meist auf einem Stuhl, von dem er mich finster anstarrte. Zu seinem Ärger setzte ich mich neben ihn.

»Hast du Hunger?«, fragte Fiona, ohne sich vom Topf abzuwenden. Ich rümpfte die Nase, als ich einen stechenden Geruch roch. Was kochte sie da? Böse Ahnungen kamen in mir auf.

»Nein«, antwortete ich schnell und schnappte mir einen Apfel aus der Obstschale, die auf dem dunklen Holztisch neben einigen Gläsern mit Kräutern und einem Stapel Papierservietten stand.

»Ich arbeite gerade an einer Salbe. Das Essen koche ich gleich«, erwiderte sie amüsiert und legte einen Eisenstab beiseite. Sie schien mich wirklich schon gut zu kennen oder hatte sie meine Abneigung ihren Kräutereintöpfen gegenüber aus meiner Stimme herausgehört?

Neugierig geworden in was sie da rührte, umrundete ich den Tisch, wobei ich Amadeus' Tatzenhieb ausweichen musste, und stellte mich neben sie. Die Dunkelheit war hereingebrochen und unsere Körper spiegelten sich in der Fensterscheibe, die sich vor mir befand.

»Misst du mir einen halben Liter Wasser ab? Bitte so genau wie möglich.«

Stirnrunzelnd folgte ich ihrer Bitte, nahm den Messbecher, der praktischerweise schon direkt neben mir stand, und hielt ihn unter den Wasserhahn. Da sich die Spüle direkt rechts neben dem Herd befand, konnte ich weiterhin in den Eisentopf sehen, in dem eine dunkle Brühe blubberte. Ich war heilfroh, dass das nicht das Abendessen war. Es sah nicht nur unappetitlich aus, sondern roch auch so – nach bitteren Blättern und Essig.

»Was machst du da eigentlich?« Wie eine Salbe sah die Masse nicht aus, dafür war sie zu flüssig. Fiona nahm mir den Messbecher ab, prüfte den Wasserstand und schüttete behutsam den Inhalten in einem stetigen, dünnen Strom in den Topf.

»Das wird ein Tonikum für eine Apotheke.«

»Die verkaufen doch keine selbstgemachten Sachen«, erwiderte ich stirnrunzelnd und setzte mich zurück auf den Stuhl neben Amadeus, der mich diesmal ignorierte. Hier stank es nicht so schlimm wie direkt am Herd. Die Dunstabzugshaube und das geöffnete Fenster hatten wirklich schwer gegen den Geruch zu kämpfen.

»Es ist eine … private Apotheke. Hol mir mal einige Glasfläschchen aus dem Schrank.«

Ihren Trick mich durch die Arbeit von weiteren Fragen abzuhalten, durchschaute ich sofort, dennoch gab ich ihr die Flaschen und hielt meinen Mund. Fiona konnte sehr aufbrausend werden, wenn ich sie zu sehr löcherte.

Während meine Tante das Gebräu in die Flaschen füllte, holte ich die gewaschenen Kartoffeln aus der Spüle und begann sie zu schälen, damit das Essen schneller fertig wurde.

»Ah, danke, dass du schon beginnst. Ich verstaue die nur noch schnell.« Ich nickte und warf eine Kartoffel in den schon bereitstehenden Kochtopf. Amadeus' Kopf erschien über der Tischkante. Aufmerksam verfolgte er mit seinen Augen die auf der Zeitung landenden Schalen, sein Schwanz zuckte dabei hin und her. Plötzlich langte er mit der Pfote auf den Tisch und angelte nach den Schalen, die dabei zu Boden stürzten.

»Lass das!«

Das Ungetüm knurrte mich beleidigt an, sprang vom Stuhl und stolzierte erhobenen Schwanzes aus der Küche. Ich sah ihm murrend nach, bückte mich dann aber und hob die Schalen vom Boden auf.

»Was soll ich denn zu —«

»Au!«, unterbrach ich meine Tante und berührte vorsichtig meine Stirn, mit der ich gegen die Tischplatte gestoßen war. Tränen schossen mir in die Augen, die ich blinzelnd fortdrängte. Mit pochendem Kopf kämpfte ich mich auf die Beine und ließ mich stöhnend auf den Stuhl fallen.

»Entschuldige, Lucy.« Behutsam schob Fiona meine Hand beiseite und musterte meine Stirn. »Das könnte eine Beule geben. Warte hier, ich hole dir was zum Kühlen.«

»Danke«, ächzte ich und presste die Hand wieder auf die schmerzende Stelle.

Fiona verschwand aus meinem Blickfeld, kam aber schnell mit einer Kältekompresse zurück, die sie mir in die Hand drückte. Sobald die eisige Oberfläche meine Stirn berührte, seufzte ich vor Erleichterung. Die Kälte schaffte es tatsächlich den Schmerz zu betäuben.

»Besser?«

Ich nickte vorsichtig und blinzelte die Tränen weg. Warum war ich nur so schreckhaft?

»Was hast du eigentlich unter dem Tisch gesucht?«

»Amadeus hat mit den Schalen gespielt.«

»Der soll endlich Mäuse fangen, wenn er unbedingt seinen Jagdtrieb ausleben muss«, brummte Fiona.

Ich stimmte ihr in Gedanken zu. Der norwegische Waldkater jagte fast allem hinterher – nur nicht lebenden Objekten.

Während ich die Kartoffeln zu Ende schälte, begann Fiona Fisch und einiges Gemüse in der Pfanne zu brutzeln.

»Bringst du den Kompost bitte raus?«

Ich zuckte bei der Frage zusammen, was sie nicht sehen konnte, da sie mit dem Rücken zu mir stand. Seitdem ich diese glühenden Augen im Garten gesehen hatte, traute ich mich abends nicht mehr aus dem Haus. Fiona wusste das nicht. Und das wollte ich auch so belassen – sie würde die Geschichte wahrscheinlich abtun, mir aber raten, dass ich vorsichtig sein sollte. Vor was auch immer …

Bevor ich das schützende Wohnzimmer verließ, griff ich nach der großen Taschenlampe, die neben der Terrassentür stand, und schob erst dann die Tür auf.

Eine kalte Brise wehte mir entgegen, der Garten war aber noch vom letzten Abendrot erhellt. Trotzdem schaltete ich die Lampe an und ging so leise wie möglich den Trampelpfad zum Kompost entlang. Fionas Gemüsebeet wirkte unheimlich; wie Krallen ragten die Zweige einiger Kräuter aus dem Boden und zwischen zwei Stauden dachte ich ein kleines Licht zu sehen. Hastig wandte ich den Blick auf den Trampelpfad und sah stur geradeaus, bis ich den stattlichen Komposthaufen unter einer Eiche erreichte. Sobald der Eimer entleert war, hastete ich zurück. Ein leises Knirschen und Knacken ließ mich jedoch unvermittelt innehalten.

Ängstlich leuchtete ich in die Richtung, aus der die Geräusche kamen. Der Lichtstrahl erhellte den Busch, der mir schon häufiger durch seine Bewegungen an windstillen Tagen aufgefallen war. Auch jetzt beugte sich ein Zweig nach unten, ein weiterer drehte sich langsam um die eigene Achse. Wie hypnotisiert starrte ich in das düstere Dickicht. Winzige Augen starrten zurück.

Vor Schreck ließ ich die Lampe fallen. Erneut drangen Laute aus dem Busch, die mich an hämisches Kichern erinnerten. Etwas flitzte auf mich zu und passierte dabei den Strahl der Taschenlampe.

Mir stockte der Atem – aber nicht vor Entsetzen, sondern vor Verblüffung. Ein kleines Männchen, gerade mal handgroß und mit dem Aussehen eines knorrigen Astes, eilte auf dürren Beinen auf den gegenüberliegenden Busch zu. Zum Abschied winkte es mir, wobei die Dornen an seinen Armen ein zischendes Geräusch verursachten, ehe es gehässig lachend zwischen den Blättern verschwand. Ich rieb mir die Augen, aber das Wesen war schon wieder verschwunden.

»Was machst du so lange, Lucy?«

»Komm schnell her!« Hoffnung stieg in mir auf. Heute früh hatte ich ein ähnliches Wesen gesehen. Da es aber schnell verschwunden war, hatte ich gedacht, dass ich es mir eingebildet hatte. Die Begegnung hatte ich vorhin in mein Tagebuch schreiben wollen, aber bis dahin kam mir der Eintrag abwegig vor. Jetzt sah die Sache aber ganz anders aus …

Ich musterte den Busch und der Busch mich – beziehungsweise die seltsamen Wesen in ihm. Ein Dutzend Augen starrte mich an. Das konnte ich jetzt aber wirklich nicht nur fantasieren!

Fiona hastete leicht verwirrt zu mir. »Was machst du denn hier und warum liegt die Taschenlampe auf dem Boden?«

»Hier sind kleine Dinger in den Büschen!« Herausfordernd sah ich sie an.

»Wo denn?«

»Na hi …« Ich stockte und mein Arm, mit dem ich auf den Busch zeigen wollte, fiel schlaff herab. Die Augen und das Kichern waren verschwunden.

»Sie waren doch eben …« Ich nahm die Taschenlampe, ging auf den Strauch zu und leuchtete hinein, aber da waren nur Blätter und Zweige. Keine kleinen Männchen.

»Du machst dich langsam verrückt, wenn du überall ungewöhnliche Dinge sehen willst. Versuche sie zu vergessen.« Sie nahm meinen Ellenbogen und zog mich sanft zurück zum Haus.

Das Licht hatte ich schon lange gelöscht, sodass mein Zimmer fast im Dunkeln dalag, aber die Vorhänge hatte ich noch nicht zugezogen, sodass das spärliche Licht des abnehmenden Mondes hineinfiel. In der nächsten Nacht würde von ihm nichts mehr zu sehen sein..

Ich wälzte mich zum gefühlt hundertsten Mal auf die andere Seite und atmete tief, um mich zu entspannen. Es half jedoch nicht. Zu Neumond schlief ich meist schlecht, aber heute hatte ich das Gefühl, das ich vor Energie überhaupt nicht schlafen konnte. Außerdem hielt mich mein Kopf wach. Hatte ich mir diese kleinen Gnome doch eingebildet? Und wenn nicht, wohin waren sie so schlagartig verschwunden? Ich fuhr mir aufgewühlt durch die Haare.

»Ich bin nicht verrückt«, murmelte ich energisch der Decke zu. Langsam traute ich meinem Verstand aber nicht mehr über den Weg. Ich warf mich wieder herum und blickte auf mein Tagebuch, das vergessen auf dem Schreibtisch lag. Die Buchstaben auf dem Zeichen schienen in der Dunkelheit sanft zu glühen. Einem Impuls heraus folgend, als zöge das Buch mich magisch an, zog ich es herunter zu mir, knipste das Licht wieder an und begann die Begegnung niederzuschreiben. Vielleicht herrschte dann endlich Ruhe in meinem Kopf.

Obwohl ich kaum geschlafen hatte, fühlte ich mich am nächsten Morgen großartig. Voller Energie. Selbst das Erlebnis des vergangenen Tages dämpfte meine Laune nicht.

»Du scheinst gut geschlafen zu haben«, begrüßte Fiona mich, als ich in die Küche trat. Sie saß entspannt auf einem Küchenstuhl, vor sich eine Tasse Tee und eine Schale mit Müsli, und streichelte über Amadeus' Kopf. Ein seltener Anblick, da sie morgens bisher immer mit irgendwas beschäftigt gewesen war. Als ich mich auf den Stuhl ihr gegenüber setzte, begann er jedoch leise zu knurren. Ich ignorierte ihn, Fiona nahm jedoch ihre Tasse in die Hand.

»Nein«, erwiderte ich, grinste jedoch dabei und zog mir ihre Schale heran. »Aber es scheint gereicht zu haben.«

»Nimm dir ruhig.« Sie schmunzelte darüber, dass ich ihr Frühstück beschlagnahmt hatte, und nippte an ihrem Tee. »Ich werde heute Nachmittag nicht da sein. Und über Nacht eventuell auch nicht.«

Verwundert ließ ich den Löffel sinken. »Und wo bist du?«

»Auf ... einem Kongress.«

Ihr Zögern war mir nicht entgangen, aber als ich nachhaken wollte, redete sie schon weiter. »Es ist doch in Ordnung, wenn du selbst kochst?«

»Klar.«

»Danke. Ich sollte spät nachts wiederkommen. Falls was ist, ruf mich auf dem Handy an.«

Ich war zu verblüfft, um etwas darauf zu erwidern. Sie sah mich mit einer Mischung aus Ernst und Sorge an, als befürchte sie, ich sei mit der Situation überfordert.

»Schließt du alle Türen ab und lässt Amadeus abends raus?«

Ich schüttelte sachte den Kopf, um meine umherschießenden Gedanken zu vertreiben. »Äh … natürlich.«

Das Lächeln erschien wieder auf ihrem Gesicht und sie stand auf. Ich tat es ihr gleich, da ich schon spät dran war.

»Hast du keinen Hunger mehr?«

»Eher keine Zeit«, entgegnete ich im Hinausgehen. »Ich esse in der Schule.« Hastig zog ich meine Chucks an und da es noch frisch draußen war, angelte ich nach meiner Strickjacke.

Fiona reichte mir meine Umhängetasche und umarmte mich zum Abschied. »Ich wünsche dir einen schönen Schultag.«

»Bis morgen«, verabschiedete ich mich und zog die Tür hinter mir zu. Den gesamten Weg zur Schule fragte ich mich, wo meine Tante wirklich war. Sobald ich den Schulhof betrat, waren die Gedanken daran jedoch wie weggefegt. Dass ich zeitweise ein Kribbeln spürte, daran hatte ich mich gewöhnt. Jetzt nahm es jedoch ein ganz neues Ausmaß an, als stünde ich unter Strom.

Während der Schulstunden fiel es mir schwer, mich auf den Unterricht zu konzentrieren. Leander machte es mir auch nicht leichter. Ständig berührte er mich im Biologieunterricht – aus Versehen natürlich. Unser Versuch machte es ihm auch sehr leicht. Wir sollten die Diffusion durch die Zellmembran mit Hilfe einer Osmosekammer nachstellen und er lehnte sich gegen mich, um *besser sehen zu können*, als die farbige Flüssigkeit durch die Membran der Kammer wanderte.

Zusätzlich zum Kribbeln wurde mir immer wärmer. Meine Hände begannen zu schwitzen und meine Knie fühlten sich an, als trügen sie mich nicht mehr lange. Ich presste die Zähne aufeinander. Was war nur los mit mir?

»Es reicht Leander!«

»Ist da jemand leicht gereizt?« Er betonte das letzte Wort besonders und verzog die Lippen zu einem Grinsen, dass für mich so aussah, als ahne er, was in mir vorging.

»Hier, wenn du den Versuch so interessant findest, mach ihn allein!« Ich schob ihm alle Versuchsmaterialien entgegen und rutschte mit meinem Stuhl ans Ende des Tisches. Leander grinste mit blitzenden Augen, die Pausenglocke erlöste mich endlich aus der Stunde.

Die Pausen verbrachte ich alleine, um mich wortwörtlich abzukühlen. Seltsamerweise ging es mir während des Matheunterrichts besser. Vielleicht lag es an Alina, auch wenn sie meist aufgedreht war, konnte sie auch Ruhe ausstrahlen.

Mit ungutem Gefühl ging ich zur Sporthalle. Was mir jetzt noch fehlte, war eine Sportart, bei der man sich häufig berührte. Und besonders einer Person wollte ich aus dem Weg gehen … Die Tür war bereits geöffnet und leise vor Erleichterung seufzend ging ich in den Frauenumkleideraum.

Ich war eine der ersten in der Halle, weswegen ich dem Sportlehrer und einer Schülerin half, die Volleyballnetze aufzuspannen. Nach und nach trudelten die anderen Schüler ein. Aaron und Silvio zuletzt. Sie lachten, als Aaron mich sah, verstummte er jedoch. Ich nickte ihm angestrengt zu. Ich fühlte mich, als loderten kleine Flammen in mir … und sie fühlten sich gut an.

Er hob eine Augenbraue. Silvio sah fragend zwischen uns hin und her und öffnete den Mund, um etwas zu sagen, da rief unser Lehrer uns zusammen.

»Teilt euch bitte in fünf Teams mit fünf Leuten ein. Mannschaft eins und drei beginnen das Spiel.«

Im Gegensatz zur Unterstufe, wo jeder nur mit Freunden in eine Gruppe wollte und es deswegen häufig Gerangel gab, teilten wir uns zügig in die Gruppen ein. Da meine noch warten musste, setzte ich mich auf eine der Holzbänke am Rande der Halle.

Ich beobachtete das Spiel nur halbherzig, da ich mich darauf konzentrierte die schwarzen Striche auf dem hellen Linoleumboden anzustarren. Das Chaos an Empfindungen in mir beruhigte sich dabei ein wenig. Ich sollte Fiona darauf ansprechen. Vielleicht war es eine Nebenwirkung ihrer Tees. *Ich schiebe eine ganze Menge auf ihre Tees ...* Es war die einzig plausible Antwort, die ich mir selbst geben konnte.

Es ertönte ein Pfiff, der mich zusammenschrecken ließ. Lachend und diskutierend tauschten die Gruppen. Aaron klatschte mit Silvio ab, als er vom Feld ging, und setzte sich zu meinem Erstaunen neben mich – nicht im Geringsten verschwitzt, obwohl er über das Feld gehechtet war.

Mein Herzschlag beschleunigte sich, die Flammen tanzten intensiver... Ich biss die Zähne zusammen und beobachtete intensiv das Spiel.

»Angespannt?«

Ich schnaubte leise als Antwort und unterdrückte den Drang entweder von ihm abzurücken oder mich dicht an ihn zu schmiegen. Stattdessen wippte ich schnell mit meinem Bein auf und ab, in der Hoffnung, dass die Empfindungen doch noch gingen, ehe ich etwas Dummes tat, und sah weiterhin stur auf das Spielfeld.

»Das letzte Mal hast du gut gespielt.«

»Hmm?« Ich sah nun doch zu ihm. Zum ersten Mal fiel mir seine perfekt gebräunte Haut auf, dass seine Augenfarbe nicht nur türkis war, sondern auch eine Spur dunkelblau, sein ausdrucksstarkes Kinn, der verführerische Schwung seiner vollen Lippen ... *Er ist heiß,* schoss es mir durch Kopf und ich spürte, wie meine Wangen rot wurden. Ich konnte gerade noch verhindern, dass ich mir aus Verlegenheit auf die Lippe biss. »Du bist mit den Gedanken aber ganz schön woanders.« Seit langer Zeit lächelte er mich wieder an. Und das bewirkte etwas, womit ich überhaupt nicht einverstanden war: Ich wollte mich auf seinen Schoß setzen.

Panik überrollte mich und ohne darüber nachzudenken, rutschte ich ein wenig von ihm ab.

»Habe ich was Falsches gesagt?«

»Nein«, sagte ich mit kehliger Stimme und räusperte mich. »Jetzt redest du wieder mit mir?«

»Ich brauchte etwas Abstand«, gestand er und lehnte sich mit hinter dem Kopf verschränkten Armen an den grünen Teppich, der bis auf Schulterhöhe an der Wand der Turnhalle angebracht war.

Den Abstand brauchte ich jetzt auch, aber das würde ich nicht laut äußern. Um mich von ihm und dem Chaos in meinem Körper abzulenken, vertiefte ich mich wieder in das Spiel. Silvio schoss wie eine Rakete umher und nahm jeden Ball an, selbst die, die sich eindeutig nicht in seiner Reichweite befanden. Verwundert beobachtete ich ihn genauer. Seine Bewegungen waren geschmeidig, fast wie die einer Raubkatze. Ich runzelte leicht die Stirn und entspannte mich ein wenig, trotz Aarons Nähe. Silvio trieb wahrscheinlich häufig Sport, weshalb seine Reflexe im Gegensatz zu meinen besser geschult waren.

»Der ist wirklich flink unterwegs«, bemerkte ich leise gegen Ende des Spieles.

»Silvio trainiert außerhalb der Schule«, antwortete Aaron und bestätigte damit meinen Gedanken. Er musterte mich dabei fast abschätzend. Unbehagen verdrängte die guten Gefühle ein wenig und ich war froh, aufstehen zu können, da mein Team jetzt an der Reihe war.

»Du solltest dich mehr bewegen, Lucy. Dann kannst du es vielleicht mit mir aufnehmen.«

Sprachlos drehte ich mich zu Silvio um, der auf Aaron zusteuerte, mir aber keck zublinzelte. Aaron sah nicht besonders glücklich zwischen mir und seinem Freund hin und her.

»Ich … äh«

Er zwinkerte mir zu und setzte sich mit von sich gestreckten Beinen neben seinen Freund. Ich war noch so überrumpelt, weshalb ich nicht bemerkte, dass das Spiel bereits begonnen hatte. Der Ball, der meine Schläfe traf, holte mich zurück in die Wirklichkeit.

»Aufmerksamkeit aufs Spiel!«, rief mein Sportlehrer. Ich nickte und ging leicht in die Hocke. Mit den Augen verfolgte ich endlich dem Ball, meine Gedanken waren aber bei Silvio. Hatte er mich gehört? Aber wie? Er war auf der anderen Seite der Halle gewesen …

Der Ball segelte auf mich zu, anstatt ihm aber pritschend entgegen zu treten, trat ich einen Schritt beiseite.

»Hey, Lucy. Was soll das! Spiel gefälligst richtig«, moserte ein Mädchen.

Ich nickte grimmig. Es fiel mir jedoch sehr schwer mich auf das Spiel konzentrieren.

Sobald die Stunde beendet war, duschte ich hastig und rannte aus der Sporthalle, um vor dem Gebäude auf Aaron und Silvio zu warten. Dieses Mal würde ich mich nicht abwimmeln lassen. Ich wollte endlich Antworten. Darüber spürte ich kaum noch das elektrisierende Kribbeln, das in Gegenwart von Jungs, das hatte ich jetzt begriffen, stärker wurde.

Der Himmel war leicht bewölkt und ein kühler Wind wehte mir einige Strähnen ins Gesicht, die meinem Pferdeschwanz entkommen waren. Ich zog mir meine Strickjacke über mein blaues Tanktop und lehnte mich an den Stamm des Baumes, an dem Aaron mich damals mit Fragen überschüttet hatte.

Die Zeit verging nur schleichend und nachdem ich das zehnte Mal auf meine Armbanduhr gesehen hatte und schon seit einigen Minuten keine Schüler mehr aus der Halle strömten, gab ich meinen Beobachtungsposten resigniert auf.

Enttäuscht ging ich zur Bushaltestelle und erwischte gerade noch den Bus. Der Boden vibrierte unter meinen Füßen, sodass ich leicht taumelte und eher in eine leere Sitzreihe fiel als mich zu setzen. Ich holte meinen MP3-Player aus meiner Tasche und wollte mir gerade die Kopfhörer aufsetzen, als ich Aaron und Silvio in einen Laden gehen sah.

Sofort sprang auf und hämmerte auf die Stop Taste. Der Busfahrer sah mich jedoch nur genervt an und fuhr rigoros seine Route weiter.

»Könnten Sie bitte anhalten?« Mit den Fingern auf die metallene Stange trommelnd, stand ich schon vor der Tür, der Fahrer hielt aber erst an der nächsten Haltestelle. Grimmig zwängte ich mich aus der Tür, ehe sie sich ganz geöffnet hatte und sprintete den knappen Kilometer zurück zum Laden. Hoffentlich waren die beiden noch dort, wenn ich ankam.

Eine alte Frau warf ich beinahe zu Boden und eine Gruppe Männer in dunklen Anzügen ging mir unwillig aus dem Weg, ich lief aber unbeirrt weiter. Meine Tasche schlug mir bei jedem Schritt gegen die Hüfte, der Gurt drohte bereits von meiner Schulter zu rutschen, ich verringerte mein Tempo jedoch nicht.

Schwer atmend kam ich endlich vor dem Geschäft zum Stehen und stützte mich mit verschwitztem Gesicht an die Hauswand. Mein Puls raste so schnell, dass ich ihn pokernd in meinem Kopf fühlte. Silvio hatte recht, ich sollte wirklich mehr Sport machen.

Als ich mich halbwegs erholt hatte, richtete ich notdürftig meine zerzausten Haare, wischte mir mit dem Ärmel über die Stirn und trat in das kleine Geschäft.

Niedrige Regalreihen mit CDs teilten den Raum in mehrere Gänge oder bedeckten die Wände bis auf Schulterhöhe. Im hinteren Bereich des Ladens entdeckte ich Radios, Plattenspieler, MP3-Player und weiteres Equipment. Aus den Lautsprechern lief leise Musik – ein Song von Maroon 5, wenn ich mich nicht irrte. Es befanden sich nur wenige Personen zwischen den Regalen, hauptsächlich Schüler. Und zwei davon kannte ich.

Langsam, aber bestimmt schlenderte ich auf sie zu und warf hier und da einen Blick auf die Auslagen – ein Auge hatte ich jedoch nicht dafür. Silvio hatte eine Platte in der Hand und las zusammen mit Aaron die Titel auf der Rückseite der Hülle. Je näher ich ihnen kam, desto größer wurde die Spannung in mir.

Und die Anziehung.

Ich atmete tief durch, um meinen Herzschlag zu beruhigen und trat zwischen den Regalen hervor. »Hi«

Erschrocken blickten sie auf. Aarons Kieferknochen traten leicht hervor und auch Silvio, der eigentlich immer lächelte, wirkte unruhig.

»Hallo, Lucy.« Aarons Stimme klang kühl und berechnend. Ich verzog die Augenbrauen. Warum war er im Sportunterricht so freundlich zu mir gewesen?

»Können wir dir helfen?«, fragte Silvio, wobei er die CD zurück ins Regal stellte.

»Aaron kann sich bestimmt denken, weshalb ich hier bin.« Ich stellte mich mit verschränkten Armen vor die beiden, damit sie nicht gehen konnten. Da sie in einer Ecke standen und zwei Regalreihen ihren Fluchtweg versperrten, kamen sie nur an mir vorbei. Ein Teil von mir war mit dem Abstand zwischen uns jedoch überhaupt nicht zufrieden.

»Nicht hier, Lucy.« Aaron schob sich an mir vorbei. Es war nur eine kleine Berührung an der Schulter, aber sie reichte, um mir zitternde Knie zu verursachen. Ich atmete zischend ein und stützte mich auf einem Regal ab.

»Alles okay?«, fragte Silvio und sah mich besorgt an.

»Wenn ich Antworten bekomme, ja«, wich ich ihm aus, und verdrängte so gut es ging die Wärme in meinem Körper. Aaron hatte den Laden schon fast verlassen. Er nickte dem Jungen hinter der Kasse zu, der aber mit seinem Smartphone beschäftigt war, und eilte nach draußen. Ich folgte ihm, wobei ich Silvios Blick in meinem Rücken spürte.

Die Sonne hatte sich durch eine Wolkenlücke gekämpft und beleuchtete den Bürgersteig. Einige Bonbonverpackungen glänzten in den Ritzen des Pflasters und die Blätter der jungen Bäume, die hier und da den Gehweg unterbrachen, raschelten im Wind. Ich atmete tief die Luft ein, verzog aber das Gesicht, als ein Moped laut knatternd an uns vorbei fuhr.

Da keiner von beiden bereit war mir zu verraten, wohin es ging, folgte ich ihnen einfach. Nachdem wir mehrere Straßen entlang gegangen waren, betraten wir einen kleinen Park. Aaron sah sich um, dann steuerte er auf einen großen Baum zu, unter dem einige Bänke standen.

»Was ist jetzt wieder passiert?«, fragte Aaron und musterte mich eindringlich. Die Hitze in meinem Bauch kehrte schlagartig zurück und forderte mich auf, den Abstand zwischen uns zu überwinden. Aus Anstrengung, dies nicht zu tun, begannen meine Beine zu zittern, weshalb ich mich auf eine der Bänke setzte. Aaron sah mich fragend an, setzte sich dann aber auch – Auf eine andere Bank. Mein Verstand war froh darüber, mein Körper ganz und gar nicht … Silvio runzelte die Stirn, blieb aber stehen. Einige seiner schulterlangen Locken tanzten in der kühlen Brise.

»Ich kann mir das nicht alles einbilden!« Ich sah zu Silvio. »Du hast mich über das ganze Feld gehört, obwohl es laut war und ich geflüstert habe.« Frustriert verzog ich das Gesicht. Was für ein Geheimnis teilten sie miteinander? Erst Leander und Aaron, dann meine Tante und anscheinend auch noch Silvio … Und ich sollte ein Teil von all dem sein?

»Ach das!«, lachte er. »Ich hab das aus deinem Gesichtsausdruck erraten. Du sahst ganz schön neidisch aus.« Neckend stupste er mein Bein mit seinem Fuß an, ich behielt aber weiterhin meine finstere Miene. »Wie soll ich denn ausgesehen haben?« Ich konnte mich nicht daran erinnern, mein Gesicht verzogen zu haben. Und wenn, dann nur aus Verwunderung. Wie hatte er da etwas Bestimmtes herauslesen können?

»Ich kenne dich langsam.«

Ich schnaubte leise, was aber im Rascheln der Blätter unterging. Das bezweifelte ich stark. Bis auf die zwei Ausflüge zu einer Eisdiele und in die Bowling-Bahn, zu denen mich Alina mitgeschleppt hatte, weil sie hoffte, mich so mit Aaron verkuppeln zu können, hatten wir nur im Mathekurs und Sport etwas miteinander zu tun. Ich zog unzufrieden die Augenbrauen empor und musterte die beiden mit geschürzten Lippen, wobei ich unruhig mit der Fußspitze auf den Boden tippte.

Silvio legte den Kopf leicht schief, als habe er es dennoch gehört.

»Wenn es nur das war … Ich habe noch was zu tun«, sagte er, warf sich die Tasche über die Schulter und ging rasch auf den Ausgang des Parks zu.

Ich sah ihm mit verengten Augen nach, dann erwartungsvoll zu Aaron.

»Komm, ich fahr dich nach Hause«, bot Aaron an und erhob sich. Das Spiel seiner Muskeln unter der dunklen Jeans lenkte mich von seiner Fragen ab. Warum hatte ich plötzlich das Bedürfnis zu sehen, was sich unter seinem grauen T-Shirt befand?

»Lucy?«

Ich schüttelte den Kopf, um die Gedanken zu vertreiben und ballte dabei die Hände, sodass meine Fingernägel sich in meine Haut gruben. Der Schmerz erdete mich soweit, dass ich antworten konnte. »Ich kann den Bus nehmen.«

Seine Lippen formten sich tatsächlich zu einem Schmunzeln. »Der erst in einer Stunde wieder fährt. Möchtest du so lange warten?«

Ich presste die Zähne aufeinander und hätte ihm am liebsten mit ›ja‹ geantwortet. Aber diese unbekannte Kraft in mir drängte mich dazu, sein Angebot anzunehmen.

»Was muss ich noch tun, um aus euch die Wahrheit herauszuquetschen?«, umging ich einer direkten Antwort, stand aber auf, wobei ich mir den Träger meiner Umhängetasche über die Schulter zog.

»Welche Wahrheit, Lucy? Manchmal geschehen eben für einen unerklärliche Dinge.«

»Ach ja? Vor wenigen Tagen habe ich seltsame Wesen in den Büschen meiner Tante gesehen. Die habe ich mir garantiert nicht eingebildet.«

Aaron zuckte mit den Schultern, seine Schulterblätter zeichneten sich jedoch deutlicher durch sein Shirt ab, als ob er sich anspannte.

Die Hauptstraße erschien vor uns, Aaron schwenkte aber nach links in eine breite Einbahnstraße. Ich hatte Mühe mit seinen langen Schritten mitzuhalten. Meine Fragen schienen ihn mehr zu nerven, als er zugeben wollte.

»Ich nehm den Bus«, teilte ich ihm leicht außer Atem mit. Lieber wartete ich eine Stunde als seine schlechte Laune ertragen zu müssen. Selbst die mir immer noch unerklärliche Anziehung zu ihm würde die Situation nicht angenehmer machen …

Er verzog die Lippen zu einem angedeuteten Schmunzeln. »Jetzt doch …?« Ehe ich reagieren konnte, hielt er vor seinem Auto und schloss es auf. Mit erwartungsvollem Ausdruck lehnte er sich lässig gegen die Tür.

Unschlüssig sah ich ihn an, dann den dunklen Lack des Seats. »Ich steige ein, wenn du deine miese Laune hier lässt.«

»Es kommt ganz auf dich an …«

Seufzend ging ich um das Auto herum und stieg ein. Sobald ich saß, fuhr er schon an. Ich umschloss den Riemen meiner Tasche fester, aber nicht, weil Aaron raste, sondern weil ich das Gefühl hatte, ferngesteuert zu werden: Meine Hände wollten sein Gesicht berühren und mein Körper seine Wärme spüren.

»Alles in Ordnung?« Aaron sah nach vorn, aber ich hörte deutlich die Sorge in seinen Worten.

»Klar.«

Wir hielten an einer Ampel und er wandte sich mir zu. »Du sitzt da wie bei unserer ersten Begegnung.« Zur Verdeutlichung deutete er auf meine Beine. Ich blickte hinab. Mir war gar nicht bewusst gewesen, dass ich die Beine zusammenpresste. Ich zwang mich, tiefer in den Sitz zu rutschten und stellte die Tasche zwischen meine Füße.

»Besser?«

Er nickte, fuhr an und schaltete in den zweiten Gang.

»Wie soll es jetzt weitergehen?«, fragte ich, als wir am Stadium vorbeifuhren. Zwischen den Häusern konnte ich den Templiner See glitzern sehen.

»Wie immer. Oder was hast du dir vorgestellt?«

»Nichts.« Ich gab es auf, meine Hände unter Kontrolle halten zu wollen, und fuhr mit dem Zeigefinger meiner linken Hand über den Stoff des Sitzes.

»Du bist ganz schön nervös heute. Im Sport Unterricht hast du auch ständig gezappelt.«

»Du beobachtest mich ja immer noch …«

»Reine Neugierde.«

Ich fragte nicht, nach was er suchte.

»Also?«

»Darf ich nicht mal hibbelig sein?«, konterte ich aufgebrachter als ich wollte. Ich sah ihn nicht an, sondern stur aus dem Fenster. Das Ortsausgangsschild erschien vor mir. Ich unterdrückte ein Stöhnen. Wir brauchten bestimmt noch eine gute Viertelstunde zur Bushaltestelle.

»Könntest du die Musik anmachen?«

Im Rückspiegel sah ich, dass er leicht die Stirn runzelte, er kam aber meiner Bitte nach. Der tiefe Bass von Nirvanas *Smells like Teen Spirit* beruhigte ein wenig meine Nerven. Ich atmete bewusst ein und aus und legte meine Hand auf die erhöhte äußere Kante des Sitzes.

»Du solltest dir auch einmal eine Auszeit vom Lernen gönnen.«

Verwundert wandte ich den Blick von den Bäumen ab. »Wie kommst du darauf?«

»Wegen deiner Nervosität.«

Ich konnte nicht anders als leise zu lachen. Aaron sah mich kurz an, ehe er den Blick wieder auf die Straße wandte. »Ich meine es ernst. Zu viel lernen ist auch nicht gesund.«

»Keine Sorge. Ich überarbeite mich nicht.« Ein Gedanke schlich sich in mein Bewusstsein. Wie würde er reagieren, wenn er wüsste, warum ich so geladen war? Ich sah ihn schief von der Seite an, hielt aber meinen Mund. Ich wusste ja selbst nicht, was mit mir los war. Da war es bestimmt nicht klug, etwas heraufzubeschwören, was ich später bereuen würde.

Aaron schien meinen Blick bemerkt zu haben, denn ein eigenartiger Ausdruck erschien auf seinem Gesicht. Eine Mischung aus fragend und erwartungsvoll. »Alina macht am Wochenende einen Spieleabend. Komm doch vorbei.«

Vielleicht bezog sich seine Miene doch auf sein Gesagtes und nicht auf meinen Gesichtsausdruck eben.

»Du bist auch eingeladen?«, platzten die Worte aus mir hervor, ehe sich mein Kopf einschalten konnte. Aus Verlegenheit biss ich mir gleich darauf auf die Lippe.

Er lachte und der tiefe Ton fühlte sich wie warme Seide auf mir an. Wohlige Schauer rannen meinen Rücken herunter. Ich spannte mich unwillkürlich an und spähte sehnsüchtig nach dem Haltestellenschild. Noch erkannte ich jedoch nur Bäume.

»Ja«, antwortete er schließlich und warf mir einen amüsierten Blick zu. »Du weißt, was sie im Schilde führt?«

»Ja«, entgegnete ich brummend und setzte mich aufrechter hin, in der Hoffnung, dass die unbequeme Haltung die anderen Gefühle überlagerte. Es funktionierte leider nur zum Teil.

»Und dich stört das nicht?«

»Nein.«

Ich wusste nicht, ob es das Wort oder der Tonfall war, es entfachte jedoch einen Sturm in mir. Nach Halt suchend, fasste ich nach dem Griff an der Decke des Autos und starrte angestrengt geradeaus. Das erlösende Haltestellenschild erschien endlich vor uns und mit einem leisen Seufzen griff ich nach meiner Tasche.

»Oh nein, Luciane.«

Ich riss den Kopf herum und blickte in Aarons breit grinsendes Gesicht. »Was?«

»Dieses Mal gibt es keine Diskussion. Du wartest hier, während ich dein Fahrrad einlade.«

Das war seine Meinung. Ich öffnete jedoch die Tür, ehe das Auto wirklich stand.

»Du hast es ja sehr eilig. Mit dem Auto sind wir trotzdem schneller.« Seine Stimme klang viel zu Nahe. Mein Herzschlag beschleunigte sich und ich mit ihm meine Schritte. Ich hatte mein Fahrrad fast erreicht. Vielleicht konnte ich Aaron noch entkommen. »Frische Luft tut gut«, entgegnete ich locker, während ich den Schlüssel für das Schloss aus meiner Hosentasche zog.

Plötzlich bekam ich eine Gänsehaut. Aber eine, die sich gut anfühlte. Sehr gut sogar. Zu gut! Die Panik hatte gegen die vielen Empfindungen in mir keine Chance. Mich beschlich fast das Gefühl, je näher die Nacht rückte, desto intensiver reagierte ich. Auf was auch immer …

Das Chaos in mir konnte definitiv nicht nur von den Tees stammen. Etwas geschah mit mir. Etwas, dass ich nicht kontrollieren konnte. Vielleicht konnte Fiona mir helfen, aber ausgerechnet heute war sie nicht da!

»Lass mich das machen.« Aaron nahm meine Hand und entzog mir den Schlüssel. An allen anderen Tagen hätte ich sie ihm wieder abgenommen und darauf bestanden, es selbst aufzuschließen, jetzt stand ich wie gelähmt vor ihm. Am ganzen Körper zitternd.

»Lucy? Geht es dir gut? Du zitterst …« Aaron trat so dicht an mich heran, dass ich seinen Atem auf meiner Haut spürte.

Ehe ich wusste, was ich tat, zog ich sein Gesicht zu mir herunter und küsste ihn. Im ersten Moment schien er zu verblüfft, um zu reagieren, dann spürte ich seine Hand in meinen Haaren. Hitze breitete sich von meinen Lippen in meinen Körper aus. Ich zitterte immer noch, jetzt aber auch aus Genuss. Aaron konnte vielleicht küssen!

Ein Hupen durchbrach die Stille. Einige Vögel flogen empört krächzend aus den Bäumen. Ich war ebenso erschreckt wie sie und zuckte zusammen, wobei ich den Kuss unterbrach. Schwer atmend starrte ich auf sein rasiertes Kinn, auf dem sich aber die ersten Bartstoppeln zeigten. Was war nur in mich gefahren?

»Ich muss das Auto wegfahren.«

»Und ich nach Hause. Danke fürs Bringen.« Hastig zog ich ihm meinen Schlüssel aus der Hand und öffnete mit immer noch zitternder Hand das Schloss. Als ich mich wieder aufrichtete, stand Aaron immer noch hinter mir und sah mich verwirrt an. Ich fühlte mich nicht anders. Ein wenig hatte sich der Sturm in mir gelegt, als hätte ich sein Bedürfnis nach Nähe gestillt, aber er war immer noch hungrig auf mehr.

»Können wir das eben vergessen?«, fragte ich mit leicht bebender Stimme. Den Lenker des Rads hielt ich so fest umschlossen, dass mir die Hand wehtat.

Aaron musterte mich lange. »Wenn du aufhörst, nach für dich seltsamen Dingen zu suchen und zu fragen.«

Ich nickte sofort. Er seufzte leise. Er hatte wohl gehofft, dass ich mit *Nein* antworten würde.

Es hupte erneut.

»Bis morgen.«

»Ja.« Ich lächelte schwach. Dann stieg ich auf mein Rad und fuhr los, ohne zu sehen, ob Aaron ging.

Mit wachsender Entfernung zu ihm fühlte ich mich wieder wie ich selbst. Die natürlichen Geräusche wie das Knirschen von kleinen Zweigen, die zerbrachen, als ich über sie fuhr, das Zwitschern der Vogel und das Rauschen der Bäume trugen ebenfalls dazu bei. Als ich in meinem neuen Zuhause ankam, war ich mir schon nicht mehr sicher, ob ich Fiona um Rat fragen wollte. Ich mochte sie, aber über das, was ich gefühlt hatte, wollte ich nicht mit ihr reden. Noch nicht …

»Ich schaue, ob es noch einmal passiert«, sagte ich zu Amadeus, der vor der Haustür saß, während ich mein Fahrrad an einer Strebe der Veranda anschloss. Der Kater musterte mich aus schmalen Augen, wobei er ungeduldig mit dem Schwanz auf den Dielenboden der Veranda schlug.

Spiele

Die Teller klirrten leise, als ich sie zurück in den Schrank räumte. Dann wandte ich mich dem Besteck im Abtropfkorb zu. »Und du kriegst wirklich keinen Ärger?«, fragte ich, während ich ein Messer abtrocknete und es zurück in die geöffnete Besteckschublade legte.

»Solange bis Sonntag alles wieder aufgeräumt ist, werden meine Eltern nie von heute erfahren.« Alina grinste mich rebellisch vom Boden an. Ihre Pony fiel ihr dabei verwegen in die Augen und die schulterlangen schwarzen Haare rutschten von ihren Schultern nach hinten.

»Was macht ihr hier so lange, wir wollen endlich anfangen!«, beschwerte sich Tom. Er lehnte mit gespitzten Lippen im Türrahmen, die Hände waren provokant in den Taschen seiner Freizeithose.

»Einen Moment noch«, entgegnete ich und gab der Schublade einen Schwung. Langsam fuhr sie in den Schrank zurück und rastete mit einem leisen Klicken ein. Wenn ich das bei Fiona gemacht hätte, wäre die Schublade an die hintere Wand geknallt.

Die gesamte Küche von Alinas Eltern strahlte Luxus aus: Sie war riesig, mit weiß glänzenden Schränken, einer hellen Marmorarbeitsplatte und einem großen Esstisch. In den Kühlschrank würde ich stehend hineinpassen und auf dem Herd könnten mehrere Familien kochen.

»Ihr hättet ja vorhin nicht wie die blöden mit den rohen Nudeln Fechten spielen müssen!«, empörte sich Alina, jedoch mit einem Schmunzeln auf den Lippen, und fegte mit dem Handfeger die letzten Reste gebrochener Spagetti auf die Kehrschaufel.

»Uns war eben langweilig.« Schulterzuckend, aber mit einem spitzbübischen Grinsen verschwand er wieder.

»Keine Manieren.«

Ich lachte über Alinas Gesichtsausdruck und zupfte einen

Fussel von meiner Leinenhose. »Was hast du erwartet? Sei froh, dass sie nicht mit der Tomatensoße gespielt haben.«

»Sag das nicht zu laut. Nachher machen die das mit den Resten!« Sie beförderte die rohen Nudeln in den Müll, zog ihren weiten knielangen Rock zurecht, der ihr beim Auffegen verrutscht war, und öffnete anschließend die Tür eines Schrankes, aus dem sie einige Tüten Chips, Erdnüsse, Schokolade und Gummibärchen herauskramte. Ihr hellblaues Top rutschte dabei ein wenig hoch, sodass ich einen schmalen Streifen weißer Haut auf ihren Rücken sehen konnte.

»Wir werden kaum zum Spielen kommen.« Schmunzelnd nahm ich ihr die Tüten ab.

»Wieso?«

»Weil wir nur mit essen beschäftigt sein werden. Erinnerst du dich an den Seeausflug? Da sind Silvio und Aaron auch heißhungrig über meine Kekse hergefallen.«

»Stimmt.« Ein seliges Lächeln breitete sich auf ihrem Gesicht aus.

»Und, wie steht's zwischen euch?«, fragte ich neugierig.

Verwundert musterte sie mich? »Wie?«

»Na zwischen dir und Silvio?«

»Ach so … Werden wir später sehen.« Breit grinsend schloss sie den Schrank und ging, von mir gefolgt, durch den schmalen Flur in das riesige Wohnzimmer. Alinas Eltern wohnten in einem renovierten und teilweise umgebauten Bauernhof. Der einstige Stall beherbergte jetzt das Atelier ihre Mutter, ein Teil von diesem war aber mit dem Wohnzimmer verbunden worden. An den weiß getünchten Wänden hingen wenige Landschaftsaufnahmen neben den Bildern ihre Mutter und in den dunklen Bücherregalen befanden sich eher Skulpturen und Grünpflanzen als Bücher. Hellgraue Vorhänge verdeckten die bodentiefen Fenster, damit niemand hereinsehen konnte – wie Alina mir bei meiner Ankunft erklärt hatte. Wer hier reinschauen sollte, blieb mir schleierhaft, denn der Garten grenzte an eine Wiese. Julia, Tom und Silvio lungerten auf der großen ledernen Sofalandschaft und waren in ein Kartenspiel vertieft. Unser Eintreten bemerkten sie nicht. Sobald Alina aber in ihre Nähe kam, schnellte Silvios Kopf hoch und er fixierte mit funkelnden Augen die Schale Erdnüsse in ihren Händen. »Da seid ihr ja endlich.«

»Verfressenes Volk«, lachte Alina und stellte ihre Schüsseln ab. »Es gab doch eben was.«

»Süßigkeiten gehen immer«, konterte Tom und schnappte sich eine Tafel Vollmilchschokolade. Ich legte meine Naschereien neben Alinas auf den großen Glastisch und setzte mich zu Julia, die immer noch in ihre Karten guckte.

»Lenk mich jetzt nicht ab, sonst verlier ich gleich«, murmelte sie, kniff die Augenbrauen zusammen und lachte dann auf. »Ha! Rommé!« Sie legte ihre Karten an und lehnte sich zufrieden grinsend zurück.

»Das ist nicht fair! Das hatte ich vor!« Frustriert warf Tom seine Karten auf das Sofa, Silvio hatte das Spiel anscheinend schon vergessen, denn er rangelte mit Alina, die ihm die Erdnüsse nicht reichen wollte.

»Süß, oder?«, grinste Julia, als sie die Karten neu mischte.

»Was findest du daran süß?« Ich verzog das Gesicht, als ich den sauren Apfelring herunterschluckte.

»Die mein ich nicht, sondern unser Schmusepärchen dort drüben.« Breit grinsend gab sie die Karten aus.

»Ach so.« Ich sah von meinen Karten auf, die ich begonnen hatte zu sortieren. Alina und Silvio rauften immer noch um die Nüsse.

»Du hast ja nur Schund ausgegeben.« Mit zusammengezogenen Augenbrauen kratzte Tom sich am Kinn und schien weder unsere Unterhaltung noch das Pärchen neben sich zu beachten. Einige seiner braunen Haarsträhnen fielen ihm in die Augen. Er wischte sie mit einer beiläufigen Bewegung beiseite.

»Deine eben waren bei Weitem schlimmer!«, entgegnete Julia

und wandte sich wieder an mich. »Warum ist Aaron eigentlich nicht hier? Er wollte doch auch kommen.«

Bei der Nennung seines Namens spürte ich, wie meine Ohren warm wurden. Ich wusste nicht, warum er nicht hier war, aber ich war sehr froh darüber. Seit dem Kuss konnte ich ihm nicht mehr in die Augen sehen. Er hatte sich hingegen nichts anmerken lassen.

»Er muss arbeiten«, antwortete Silvio. Er hielt endlich die Schüssel in seiner Hand und schob sich einige Nüsse in den Mund.

»Echt? Wie beschissen. Kann mir Freitagabend was Besseres vorstellen ...« Grinsend hörte Tom sogar auf seine Karten zu sortieren. »Was macht er denn?«

»Frag ihn selber.« Silvio stellte die Nüsse ab und nahm seine Karten auf, wobei er so unauffällig wie möglich in Alinas Blatt schielte.

»Hey! Nicht schummeln!« Grinsend rückte sie ein wenig von ihm weg.

»Ist seine Arbeit so peinlich, dass du sie uns nicht verraten möchtest?«, stichelte ich.

»Mir wäre sie nicht peinlich. Er ist in Bezug auf dieses Thema aber ein wenig reizbar.«

Ich legte meine Karten beiseite und starrte Silvio neugierig an. Ebenso wie die anderen. Unsere Karten waren für den Moment vergessen.

»Lasst das doch!«

»Seid nicht so zu ihm«, verteidigte Alina ihn und legte ihm unterstützend eine Hand auf die Schulter.

»Wir machen doch gar nichts.« Julia zog unschuldig ihren weiten Pullover zurecht und musterte Silvio dann wieder.

»Vielleicht kellnert er im Grünling?«, mutmaßte Tom und stopfte sich einen Streifen Schokolade in den Mund.

»Oder er muss die Tische in der Bowling-Bahn wischen«, dachte Julia laut nach.

Silvio machte ein finstere Miene. »Hört auf mich zu löchern!«

»Er muss Baby-Sitten«, riet Alina nun mit. Allerdings wirkte sie nicht wirklich am Thema interessiert, sie schien Silvio lediglich aus der Fassung bringen zu wollen.

»Drei Mal nein. Wollten wir nicht Kartenspielen?«

»Das hier ist interessanter«, erwiderte ich. »Er muss Pizza ausfahren«, hakte ich nach. Mir war es egal, welcher Beschäftigung Aaron nachging. Es machte aber ungeheuren Spaß, Silvio ein wenig zu quälen. Er zog die Augenbrauen zusammen.

»Ha, Lucy hat recht!«, triumphierte Julia und schnappte sich einen Apfelring.

Silvio verzog das Gesicht. »Verratet mich nicht.«

»Was soll daran so schlimm sein?«, fragte ich. Viele Schüler hatten einen Nebenjob – und Pizza-Ausliefern war eine der besseren Tätigkeiten.

»Er will einfach nicht, dass jemand davon weiß.«

»Komischer Kauz …«

»Er …«

»Wollten wir nicht spielen?«, unterbrach Julia unsere Diskussion.

»Mit den Karten kann ich gleich einpacken«, maulte Tom erneut.

»Dann misch ich eben neu!« Julia wollte genervt ihre Karten auf das Sofa werfen, ich hielt aber ihren Arm fest. »Er wird wahrscheinlich auch in der nächsten Runde meckern, wenn er kein Hand-Rommé legen kann.«

»Stimmt.« Feixend fächerte Julia ihr Blatt wieder auf und nahm eine Karte vom Stapel.

Gähnend streckte ich mich, wobei mir mein dunkelblaues T-Shirt ein wenig hochrutschte, und lehnte mich zurück an die Sofalehne. Das Shirt ließ ich da, wo es war. Mit trüben Blick sah ich wieder auf das Mensch-Ärgere-Dich-Nicht-Feld.

Nach einigen weiteren Rommé Runden, in denen Tom immer verlor und sich deshalb weigerte weiter zu spielen, hatten wir uns für das Brettspiel entschieden. Dass jedes Spiel jemand aussetzen musste, hatten wir mit der Zusatzregel außer Kraft gesetzt, dass die Person ohne Figuren würfeln durfte.

»Wie spät isses?« Zum Glück musste ich diese Runde würfeln und mich nicht darauf konzentrieren, wen ich von den anderen Spielern zu schmeißen hatte. Vor Müdigkeit hätte ich garantiert eine falsche Figur in die Ausgangsposition geschickt.

»Kurz nach eins«, meinte Silvio beiläufig, schnappte mir unter der Hand die Würfel weg, da ich ihm wohl zu langsam war, und warf sie.

»Zwei, perfekt!« Freudig schickte er Toms Spielfigur zurück auf die Startposition.

»Warum schmeißt du immer mich!«

»Es passte so schön.«

Wütend schnappte Tom sich den Würfel, aber bei keinem Wurf war eine Sechs dabei.

Ich ließ ihn machen und starrte auf das Feld, dann setzte sich Silvios Information langsam in meinem Kopf. »Mist! Ich muss meine Tante anrufen!« In heller Aufregung sprang ich auf und stolperte prompt über einen Hocker, der halb unter dem Tisch vor dem Sofa versteckt stand.

»Bleib doch mal ruhig, Lucy«, maßregelte Alina mich von Silvio aus, an dem lehnte. Ich ignorierte sie und wühlte aufgeregt in meinem Beutel nach dem Handy.

»Sie wird wissen wollen, wo ich bleibe …«, murmelte ich und fand endlich das alte Nokia.

»Wenn sie sich bisher noch nicht gemeldet hat, wird es ihr egal sein. Außerdem weiß sie doch, wo du bist«, sagte Julia, während sie mit zusammengekniffenen Augenbrauen das Spielfeld musterte. Anscheinend konnte sie sich nicht entscheiden, mit welcher Figur sie vorrücken sollte.

»Trotzdem …« Ich suchte das Telefonbuch nach der Nummer meiner Tante ab und rief auf dem Haustelefon an. Ich hoffte inständig, dass sie noch nicht im Bett war. Anderenfalls musste mich jemand nach Hause fahren.

Nach dem zehnten Rufton nahm der Anrufbeantworter ab. Innerlich seufzend teilte ich schnell mit, dass ich später kommen würde, und legte dann auf.

»Und wie willst du zurück?«, fragte Alina.

»Ich nehm mir ein Taxi oder so.« Angetan war ich von der Idee aber nicht.

»Du bleibst hier. Wir können ja 'ne Pyjama-Party aus dem Spiele-Abend machen.«

»Du meinst wohl eher eine Boxershorts-Party. Für einen Pyjama ist es zu warm«, erwiderte Silvio schelmisch grinsend und zog sie kurz an sich. Alina lief rot an, genoss seine Nähe aber sichtlich in vollen Zügen.

»Ihr habt vielleicht Ideen«, mischte sich Julia ein. Das Spiel war vorerst vergessen.

»Ich kann doch nicht einfach hier bleiben!«

»Natürlich kannst du das. Ruf deine Tante einfach noch mal an«, befahl Alina und schmiegte sich noch näher an Silvio, der sie beinahe auf seinen Schoß zog. Zweifelnd musterte ich das Telefon in meiner Hand und ließ es dann zurück in den Beutel fallen. Fiona würde meine Abwesenheit wahrscheinlich erst bemerken, wenn ich nicht zum Mittag erschien. Dass ich gerne lange schlief, hatte sie, seitdem ich bei ihr lebte, oft genug bemerkt – Die Weckversuche hatte sie daraufhin schnell eingestellt.

»Na gut. Überredet.« Ich ließ mich zurück aufs Sofa fallen und nahm Tom den Würfel ab, den er gerade werfen wollte.

Verdutzt zuckte er zusammen und sah dann gebannt auf das Spielfeld. Wenn ich für ihn keinen guten Wurf machte, würde er wahrscheinlich wieder rummaulen.

»Sehr schön«, meinte Alina grinsend und rutschte näher an das Feld heran, ohne aus Silvios Arm zu gleiten.

Mein Kopf sackte gegen Julias Schulter, aber ich war außerstande mich wieder aufzurichten. Seit einer Stunde hing ich nur noch wie ein nasser Sack auf dem bequemen Sofa und döste mit Julia um die Wette. Der Actionfilm, in dem sehr häufig geschossen und geschrien wurde, half auch nicht, wach zu bleiben.

»Wie … spät?«

»Halb drei«, antwortete Silvio, der noch hellwach zu sein schien. Tom hatte uns nach Beendigung des Mensch-Ärgere-Dich-Nicht-Spiels verlassen.

»Ich schlaf dann schon mal «, murmelte Julia, rollte sich endgültig zusammen und zog die flauschige, rotgemusterte Tagesdecke über den Kopf. Ich sah mit tränenden Augen zum riesigen Flachbildfernseher, aber immer wieder fielen mir die Augen zu.

»Alina, ich muss auch schlafen«, nuschelte ich kraftlos, während ich mich an ein flauschiges Kissen kuschelte.

»Der Film ist gleich vorbei.«

Ich blinzelte in ihre Richtung. Sie lag an Silvio gekuschelt, der einen Arm um ihre Taille gelegt hatte und gebannt auf die Mattscheibe sah. Alina hatte eher Augen für ihn als für den Film. Ich schloss in mich hinein lächelnd die Augen. Vielleicht würde sie nun aufhören, mich mit Aaron verkuppeln zu wollen, wenn sie selber endlich mit Silvio zusammen war.

Ein letztes Mal wurde im Film geschrien, dann kam die Musik des Abspanns. Erleichtert seufzte ich und schob mich mühsam an der Lehne empor. Das war wirklich nicht mehr meine Zeit.

»Bleibst du noch?«, fragte Alina an Silvio gewandt, seine Antwort hörte ich aber nicht.

»Schade.«

Okay, dann verschwand er jetzt wohl auch. Mir war es egal, wenn Alina endlich das Bettzeug rausholte und ich mich hinlegen konnte.

Kleider raschelten, dann verabschiedete sich Silvio von Alina und mir.

»Bis dann, fahr vorsichtig.« Ich war aufgestanden, hatte nun aber Schwierigkeiten zu stehen, da der Boden gefährlich unter mir schwankte.

»Du bist kein Nachtmensch, oder?«, grinste Alina und hüpfte überschwänglich in Richtung ihres Zimmer.

»Nein. Was machen wir mit Julia?«

Alina stoppte an der Wohnzimmertür und sah zu unserer tief und fest schlafenden Freundin.

»Lassen wir sie weiterschlafen. Die Vorhänge sind zu und gemütlich hat sie es auch.«

Ich blickte zu Julia und entschied, dass Alina recht hatte. Was sollten wir sonst auch tun? Sie wecken? Den Gedanken verdrängend schlurfte ich hinter Alina her, die durch den von einigen Deckenlampen hell erleuchteten Flur in ihr Zimmer tänzelte.

»Ich mach dir schnell das Sofa fertig.«

»Keine Eile, muss eh ins Bad.«

Alina hörte mich aber nicht über den Lärm, welchen sie produzierte, als sie im Bettkasten des Sofas nach einer Decke und einem Kissen wühlte.

Das Bad am Ende des Flurs glich eher einem Tempel als einem gewöhnlichen Badezimmer; in einer Ecke befand sich eine freie, ebenerdige Dusche, die Badewanne war ein kleiner Whirlpool und die Decke wurde von zwei mächtigen und mit Ornamenten verzierten Säulen getragen. Zwischen den weißen Fliesen befanden sich kleinere in dunklen Blau und Grüntönen, sodass ein kunstvolles Mosaik in geometrischen Mustern gebildet wurde.

Als ich das erste Mal diese Wellness-Oase betreten hatte, war ich sprachlos und eingeschüchtert gewesen. Auch jetzt verspürte ich noch einen Anflug von Ehrfurcht, meine Müdigkeit verdrängte diese Empfindung aber sehr schnell wieder.

Nachdem ich meinen Mund nur mit Mundwasser ausgespült und ich mich notdürftig gewaschen hatte, torkelte ich zurück in Alinas Zimmer. Der Raum an sich war nicht groß, aber trotzdem passten neben dem großen Bett, einem mächtigen Kleiderschrank und ihrem Schreibtisch noch das kleine Sofa hinein.

»Alina?«

Meine Freundin konnte ich nirgendwo entdecken. Ich rief noch einmal nach ihr, da sie aber nicht antwortete, zog ich mein T-Shirt aus und schlüpfte in meiner bequemen Stoffhose und Top unter die geblümte Sommerdecke. Leise Schritte erklangen im Flur, dann kam Alina ins Zimmer gerauscht.

»Ich hab noch was zu trinken geholt.« Sie reichte mir eine Wasserflasche, die ich neben mein Bett stellte, und sank dann zurück auf das bequeme Sofa.

»Wie kannst du noch so wach sein?«, nuschelte ich in den Bezug, die Augen schon geschlossen.

»Das bin ich um die Uhrzeit häufiger, außerdem ...« Ich öffnete die Augen einen Spalt. Alina saß mit angezogenen Knien, um die sie die Arme geschlungen hatte, auf ihrem Bett und starrte mit leicht rotem Kopf auf den Schreibtisch.

»... bist du immer noch von ihm berauscht«, beendete ich den Satz.

Alina nickte, selig lächelnd und knibbelte dabei an ihren Zehen. Ich musste grinsen. Auf diesen Abend hatte sie lange gewartet und mich noch häufiger mit Spekulationen darüber genervt, wann sie endlich richtig mit ihm zusammenkommen würde.

Mit immer noch leicht geröteten Wangen legte sie sich endlich hin und schaltete das Licht aus. Durch einen Spalt in den Vorhängen drang das Licht einer Straßenlaterne und beleuchtete einen Teil des Bodens und leider auch meines Gesichtes. Ich rutschte weiter an die Wand, um dem Strahl zu entkommen. Eigentlich hätte ich nur aufstehen müssen, um den Spalt zu schließen. Das Sofa war aber so gemütlich, dass es mich festzuhalten schien. Außerdem würde mich das Licht nicht mehr nerven, sobald ich eingeschlafen war.

»Schade, dass Aaron nicht kommen konnte.«

»Hmm«, nuschelte ich, ohne die Augen zu öffnen.

»Es ist wieder etwas passiert, oder? Deswegen warst du die vergangenen beiden Tage auch nicht mit uns essen.«

Mein Herz begann schneller zu schlagen. Ich spürte wieder seine Lippen auf meinen, seine Hand an meinem Kopf. Mit zusammengepressten Lippen öffnete ich die Augen und starrte an die Decke. Wenn sie wüsste … Was geschehen war, würde ich keinem erzählen. Ich verstand es ja immer noch nicht selbst! Nach diesem Tag war die Anziehung wieder weg gewesen.

»Er ist wirklich ein netter Kerl«, redete sie weiter, da ich schwieg.

»Dem genügend Mädchen hinterherlaufen. Soll er die anschmachten und nicht mich …«, murmelte ich und drehte den Kopf so, dass ich sie sehen konnte. Alina lag mir zugewandt, den Kopf hatte sie auf ihren Arm gestützt.

»Ich versteh dich nicht … warum sträubst du dich gegen einen Freund? Oder magst du lieber Mädchen?«

»Nein«, erklärte ich kurz angebunden und zog die Decke enger um mich. Ihre Fragen gingen in eine Richtung, die mir nicht gefiel. Dass sie nie eine Sache gut sein lassen konnte. Ich wollte jetzt keinen Freund. Punkt.

»Es ist wegen deiner Eltern, nicht wahr?« Alina klang zögerlich und voller Mitgefühl. Die Wärme, die als Erinnerung an den Kuss in mir aufgekommen war, wurde durch Kälte verdrängt. Erinnerungen an Österreich kamen in mir hoch und mit ihnen die Tränen. Ich blinzelte die Feuchtigkeit energisch aus meinen Augen. »Wie kommst du darauf?« Zum Glück klang meine Stimme nicht zittrig.

»Es ist nur so ein Gefühl. Du hast bisher nie etwas über den Grund gesagt, weshalb du hierher gezogen bist und auch nie über deine Familie gesprochen. Ich habe von Aaron gehört, dass du bei deiner Tante wohnst.«

»Hat Aaron noch mehr erzählt?«, hakte ich nach. Ich hörte mich garantiert verbittert an, aber das war besser, als dass sie meinen Schmerz bemerkte.

Sie ging nicht auf meine Frage ein. »Ist ihnen etwas Schlimmes zugestoßen?«

Meine Brust verengte sich und ich hatte Mühe Luft zu holen. Ich biss die Zähne fest zusammen, um dem Schmerz in meiner Brust entgegenzuwirken.

»Ich wollte dir nicht zu nahe treten«, flüsterte sie. »Vergiss das, was ich gefragt habe.«

Ich drehte mich zurück auf den Rücken und starrte an die Decke. Das durch den Vorhang dringende Licht erhellte einen Teil der Stuckverzierung und ließ sie seltsam verzerrt wirken.

Vergessen … das würde ich manchmal zu gern. Aber die Vergangenheit ließ sich nicht ändern. Sie war wie ein dunkler Schatten über allem, der mich in manchen Momenten niederdrückte. Wie jetzt.

Sollte ich auf Alinas Frage antworten? Mein Kopf sagte eindeutig *Nein*, mein Herz sah es jedoch anders. Vielleicht war die Zeit gekommen, meine Vergangenheit mit jemandem zu teilen. Alina wäre dafür die richtige Person. Sie war einfühlsam, unterbrach einen nicht und der wichtigste Punkt: Sie war in den letzten Monaten zu meiner besten Freundin geworden. Unschlüssig betrachtete ich das Schattenmuster an der Decke.

»Lucy?« Alinas weiche Stimme war wie ein Sonnenstrahl, der den Schatten durchdrang, und lockerte die Enge in meiner Brust. Ich atmete tief ein und setzte mich auf. Im Liegen würde ich mich noch verletzlicher fühlen.

»Meine neue und einzige Familie ist meine Tante Fiona«, begann ich. Die ersten Silben fühlten sich zäh an, als wenn sie meinen Mund nicht verlassen wollten, doch je mehr Worte ich sagte desto einfacher wurde es.

»Meine Eltern und mein Bruder sind bei einem Autounfall ums Leben gekommen ...«

Alina schlug sich die Hände vor den Mund. »Oh mein Gott! Es tut mir so leid!«

Tränen sammelten sich wieder in meinen Augen, mein Hals fühlte sich wie zugeschnürt an. Ich konnte sie nicht länger ansehen und wandte den Blick ab, um die Tränen beiseite zu blinzeln. Gerade noch rechtzeitig, denn schon saß Alina neben mir auf dem Sofa und schlang ihre Arme um meinen Hals. Für lange Zeit. Nur das Rauschen der Bäume und ihr Atem waren zu hören. Entgegen meiner Erwartung, fühlte es sich richtig an. Ihre Wärme hatte etwas Heilendes, denn der Kloß in meinem Hals schwand ebenso wie die Kälte.

Erst nachdem ich mich entspannt hatte, ließ sie mich wieder los. In ihren Augen sah ich tiefes Mitgefühl. »Warum hast du nie was gesagt?«

Ehe ich antworten konnte, gab sie schon selbst die Antwort. »Du warst ja fremd. 'tschuldige. Mir kommt es so vor, als wenn du schon immer hier leben würdest und wir uns schon ewig kennen.«

Ich lächelte schwach. Mir ging es ähnlich.

Sie schien mit meiner Reaktion zufrieden zu sein, denn sie schlüpfte wieder in ihr Bett, drehte sich aber mir zu. »Wie lebst du damit?«

»Irgendwie geht es.«

»Hattest du keine Hilfe, eine Psychologin oder so?«

Ich verzog mein Gesicht bei dem Gedanken an die Frau. »Hatte.«

Im wenigen Licht konnte ich erkennen, dass Alina ihre Augenbrauen hob. »Was soll das heißen?«

»Sie war ... ein wenig nervig. Da spreche ich lieber mit meiner Tante.«

Alina gluckste. »Das kann ich mir gut vorstellen.«

Es entstand eine kurze Pause.

»Ist sie wirklich verrückt?«

Verwirrt wandte ich den Blick von der Decke ab, die ich wieder betrachtet hatte. »Ich glaube nicht – Sie war mir nur zu aufdringlich.«

»Ich meine nicht die Psychologin, sondern deine Tante.«

»Wieso sollte meine Tante verrückt sein?«

»Jemand hat das Mal behauptet, weil sie so weit draußen wohnt, sie kaum unter Leute geht, ...« Alina sah leicht verlegen aus.

Ich nahm ihr die Frage aber nicht übel. Fiona war nicht die typische Frau, die einen Mann, Kinder und vielleicht noch einen festen Arbeitsplatz hatte. Darauf schien sie keinen Wert zu legen. Viel lieber kniete sie bei Regen im Garten oder hockte stundenlang in ihrem Gewächshaus, wo sie sich um ihre seltsamen Pflanzen kümmerte. Vielleicht hatte Alina doch recht damit, dass meine Tante ein wenig durchgeknallt war. Aber irgendwie machte gerade das ihre liebenswürdige Art aus.

»Verrückt nicht, aber sonderbar«, antwortete ich schließlich. Ich rollte mich wieder zusammen und gähnte herzhaft. »Lass uns morgen weiterreden. Ich bin wirklich müde.«

»Ich vergesse immer, wie spät es ist. Schlaf gut, Lucy.«

Julia war nicht sehr angetan, dass wir sie nicht geweckt hatten, aber über das prunkvolle Frühstück, das Alina uns zubereitete, vergaß sie ihren Unmut.

»Wie lange wart ihr denn noch auf?«, fragte sie und strich reichlich Blaubeermarmelade auf ihr Crêpe.

»Bis drei oder so ...«, antwortete Alina, die sich ihr viertes Brötchen schmierte, diesmal mit Frischkäse und Honig. Verdutzt sah ich ihr zu, wie sie es hinunterschlang und dann nach den gekochten Eiern griff.

»Sag mal, isst du immer so viel?«

»Zum Frühstück schon.«

»Ach wirklich?«, feixte Julia und lehnte sich mit ihrem Latte

Macchiato in der Hand zurück. »In der Cafeteria verschlingst du auch Unmengen. Du musst mir deinen Trick verraten, wie du deine Figur hältst!« Etwas leidig sah sie an sich herunter.

»Du bist nicht dick, Julia. Nur wohlproportioniert. Und ich mache bis auf ein wenig Selbstverteidigung überhaupt keinen Sport.«

Ich hob ungläubig die Augenbrauen. »Und das sollen wir dir abkaufen?«

»Ja – Und jetzt Themenwechsel!«

»Schon gut«, brummte Julia und musterte leidig ihr Crêpe, das sie nach einem Schulterzucken genüsslich aufaß.

»Hast du deine Tante schon angerufen?«, fragte Alina, während sie den reichlich gedeckten Tisch inspizierte.

»Jap. Sie wollte mich in einer Stunde abholen.«

»Siehst du, sie macht keinen Stress, dass du dich nicht mehr gemeldet hast.« Mit vor Triumph funkelnden Augen griff sie nach einem Apfel und lehnte sich in ihrem gemütlichen Stuhl zurück.

»Dass du immer gleich Panik schieben musst«, murmelte Julia zustimmend und zwinkerte mir zu. »Ich kann mich noch an die ersten Arbeiten erinnern, vor denen du massiven Horror hattest – und vollkommen unbegründet.«

Die beiden lachten, ich aber nicht. Woher hatte ich wissen sollen, wie schwer die Lehrer die Klausurfragen stellten. Ich war ja neu!

Ich antwortete nicht auf ihre Aussage und schlurfte an meinem Orangensaft.

Gerade als wir den Tisch gemeinsam abdeckten, klingelte es an der Tür. Alina hüpfte gut gelaunt in den Flur und kam einen Augenblick später breit grinsend zurück.

»Besucht dich Silvio schon so früh am Morgen?«, fragte Julia grinsend, wischte dabei aber weiter den Tisch.

»Nein«, erwiderte Alina leicht verdutzt. »Deine Tante wartet auf dich«, wandte sie sich an mich.

Mir wurde das Herz ein wenig schwerer, weil ich immer noch befürchtete, eine Predigt zu erhalten. Ich verabschiedete mich schnell von den beiden und trat vor die Tür in den Sonnenschein. Fiona lehnte an ihrem Auto und grinste mich breit an. Wie meist wurden ihre krausen Haare mit einem bunten Tuch zusammengehalten und ein wenig Dreck klebte an ihren alten Jeans. Sogar auf ihrer Nase entdeckte ich einen kleinen Schmutzfleck.

»Gut geschlafen?«, fragte sie mich.

Ich nickte nur und stieg ein.

»Hat es dir nicht gefallen oder warum bist du so still?«

»Du bist mir nicht böse?«, fragte ich kleinlaut und blickte aus dem Fenster, weil ich mich nicht traute, sie anzusehen.

»Nein, warum sollte ich?«

»Mum hat immer mit mir geschimpft, wenn ich mich zu spät gemeldet habe.« Mein Magen zog sich bei dem Gedanken an meine Mutter zusammen, aber nicht mehr so heftig wie früher. Das Gespräch mit Alina hätte ich viel früher führen sollen. Ich fühlte mich freier und nicht mehr gefangen in meinen Erinnerungen.

»Du hast sicherlich schon festgestellt, dass ich ein wenig lockerer drauf bin.«

Ein wenig war absolut untertrieben, ich merkte aber nichts an und sackte erleichtert in den Sitz.

»Hast du schon gegessen?«

»Ja, wir hatten ein spätes Frühstück.«

»Und du bist sicher, dass du keinen Gemüseeintopf möchtest?«, hakte sie grinsend nach. Ich wiegelte schnell ab. Auch wenn ihre Eintöpfe in letzter Zeit besser schmeckten, machte ich mir lieber ein Brot oder Spiegelei.

»Wie du meinst. Ich kann ihn später auch noch warm machen.« Sie grinste noch breiter und begann dann eine Melodie zu summen, die sie mit den Fingern auf dem Lenkrad mit trommelte.

Verheimlichter Besuch

Über den letzten Klausuren und Referaten des Schuljahres vergaß ich sogar die seltsamen Dinge, die manchmal um mich passierten, und bemerkte auch einige kuriose Begebenheiten nur am Rande. Wie zum Beispiel, dass Fiona seit Kurzem stinkende Mischungen kochte und auffallend häufig mit Steinen arbeitete. Vielleicht war auch meine rapide zugenommene Vergesslichkeit daran schuld: Ständig fragte ich mich, wo meine Tasche war, ob ich die letzten Hausaufgaben gemacht hatte, wann das nächste Referat abgegeben werden musste oder ob die Matheklausur diese oder nächste Woche stattfand. Teilweise war ich so durch den Wind, dass ich kopflos durch Fionas Haus stürmte und nicht einmal wusste, was ich eigentlich suchte. Meine Tante reichte mir dann meist einen Tee und musterte mich freudig, beinahe aufgeregt. Einen Reim auf ihr Verhalten konnte ich mir aber nicht machen. Dafür hatte ich aber eine ausgesprochene Liebe zu ihren Garten entwickelt. Zwischen den Pflanzen fühlte ich mich einfach gut und machte mir keine Sorgen mehr über mein Gedächtnis – Was Fiona natürlich auch nicht entgangen war und sie regelrecht euphorisch stimmte.

Gerade eilte ich ins untere Stockwerk des Schulgebäudes, mit den Gedanken einmal nicht bei meiner Vergesslichkeit sondern bei Aaron. Ich würde ihn gleich wiedersehen und jetzt spürte ich bereits, wie meine Wangen warm wurden. Dabei war der Kuss nun schon über zwei Wochen her und da ich mein Versprechen gehalten hatte, machte er keine Anstalten, unsere Freundschaft zu mehr werden zu lassen. Sein Blick und etwas in seiner Stimme sagten mir aber, dass er mehr wollte.

»Hey, Lucy! Wo willst du hin?«

Da ich auf der Stelle herumwirbelte, verlor ich beinahe das Gleichgewicht. Mit Mühe bekam ich einen Fenstersims zu fassen und hielt mich an ihm fest, als Alina mit fragendem Blick auf mich zu kam.

»Ich … äh … ist jetzt nicht Chemie?«

»Nein, wir haben Mathe. Komm, sonst verpassen wir den Anfang.«

»Aber …«

»Nichts aber! Wo bist du nur mit deinen Gedanken in den vergangenen Tagen?«

»Irgendwo anders«, murmelte ich erschüttert. Warum ich so durcheinander war, wüsste ich wirklich zu gerne. Manchmal gesellte sich ein Kribbeln in meinen Händen hinzu oder meine Sicht verschwamm auf einmal. Vielleicht sollte ich doch mal mit Fiona darüber reden. Bisher hatte ich geschwiegen, weil sie für meinen Geschmack zu viel in meine Wehwehchen hineininterpretierte. Mondfühligkeit oder die leichten Augenschmerzen, die ich seit dem letzten Neumond hatte, waren für mich nicht besorgniserregend.

Alina zog mich in den Klassenraum und bugsierte mich auf einen Stuhl, während sie sich neben Silvio setzte. Ihr Freund, der Spieleabend war wohl ausschlaggebend gewesen, musterte uns mit amüsierter Miene.

»Du bist ganz schön langsam, Lucy.«

Ich starrte ihn perplex an.

»Was?«, fragte ich schließlich, da ich aus seinen Worten nach einigen Minuten immer noch nicht schlau wurde.

»Ihr seid beinahe schon wieder zu spät gekommen.« Das Grinsen auf seinem Gesicht wurde immer breiter. Alina sah zwischen uns hin und her, offenbar konnte sie sich nicht entscheiden, ob sie die Situation ebenfalls witzig finden sollte oder doch eher beunruhigend. Sie entschied sich für einen neutralen Gesichtsausdruck und holte die Mathesachen aus ihrem Rucksack.

»Ich habe auf Lucy gewartet«, murmelte sie aber doch noch.

Ich verzog die Augenbrauen. »Du hättest nicht …«

»Nein, hätte ich nicht. Hab ich aber. Sei mal ein wenig dankbar deswegen! Ohne mich würdest du jetzt vor dem Chemieraum stehen!« Entrüstet starrte sie mich an und verzog den Mund. Ich zog den Kopf ein und verschwand unter dem Tisch, um Block, Buch und Taschenrechner sowie einen Kuli hervorzuholen.

»Wir haben alle schon mitbekommen, dass du zurzeit ein wenig neben der Spur stehst«, sagte Silvio, dessen Schmunzeln ich sogar aus seinen Worten hören konnte. Wenig begeistert knallte ich meine Sachen auf den Tisch und musterte die beiden nicht gerade wohlwollend. »Ist doch egal.«

»Ein wenig Dankbarkeit ist wohl zu viel verlangt, was?«, entgegnete Alina aufgebracht.

»Beruhige dich, Ally. Bald sind Ferien und dann ist Lucy auch wieder besser drauf.« Während er sprach, sah er Alina tief in die Augen. Die beiden schienen die Welt um sich herum zu vergessen, was mir sehr gelegen kam. Sie ignorierend schlug ich das Buch auf, genau in dem Moment, als unser Lehrer eintrat, die Tür hinter sich zuzog und sich direkt vor die Tafel stellte.

»Alles bis auf Block, Stift und Taschenrechner einpacken. Ich werde heute eure Kenntnisse überprüfen.«

Ich starrte ihn wie fast alle in der Klasse entsetzt an. Nur die Streber in der ersten Reihe wirkten entspannt, wenn auch mit leicht zusammengekniffenen Augenbrauen. Widerstrebend schob ich das Buch zurück in die Tasche.

»Das ist kein feiner Zug«, murrte Alina böse, Silvio zuckte nur die Schultern. Mir war klar, dass es ihm egal war, ob wir jetzt eine Klausur, einen Test oder sonst was bearbeiten mussten. Er würde alle Tests mit links bestehen.

Unruhig wartete ich darauf, endlich das Blatt in den Händen halten zu können. Alina starrte ebenfalls mit angespannter Miene auf den immer kleiner werdenden Stapel in den Händen des Lehrers.

»Dreht die Blätter um. Ihr habt eine halbe Stunde.« Entspannt lehnte er sich zurück und beobachtete uns über seine zusammengefalteten Hände.

Mit leicht zittrigen Fingern drehte ich das Blatt um und seufzte erleichtert auf. Ganz so schlimm und fies waren die Aufgaben gar nicht. Kurz schielte ich zu Alina herüber, die auch glücklicher als vor einigen Minuten aussah.

○ ○ ○

Griesgrämig saß ich am See, die Angel hielt ich entspannt in der Hand, und blickte auf die spiegelnde Oberfläche. Es war wieder warm, fast schwül, und ich wurde von Mücken zerstochen. Warum hatte Fiona nicht selbst angeln können? Grundsätzlich hatte ich nichts gegen diese Tätigkeit, aber heute war es mir zu heiß und ich konnte einfach nicht still sitzen. Weshalb auch immer …

Ein leichtes Ziehen riss mich aus meinen Gedanken. Schnell sah ich auf den See, aber nur eine Ente schwamm um den Schwimmer, der leicht in den Wellen tanzte, welche der Wasservogel verursachte.

Ich lehnte mich wieder entspannt an die dicke Weide und beobachtete die Wolken im Wasser. Eine seichte Brise spielte mit den herabhängenden Ästen des Baumes und Insekten, besonders Grillen, und Vögel zirpten und sangen um die Wette.

Wieder ruckelte die Sehne. Träge suchte ich den Schwimmer, sah aber alles wie durch einen nebligen Schleier. Genervt blinzelte ich. Das ich schlecht sah, kam nun immer häufiger vor. Ich weigerte mich aber, mit jemandem darüber zu reden. Meinen Augen ging es immer blendend – ich brauchte keine Brille!

Endlich wich der Nebel und ich fand den Schwimmer, der sich in einer der Seerosen verfangen hatte, die den Rand des kleinen Sees säumten. Die weißen Blüten glitzerten leicht in der Sonne. Verärgert befreite ich den grell orangen Schwimmer mit einem langen Stock und holte die Leine ein.

»Drei Stunden sollten genug sein«, murrte ich und packte die Angelsachen zusammen. Mit einem bis auf drei kleinen Fischen leeren Eimer und der Angelrute über der Schulter marschierte ich zurück zu Fionas Backsteinhaus. Meine Tante war zur Abwechslung mal nicht im Beet zu sehen. Schulterzuckend verstaute ich das Angelequipment im Schuppen und trat durch die offene Wohnzimmerschiebetür in den Raum. Lautes Geklapper drang aus der Küche und die Falltür im Dielenboden war nicht ganz geschlossen – Fiona schien wieder schwer am Werkeln zu sein.

Ich ging durch den schmalen Flur, wobei der Holzboden bei jedem Schritt ein leises Knarzen von sich gab, und betrat die Küche. »Was ist denn hier los?«, fragte ich verdattert. Überall lagen gehäckselte Kräuter, Rindenstücke, Salz und einige Steine herum, verschieden große Töpfe, von denen einer auf dem Herd stand, rundeten das Durcheinander ab. Ein derartiges Chaos hatte ich noch nie bei ihr gesehen.

»Lucy!« Erschrocken sprang Fiona vom Waschbecken zurück und bekleckerte sich dabei mit einer dunklen Flüssigkeit.

»Mist. Warte kurz!« Aufgeregt grummelnd rannte sie aus dem Raum.

Ich sah ihr mit gerunzelter Stirn nach und stellte den Eimer mit den wenigen Fischchen auf den letzten freien Fleck auf der Arbeitsplatte. Die Flüssigkeit im Topf begann laut zu schmatzen, einige Blasen platzten auf, denen gelbe Dämpfe entstiegen. *Das ist keine Suppe*, dachte ich angewidert und neugierig zugleich. Ob sie wieder eine Salbe kochte oder sogar etwas für diese ominösen Auftraggeber? Bisher war mir Fiona immer ausgewichen, wenn ich nach ihren Aufträgen gefragt hatte. Ich konnte mir kaum vorstellen, dass irgendwer dieses eklige Gebräu haben wollte.

Mit einem mulmigen Gefühl im Magen beäugte ich das knappe Dutzend flacher Steine, das auf dem dunklen Holz des Tisches lag. Wozu brauchte sie die?

Ein Fluch schallte durch das Haus und ich eilte sofort ins Bad. Fiona stand vor dem Waschbecken, die Haare noch wilder als zuvor und kaum noch durch das Stoffband gehalten, welches von ihrem Kopf zu rutschen drohte, und schrubbte sich die leicht roten Hände.

»Was ist passiert?«

»Nichts weiter. Kannst du den Topf vom Herd nehmen? Der Inhalt darf nicht kochen.«

»Das macht er schon.«

»Beim Barte des Zeus!« Fiona sprang so schnell vom Waschbecken weg, dass sie einiges Wasser im Raum verspritzte. Hektisch lief sie in die Küche und vergaß den Wasserhahn abzudrehen. Das Wasser schwappte bereits bedrohlich hoch gegen den Rand, da ihr Pullover den Überlauf verstopfte. Ich drehte den Hahn zu und folgte Fiona zurück in die Küche. So gehetzt und durcheinander hatte ich meine Tante noch nie erlebt.

Ein ekelerregender Gestank drang aus der angelehnten Küchentür und verschlug mir den Atem. Nichts Gutes ahnend, schob ich die Tür einen Spaltbreit auf und lief direkt in gelblichen Nebel hinein. Meine Tante konnte ich weder sehen noch hören.

»Fiona?«, hustete ich, Mund und Nase mit den Händen bedeckend. Da rochen die kuriosen Gemische, die wir im Chemiekurs manchmal kochten, ja angenehmer.

»Geh bitte raus!« Die Stimme meiner Tante klang seltsam dumpf, als ob sie ein Handtuch vor dem Mund hätte.

»Ich bin draußen.«

»Raus aus dem – arggh – Haus!«

Jetzt doch leicht verängstigt, verharrte ich auf der Stelle. »Kann ich dir helfen?«

»Geh endlich!«

Es krachte laut.

Ich hatte mittlerweile das Gefühl, dass hier etwas faul war, aber ehe ich weiter mit Fiona diskutieren konnte, flog ein Holzlöffel aus dem Dunst direkt auf mich zu. Ich suchte schleunigst das Weite.

Auf der Veranda traf ich Amadeus, der mich anknurrte und durch die Haustür schlüpfen wollte. Ich zog diese aber schnell zu.

»Bleib lieber hier, außer du willst ersticken.« Eigentlich war mir der Kater egal, Fiona würde es aber gar nicht gutheißen, wenn ihm etwas zustieß.

Es krachte wieder. Ich war hin und her gerissen, ob ich hineingehen oder mich besser in Sicherheit bringen sollte – die Neugier siegte aber.

Ich eilte, gefolgt von Amadeus, um das Haus herum und spähte durchs Küchenfenster. Allerdings sah ich durch die Jalousien nichts. Vor einer Scheibe des Sprossenfensters baumelte eine dicke Kreuzspinne in der Mitte ihres Netzes, die damit beschäftigt war eine Fliege in einen Kokon zu wickeln. Ich klopfte gegen eines der anderen Fenster.

»Alles in Ordnung?«

»Bin gleich fertig«, keuchte Fiona.

Ich runzelte die Stirn. Was machte sie da drin und warum sollte ich es nicht sehen?

Amadeus war aufs Fensterbrett gesprungen und begann mit seinem üblichen Konzert, das er immer zum Besten gab, wenn er nicht hereingelassen wurde.

»Geh durch die Katzenklappe!«

Er starrte mich an, fauchte und drehte den Kopf mit der wilden orangeroten Mähne wieder der Scheibe zu. Sein buschiger Schwanz klopfte rhythmisch gegen den Fensterrahmen. Amadeus schlug noch mehrere Male mit der Pfote gegen die Scheibe, ehe er wieder sein Konzert begann.

»Es reicht, Kater!« Ich hob ihn hoch, wobei ich seine Krallen zu spüren bekam, und ging mit ihm Richtung Terrasse, wo ich ihn absetzte. Die Schiebetür war nur halb zugezogen, aber der Kater nutzte den Spalt, um in die Wohnung zu huschen.

»Anstrengendes Vieh.« Ich folgte ihm, die Küchentür war aber noch verschlossen. Als ich die Tür aufstoßen wollte, wurde sie jedoch aufgerissen und ich stand einer noch zerzausteren Fiona gegenüber. Sie blinzelte mich verdutzt an. »Du solltest doch draußen warten.«

»Ich bin gerade erst wieder rein.«

Meine Tante musterte mich skeptisch, trat dann aber zurück. Die Küche sah wieder halbwegs ordentlich aus, nur einige Kräuterhaufen und diverse schmutzige Töpfe standen auf der Arbeitsplatte. Der Eimer mit den Fischen war verschwunden, ebenso wie der Nebel.

»Was hast du hier gemacht?«

»Nichts.«

Skeptisch verzog ich die Lippen.

»Nur einen Auftrag erfüllt«, gab sie ein wenig nach und wuselte zur Arbeitsplatte.

»Das sah aber nach mehr aus ...«

Ein leicht ranziger Geruch hing noch in der Luft, obwohl das Küchenfenster sperrangelweit geöffnet war.

»Könntest du die Kräuter wegräumen?«

»Und wo ist der Fisch?«

»Und dann den Tisch mit Essigessenz reinigen?«

»Fiona!«

»Dann können wir ...«

»Hey!«

Verwirrt drehte sie sich um. Sie sah aus, als ob sie mich erst jetzt wirklich bemerkte. Hatte sie mir überhaupt zugehört?

»Was wolltest du?«

»Was ist aus dem Fisch geworden?«

»Den musste ich leider entsorgen.« Sie wirkte allerdings nicht sehr reumütig.

»Was? Ich hab doch nicht drei Stund ...«

»Beruhige dich, Lucy. Bitte.«

Ich starrte sie mit offenem Mund an. Sie war doch diejenige, die immer predigte, dass kein Essen weggeworfen werden sollte. Selbst alten Salat und knochentrockenes Brot recycelte sie.

»Warum hättest du deinen Auftrag nicht morgen erledigen können?«

»Weil es genau jetzt sein musste«, antwortete sie genau wie heute Mittag, als ich mit ihr wegen des Angelns diskutiert hatte. Mich beschlich der Verdacht, dass sie mich aus dem Haus hatte haben wollen. Deshalb hatte sie sich vorhin wohl so erschreckt. Normalerweise brachte sie nichts aus der Ruhe …

»Aber …«

»Höre bitte auf mich zu löchern und räume die Kräuter weg.«

Ich handelte sofort, aber nicht, weil sie mich darum bat, sondern weil meine Tante zum ersten Mal autoritär wirkte. Leicht eingeschüchtert nahm ich die restlichen Kräuter und schob sie in kleine Tontöpfe, die ich anschließend in den Kühlschrank stellte. Als ich einen Schwamm holte, mit dem ich den Tisch wischen wollte, dackelte sie mit einem Netz voller Steine aus der Küche. Erstaunt sah ich ihr nach. Was wollte sie damit? »Sie werde ich wohl nie verstehen«, murmelte ich leise, als ich nach der Glasflasche Essigessenz und einem Schwamm griff, die im Schrank unter der Spüle verstaut waren. Danach holte ich aus einem Regal eine kleine Schale, in die ich ein wenig Essig goss. Als ich die Schale unter den Wasserhahn hielt, wehte mir der Wind durch das geöffnete Fenster einige Strähnen ins Gesicht, die meinem Pferdeschwanz entkommen waren. Ich strich sie hinter mein Ohr und ging bewaffnet mit der Schale und dem Schwamm auf den Tisch zu.

»Was wollen wir gleich zum Essen machen?«

»Vielleicht, – autsch!« Ich ließ den Schwamm fallen.

»Lucy?« Fiona war im Türrahmen erschienen und musterte mich besorgt. Ich registrierte sie aber nur am Rande. Mein Blick war teils auf den Tisch, teils auf meine Hand gerichtet, die seltsam … knisterte. Es fühlte sich an, als würde sie unter Strom stehen. Sie kribbelte leicht, als ob Funken auf der Haut tanzen würden.

»Was ist mit deiner Hand?«

»Ich ... weiß nicht ... so recht?«, murmelte ich, eher verdattert als geschockt. Die Hand hielt ich immer noch ausgestreckt. Fiona kam auf mich zu und berührte behutsam meine Finger.

»Sie begannen so komisch zu kribbeln, als ich den Tisch zu wischen begann.« Zwischen mir und der hölzernen Oberfläche hin und her blickend, runzelte sie ihre Stirn immer mehr.

»Du wirst wohl zu viel Essig benutzt haben. Du weißt doch, Säure ...« Natürlich wusste ich das. Immerhin hatten wir das Thema vor Kurzem im Unterricht beendet. Die Konzentration war aber zu gering gewesen, als das ich hätte etwas spüren können.

»Aber –«

»Du scheinst in letzter Zeit sehr angespannt zu sein, Lucy«, meinte sie milde lächelnd, nahm mir den Schwamm ab und wischte den Tisch. Ich ließ mich unzufrieden auf einen der gepolsterten Stühle gleiten.

»Ich fühle mich allgemein komisch«, gestand ich endlich.

»Inwiefern?« Sie sah nicht auf, schrubbte aber nicht mehr so heftig.

»Immer wieder kribbelt mein Körper, meine Sicht verschwimmt manchmal und zu Neumond –«, ich brach ab. Wie sollte ich beschreiben, was zum vergangenen Neumond geschehen war? Fiona hatte aufgehört den Tisch zu bearbeiten und sah mich fragend an.

»Ich war voller Energie und irgendwie nicht ... ich selbst«, beendete ich den Satz.

Ihre Augen weiteten sich, dann lächelte sie freudig. »Das Gefühl haben viele, meine Liebe. Denke dir nichts weiter dabei.«

Ich seufzte, nicht weiter darauf eingehend, was sie daran freute. So war sie eben. »Fühlst du dich auch manchmal so?«

»Immer.« Sie grinste, dann widmete sie sich wieder dem Tisch.

○ ○ ○

173

Mit breitem Grinsen radelte ich den Weg zu Fionas Haus entlang, denn ich hatte jetzt schon Wochenende, während die anderen noch büffeln mussten. Eigentlich war ich nicht schadenfroh, aber heute war so schönes Wetter und da konnte ich mir Besseres vorstellen, als in einem stickigen Klassenzimmer zu hocken. Da ich mein Referat bereits fertig geschrieben und es dem Lehrer gezeigt hatte, obwohl ich es erst nächste Woche vortragen musste, hatte er mir schon freigegeben. Und da es ohnehin die letzte Stunde gewesen war, hatte ich freudig meine Sachen zusammengekramt, Alina zugezwinkert und war aus dem Raum gestürmt, damit ich den Bus noch rechtzeitig erwischte.

Ich raste um die letzte Kurve. Neben Fionas Passat parkte ein sehr neu und teuer aussehender Wagen. Der dunkelblaue Lack blitzte in der Sonne. Ich beachtete ihn nicht weiter und lehnte das Fahrrad nur an das Geländer der Veranda, ohne es abzuschließen. Manchmal kamen die Kunden direkt zu meine Tante.

Überschwänglich hüpfte ich die paar Stufen zur Veranda hoch und riss die Tür auf. Ich hatte das Gefühl vor Freude zu platzen! Allerdings wusste ich nicht weshalb. Das verfrühte Wochenende war bestimmt nicht nur der Grund dafür.

Ich schob die eher störenden Gedanken beiseite und warf meine Tasche auf die Wendeltreppe.

»Ich bin wieder daha!« Ich stieß die Tür zur Küche auf.

»Lucy?« Gar nicht erfreut erschien Fiona im Türrahmen des Wohnzimmers. »Was machst du schon hier?«

»Ich hab früher Schluss«, erwiderte ich, nicht mehr ganz so enthusiastisch.

»Könntest du bitte in dein Zimmer gehen?« Fiona musterte mich durchdringend, wobei sie nervös ihr Haarband zurechtrückte.

»Hast du Besuch?«

Fiona deutete unmissverständlich und mit angespanntem Gesichtsausdruck die Treppe hinauf.

»Bin ja schon weg.« Irritiert nahm ich meine Tasche und ging die Treppe hinauf. Einige Stufen ächzten leise unter mir. Ich hörte erst wieder Worte, als ich meine Tür geschlossen hatte.

Meine Tasche fand ihren Standardplatz unter meinem Schreibtisch, dann ließ ich mich rücklings auf das Bett fallen. Mit zusammengepressten Zähnen starrte ich an die Decke, an der sich längliche Schatten schlängelten, hervorgerufen durch die Kletterpflanze vor meinem Fenster.

So freundlich meine Tante meist war, wenn es um ihre Klienten ging, war sie immer streng und forderte absolutes Gehorsam. Sie reagierte dann schon beinahe panisch, wenn ich nur in die Küche ging, um mir etwas zu essen zu holen. Als befürchte sie, ich könnte ein Geheimnis lüften. Ihr Geheimnis. *Und vielleicht auch meines?* Nach dem, was Leander angedeutet hatte …

Leise Stimmen drangen von draußen zu mir, darunter eine männliche. Ich witterte meine Chance. Schnell stand ich auf, öffnete das gekippte Fenster vollständig und blickte hinunter. Unter mir konnte ich die Terrasse erkennen. Die Vorhänge des Wohnzimmers flatterten aus der geöffneten Tür, aus der auch die Stimmen drangen. Leider verstand ich weiterhin nur einzelne Silben.

Ich schob den Schreibtisch beiseite und lehnte mich so weit vor, bis mein Oberkörper komplett ins Freie ragte. Aus dem einzelnen Gemurmel lösten sich langsam Wortfetzen, die für mich jedoch keinen Sinn ergaben. »Verknüpfung … bearbeitete Schwingungen …«

Ein Vogel beschwerte sich lautstark, sodass ich nichts weiter verstand. Mit wem quatschte meine Tante? Und vor allem, über was?

»Ich bitte um äußerste Diskretion«, sagte der Mann. Er klang ruhig und seine Stimme war weder zu hoch noch zu tief. Fionas Antwort darauf verstand ich wieder nicht, denn ein ganzer Schwarm Spatzen brach schimpfend aus einem Gebüsch hervor – genau aus dem Busch, dessen Äste sich manchmal von selbst bewegten und aus dem einmal dieses seltsame Wesen gerannt war.

Fiona sagte wieder etwas, aber wie sehr ich mich auch verrenkte und den Kopf drehte, ich hörte nur leises Genuschel, aber keine verständlichen Worte.

Frustriert zog ich mich in mein Zimmer zurück. Sollte ich die Treppe hinunterschleichen? Die alten Stufen würden mich aber wahrscheinlich verraten.

Ich sah wieder aus dem Fenster; neben diesem befand sich ein stabiles Spalier, an dem Wein emporrankte. Zwischen den großen Blättern lugten knorrige Äste hervor.

»Bis zu welchem Zeit …«

Als ob die Vögel mich ärgern wollten, begannen sie just wieder laut zu zwitschern. Ungeduldig kaute ich auf meinen Zähnen; ich wollte jetzt wissen, mit wem sich Fiona unterhielt und vor allem, worum es ging. Eine Unterredung mit ihrem Vorgesetzten konnte es ja kaum sein; Diese würde eher im Institut geführt werden …

Ich schob alle Vorsicht beiseite und kletterte wagemutig aus dem Fenster. Als ich allerdings auf dem schmalen Sims hockte, hinterfragte ich mein Vorhaben ganz schnell wieder.

Mann, war das hoch! Und dabei war es nur der erste Stock …

Meine Arme begannen zu zittern, und ehe ich zurück in mein Zimmer steigen konnte, hing ich bereits halb im Wein. *Oh, Mist! Und nun?*

Meine Höhenangst brach völlig über mich herein. Panisch drehte ich den Kopf, um einen Ausweg zu finden. Der einzige Weg schien aber der nach unten zu sein. Mein Blick glitt zum Boden. Direkt unter mir befand sich ein großer Blätterhaufen, in dem allerdings eine Gartenkralle lag. Würde ich mich einfach fallen lassen, bestünde die Möglichkeit, dass ich genau auf die drei Zinken fiel.

Sofort krallte ich mich fester an den Weinstock und tastete unbeholfen mit dem linken Fuß nach der nächsten Sprosse des Spaliers.

»Welche Mengen benötigen sie?«, hörte ich Fiona fragen. Ihre Stimme klang fest, geschäftlich. So hörte sie sich nie an. Anscheinend wollte sie wirklich etwas verkaufen. Meine Neugier trieb mich weiter hinunter – leider zu schnell. Kurz bevor ich den Boden erreichte, griff ich ins Leere, sodass ich den letzten Meter auf den Haufen fiel, direkt auf das Gartengerät. Die Antwort des Mannes ging in meinem Stöhnen unter.

Es wurde schlagartig still, dann erschien Fionas Kopf in der Terrassentür. Angespannt musterte sie den Garten. Als sie mich sah, starrte sie verblüfft zu mir herunter, wie ich mit schmerzverzerrter Miene und mit den Händen meinen linken Unterschenkel umklammernd auf den Blättern hockte.

»Was machst du da?«

Hinter ihr raschelte es, sie streckte aber schnell den Arm aus, damit ihr Besucher im Haus blieb.

»Kann ich Ihnen behilflich sein?«, fragte er.

»Bleiben Sie bitte im Haus. Ich bin sofort wieder bei Ihnen.« Flink zog sie die Tür zu und kam mit ärgerlicher Miene auf mich zu. »Was hast du dir dabei gedacht?«

»Nicht viel«, ächzte ich und biss mir vor Schmerzen auf die Unterlippe. Meine Wade pochte im Takt meines Herzens.

Sobald Fiona meine missliche Lage sah, wurde ihre Miene weicher. »Kannst du aufstehen?«

»Weiß nicht …« Zu dem Pochen gesellte sich ein schmerzhaftes Reißen. Mit zusammengepressten Zähnen versuchte ich mich hochzustemmen, mein Bein sackte aber sofort wieder weg. Fiona schob helfend ihre Hände unter meine Achseln, sodass ich mit meinem gesunden Bein aufstehen konnte. Taumelnd stand ich an meine Tante gelehnt und versuchte die aufkommende Schwärze vor meinen Augen wegzublinzeln.

»Was musstest du auch aus dem Fenster klettern …«, murrte sie und stützte mich auf dem Weg ins Wohnzimmer. Dass ich nun doch ihren Gast zu sehen bekam, schien ihr nicht zu behagen. Ich bekam kaum mit, dass sie die Tür aufzog und den

177

Mann bemerkte ich auch nur am Rande. Jeder Schritt löste eine neue Schmerzenswelle aus, die alle anderen Sinne betäubte.

Sobald ich das Sofa sah, ließ ich mich bäuchlings darauf fallen und atmete tief ein und aus, der Schmerz blieb jedoch hartnäckig.

»Das sieht nicht gut aus«, bemerkte der Mann, dann spürte ich jemanden mein Hosenbein hochschieben und kühle Finger auf meiner Haut. Ich biss mir auf die Lippe, als er die verletzte Stelle berührte, die nun wie Feuer brannte.

»Geht bitte zurück, ich muss die Wunde reinigen.«

Fiona war neben mir erschienen, schob mir eine Tablette in den Mund, die sofort unangenehm zu sprudeln begann, und setzte sich dann neben mich. Kalter Stoff wurde auf die Wunde gelegt, aber zu meiner Verblüffung fühlte ich es kaum, als ob alles taub wäre. *Muss das Zeug in meinem Mund sein.* Unangenehm fühlte sich die Behandlung dennoch an.

»Die Verletzung muss genäht werden«, bemerkte der Fremde. Fiona gab daraufhin ein seltsames Geräusch von sich.

»Könnten Sie ...« Die folgenden Worte flüsterte sie, sodass ich nur besorgtes Murmeln verstand. Der Lappen, oder was der Stoff auch sein mochte, verschwand, dafür spürte ich warme Hände. Plötzlich zerrte und zog es heftig.

»Hey!« Ich wollte mich aufstemmen, doch Fiona drückte mich rigoros nieder. »Bleib still liegen. Es ist gleich vorbei.«

Das Ziehen wurde mächtiger. Hitze strömte mein Bein hinauf. Dann legten sich das taube Gefühl und das Kribbeln. Fiona nahm ihre Hände von mir und behutsam drehte ich mich auf die Seite. Sie musterte mein Bein, während ich den Fremden anstarrte. Er war ein groß gewachsener Mann mit kantigem Gesicht, aber freundlichen Augen, die von einer Brille mit dickem Rahmen eingerahmt waren. Das dunkle Haar war kurz geschnitten und sorgfältig frisiert.

»Bleibe bitte noch einen Augenblick ruhig liegen. Solltest du in den nächsten Tagen ein Kribbeln verspüren, mache dir deswegen keine Sorgen. Deine Muskeln müssen sich regenerieren. Spürst du hingegen ein heißes Stechen oder Brennen, wende dich bitte an den nächsten Arzt.«

Ich nickte mechanisch und sackte wieder in das weiche Leder.

»Sie soll sich nicht überanstrengen«, wandte der Mann sich an meine Tante.

»Dessen bin ich mir bewusst. Das übliche Prozedere an Tees und Salben?«

»Das überlasse ich ganz Ihnen. Sie sind die ... Wissende in dem Gebiet.« Mich beschlich das Gefühl, dass er etwas anderes hatte sagen wollen.

»Dann weiß ich Bescheid«, antwortete Fina beschwingt und stand auf. »Entschuldigst du uns kurz?«

Blieb mir etwas anderes übrig?

»Und bleibe diesmal bitte hier. Auch aus medizinischen Gründen.« Sie nahm etwas vom Tisch und sah mich durchdringend an.

»Klar«, antwortete ich, die beiden waren aber schon in den Flur gegangen. Vorsichtig richtete ich mich auf und starrte verdutzt meine Wade an. Ein runder, rosaner Kreis hob sich von der hellen Haut ab. Weiter nichts. Ich blinzelte ungläubig, dann schob ich hastig meine Hose hinunter. Passend zu dem Kreis befand sich genau an der Stelle meiner Jeans ein Loch, das rot und braun umrandet war. In einer Linie zogen sich rote Spritzer hinunter zum Ende des Hosenbeins. Mein Gott, hatte wirklich der Zinken in meiner Wade gesteckt? Aber warum war die Haut jetzt wie neu? Oder war die Stelle nur aufgekratzt gewesen und sie hatten das Blut abgewischt und eine Salbe aufgetragen? Benommen stellte ich die Füße auf den Boden. Ein dumpfes Puckern zog sich durch meine Wade. Die Verletzung schien doch tiefer gewesen zu sein.

»Rufen Sie mich an, wenn Sie noch etwas benötigen«, hörte ich den Mann im Flur sagen.

»Das wird nicht nötig sein«, erwiderte Fiona glucksend. »Auf Wiedersehen.«

Dann knallte die Tür ins Schloss.

Rot-Silber-Violett

Mit einem großen Tablett, auf dem sich Tee und ein Teller voll dunkler Kekse befanden, kam Fiona zurück ins Wohnzimmer geeilt. »Austrinken und keine Widerrede«, sagte sie ungewohnt herrisch und drückte mir eine Tasse mit Tee in die Hand. Widerstandslos stürzte ich das zum Glück nur lauwarme Getränk herunter, anderenfalls hätte ich mir furchtbar die Lippen verbrannt.

»Wie fühlt sich dein Bein an?«

»Ganz gut. Nur etwas taub.«

»Das beruhigt mich.« Sie reichte mir einen großen Keks, der nicht sehr appetitlich roch. Skeptisch beäugte ich ihn, biss dann aber hinein.

»Hab ich wirklich ein Loch im Bein gehabt?«

»Nur eine oberflächliche Schürfwunde.« Ich hob den Blick von meinem Keks. Nur eine Schürfwunde? Dafür hatte sie aber ganz schön viel Wind um die Sache gemacht. »Wegen der wäre ich bestimmt nicht beinahe ohnmächtig geworden.«

»Das wird der Schock gewesen sein«, wich sie mir aus und sortierte die Kekse auf dem Teller, von denen sie merkwürdigerweise keinen aß. Für gewöhnlich schnappte sie sich jegliches süßes Gebäck, wenn es griffbereit stand. Nun doch wieder misstrauisch, ließ ich den Keks sinken und schluckte den einen Bissen endlich hinunter, der sich wie Sand in meinem Mund anfühlte und überhaupt nicht süß war. Was verabreichte sie mir nur wieder?

»Und deshalb habt ihr so einen Aufstand um die Wunde gemacht?«

»Du weißt doch, … wenn Dreck hineingerät, kann sie sich entzünden.«

»Dann reichte es aber vollkommen, dass du sie reinigst. Warum die Frage an den Mann? Wer war er überhaupt und was wollte er von dir?« Ich musterte die Kekse und schob sie entschieden von mir. Erstens schmeckten sie abscheulich und zweitens wollte ich mir nichts unterjubeln lassen, das mich beruhigte oder so. Ich wollte endlich die Wahrheit hören!

»Iss bitte weiter, Lucy.«

»Iss doch mit«, konterte ich und lehnte mich mit verschränkten Armen zurück.

»Ich bin satt.«

»Und dass soll ich dir glauben? Wo du doch alles in dich hineinstopfst, was süß und knusprig ist?«

Im ersten Moment sah sie mich böse an, dann seufzte sie jedoch resigniert. »Das ist dir aufgefallen?«

Ich kniff die Augen zusammen und wartete angespannt, ob sie nun endlich meine Frage beantwortete. Sie schwieg aber weiterhin beharrlich und beobachtete Amadeus, der faul auf der Bank vor dem Wohnzimmer lag und mit der Pfote ab und zu nach einer Biene schlug, die an ihm vorbei summte.

»Tante!«

»Es war geschäftlich.«

»Das habe ich mitbekommen. Aber warum musste ich rausgehen?«

»Weil wir ungestört sein wollten.«

Ich verzog verärgert meine Lippen.

»Genug der Fragen«, wiegelte sie entschieden ab, ehe ich weiterbohren konnte, und sah mich durchdringend an.

»Nein! Ich will endlich die Wahrheit hören und nicht immer mit Spekulationen vertröstet werden.«

»Welche Wahrheit, Lucy? Meine Geschäfte interessierten dich bislang nicht und zu deinem Bein ist alles gesagt.«

Ich starrte sie finster an, Fiona wirkte aber ruhig und gefasst. Tatsächlich lächelte sie milde und tätschelte dann kurz mein Knie.

Mürrisch schob ich mich aus ihrer Reichweite. »Ich will wissen, was es mit Aaron und Leander auf sich hat. Ich will wissen, was diese komischen Dinger in deinem Busch sind. Ich will endlich wissen, warum du wirklich ein Labor hast und diese komischen Pflanzen züchtest. Und ich will verdammt noch mal die Wahrheit über meine komischen Gefühle und mein Bein hören! Das war nicht nur eine oberflächliche Wunde. Die war um einiges *tiefer*!«

Beim letzten Wort zuckte Fiona unmerklich zusammen, behielt aber ihre nachgiebige Miene. »Und das alles habe ich dir bereits erklärt. Warum glaubst du mir nicht?« Sie rutschte näher zu mir heran, aber mir riss der Geduldsfaden. Ich sprang auf, sodass der Teller mit den Keksen zu Boden fiel, weil ich heftig an die Weinkiste stieß, die vor dem Sofa als Tisch diente. Mein Bein pochte protestierend, meine Wut verdrängte die Empfindung jedoch.

»Beruhige dich bitte, Lucy.«

Ich ballte die Hände und wollte gerade aus dem Raum stürmen, entschied mich dann aber anders. Irgendwie hatte ich das Gefühl, dass sie jetzt ehrlicher zu mir sein würde. Zu meiner Verblüffung erhob sie sich und ging hinaus in den Garten, bewaffnete sich mit einem Eimer und spazierte zum Gemüsebeet.

»Was machst du?« Verdattert stand ich immer noch im Türrahmen, als sie sich zwischen den Karotten und Zwiebeln niederließ, deren Grün in ordentlichen Reihen wuchs.

»Nach was sieht es denn aus? Magst du mir Gesellschaft leisten?«

Ich sah sie verwirrt an. »Ich soll mich schonen, schon vergessen?«

»Du sollst keinen Sport machen. Wie du siehst, knie ich entspannt.« Sie deutete auf ihre Beine, die ich durch die Pflanzen jedoch nicht sah. »Und?«, hakte sie nach, da ich keine Anstalten machte, zu ihr zu gehen.

»Nur, wenn ich ein paar Antworten bekomme.«

»Ich erkläre es dir gerne noch einmal.«

Ich blieb dennoch misstrauisch. Ich wollte nicht schon wieder ausschweifende Geschichten über ihre Gewächshaus

Monstrositäten hören und das sie für Homöopathen zeitweise Salben kochte. Andererseits konnte ich sie vielleicht aufs Glatteis führen.

Ich versuchte nicht mehr ganz so finster dreinzublicken, schnappte mir ebenfalls einen von den Eimern, die unter der Bank standen, auf der Amadeus nun mit zuckenden Barthaaren schlief, und trottete den Trampelpfad zum Gemüsebeet entlang. Das Beet lag in der prallen Sonne, dennoch wirkten die Pflanzen frisch und kräftig. An den Bohnen und Erbsen, welche sich an Stöcken in den Himmel wanden, wuchsen dicke Schoten, die Kürbis- und Zucchinipflanzen waren so groß wie ein Sandkasten geworden, die kleinen Kartoffeln waren nun stattliche Büsche und um die Blüten der Zwiebel und des Knoblauchs schwirrten zahlreiche Insekten.

Als ich in ihrer Nähe ankam, hob Fiona den Blick von den Möhren vor ihr. »Du könntest bei den Pastinaken jäten.«

Nicht begeistert, aber suchend blickte ich mich um. Woher sollte ich wissen, wie die aussahen? Dass es Gemüse war, konnte ich mir denken. Fiona deutete lächelnd auf große Büsche mit gelben doldenartigen Blüten, die gleich hinter den Karotten wuchsen.

»Und?«, fragte ich eindringlich, während ich das wenige Unkraut herausrupfte.

»Was möchtest du denn genau wissen?«

»Das hab ich eben aufgezählt.«

»Du weißt doch, dass ich für ein biologisches Forschungsunternehmen arbeite und auch, dass zeitweise …«

»Ja-ha«, unterbrach ich sie genervt. »Aber warum züchtest du dann zum Beispiel diese seltsamen Pflanzen, die in keinem einzigen Botanik-Buch aufgeführt werden?«

Verdutzt blickte sie von ihrer Arbeit auf.

»Ich war in der Bibliothek und habe ein wenig recherchiert. Im Internet habe ich auch nichts gefunden.«

»Ich habe sie noch nicht eintragen lassen.«

Ich schnaubte. Selbst jetzt wich sie mir wieder mit faulen Ausreden aus. Sie konnte Gendar doch nicht aus den hiesigen Pflanzen gezogen haben! Das war lachhaft. Eine lebende, mannshohe Pflanze mit wild schwingenden Tentakeln und festem dunkelgrünem Schnabel konnte in Filmen gezüchtet werden, aber garantiert nicht in der Wirklichkeit.

Zornig riss ich an einem besonders hartnäckigen Kraut, das sich einfach nicht entfernen lassen wollte. Vor Anstrengung zitterten meine Arme und mein Bein pochte erneut.

»Es sind bislang nicht alle …«

Plötzlich wurde alles schwarz vor mir und sämtliche Geräusche erstarben. Ich stützte mich vorsichtshalber auf meine Hände, damit ich nicht nach vorn fiel. Die Wärme und die Wut schienen meinem Kreislauf nicht gut zu bekommen.

Als mein Herzschlag sich wieder beruhigt hatte, öffnete ich die Augen und stieß einen spitzen Schrei aus. Ich sah nicht mehr den Garten, nicht mehr die grünen, riesigen Bäume und auch nicht Fiona und das Haus. Alles bestand plötzlich aus rötlich-violetten und silbrigen Schlieren.

Panisch rappelte ich mich auf, schloss die Augen und öffnete sie wieder, das Bild blieb jedoch. Ich schrie erneut und rieb mir die Augen, schlug mir sogar gegen den Kopf, aber weiterhin bestand alles aus diesen Farben, die sich langsam zu Gebilden anordneten oder chaotisch umherschossen.

Am Rande hörte ich Fiona neben dem Rauschen, das meinen Kopf nun vollständig füllte. Zusammen mit einem einzigen Gedanken: Wie konnte ich diesem Alptraum endlich entkommen?

Ziellos torkelte ich durch die rötlich-silberne Welt, stieß mal gegen einen Gegenstand, mal verhakte ich mich in Etwas. Plötzlich stand ich direkt vor einem rot-silbernen Ding, das mir knapp bis an die Brust reichte. Ich schlug mit der Hand danach, das Etwas bog sich um und schnellte dann zurück.

»*Ich will hier raus*!«

Wieder schloss ich die Augen, stellte mir vor im Garten zu stehen, die Bäume zu sehen und irgendwo neben mir meine Tante. Aber das Chaos blieb, als ich die Augen aufschlug. Es schien, je mehr ich versuchte, dieser Welt zu entkommen, desto weniger wollte sie mich gehen lassen. Es war wie in einem Alptraum. Hoffnung ließ mich leichter atmen. Vielleicht war das ja wirklich nur ein Traum … Durch die Sonne musste ich ohnmächtig geworden sein. Etwas anderes ergab keinen Sinn. Und alles, was ich mir vorstellte, würde auch passieren.

Ich schöpfte Mut aus diesem Gedanken und konzentrierte mich. Vor meinen inneren Augen ging diese unheimliche Welt in Flammen auf, die sich durch die abstrakten Gebilde fraßen. Um mich wurde es heiß, unerträglich heiß. Aber auch die Hitze schaffte es nicht mich zu wecken. Die Panik fraß sich wieder wie Säure durch meine Adern.

»*Lucy*!«

War das Fiona? Ich drehte mich langsam in die Richtung, aus der ich ihre Stimme vernommen hatte.

»Was ist los?«

»Ich … alles ist …« Ich war nicht imstande, das Chaos in Worte zu fassen.

Plötzlich überkam mich die Angst, dass, wenn ich es aussprach, die Welt auch so bleiben würde. Ich spürte etwas Warmes auf meinem Arm. Langsam blickte ich auf die Stelle und sprang entsetzt zurück. Neben mir stand ein Monstrum, das aus winzigen silbernen Kugeln bestand, die von innen rot-violett schimmerten.

»Bleibe ruhig und setz dich«, sprach es behutsam mit der Stimme meiner Tante.

»Verschwinde von ihr!« Ich schlug nach dem Ding, es wich aber nicht zurück.

»Lucy.« Fionas Stimme klang eindringlicher.

»Beruhige dich bitte. Schließ die Augen und atme gleichmäßig und tief.«

In mir widerstrebte alles diesem Befehl, aber ein Teil klammerte sich an die Hoffnung, dass der Alptraum dann ein Ende finden würde.

Vollkommen fertig sackte ich an Ort und Stelle zusammen und schloss die Augen. *Gleich ist alles beim Alten.* Ich saß bestimmt fünf Minuten bewegungslos und tief atmend auf dem Boden und versuchte die hässlichen Gedanken und Ängste aus meinem Kopf zu vertreiben.

»Lucy?«

Ich traute mich kaum die Augen zu öffnen. Zaghaft tat ich es dann doch. Ich blickte direkt auf einen großen, dunkelgrünen Busch. Bei dem Anblick kamen mir die Tränen. Es war vorbei, was auch immer es gewesen war.

»Was ist passiert?«

Hemmungslos schluchzend warf ich mich in die Arme meiner Tante, die neben mir auf einer kleinen Bank saß. »Ich … alles anders … und …«, hickste ich, zusammenhängende Sätze brachte ich in dem Augenblick nicht hervor.

Besorgt strich sie mir über den Kopf und murmelte beruhigende Worte. »Hast du eine andere Welt gesehen?«

Ich nickte nur und starrte weiterhin auf den Busch, überglücklich ihn so zu sehen, wie ein Busch aussah: mit kleinen dunkelgrünen Blättern und dünnen und dickeren dunkelbraunen Zweigen.

»In Rottönen?«, fügte sie leicht aufgeregt und fragend hinzu.

Ich nickte wieder nur.

»Bei den Göttern! Das ist wunderbar!« Lachend sprang sie auf, zog mich mit sich empor und tanzte mit mir durch den Garten.

»Ich hatte ja geahnt, aber …« Tränen traten in ihre Augen, dabei lachte sie aber übers ganze Gesicht.

Ich verstand die Welt nicht mehr. »Was …?«

»Ich glaube es nicht. Es ist passiert! Du auch!« Fiona schob mich auf Armlänge von sich und strahlte mich an. »Was soll ich kochen oder backen, – ach ich mach beides!«

»Fiona, wa …«

»Das muss gefeiert werden!«

Langsam machte sie mir Angst. Meine mögliche Psychose konnte doch unmöglich ein Grund zum Feiern sein!

Ich klammerte mich an ihren Arm und starrte ihr in die Augen. Meine sichtbare Furcht schien sie ein wenig abzukühlen, denn sie blieb endlich stehen.

»Du bist nicht krank, meine Liebe.«

»A-a-ber, was war … das denn … eben«, stotterte ich.

»Du hast das gesehen, was ich auch häufig sehe.«

Na toll, meine Tante war auch verrückt. Das war überhaupt nicht beruhigend … im Gegenteil!

»Wie?«

»Das erkläre ich dir später.« Beschwingt hüpfte sie über den Trampelpfad zum Haus und sang leise dabei: »Sie ist es auch, sie ist es auch, sie ist …«

Ich stand weiterhin auf dem Weg, vollkommen erstarrt und am Rande eines Nervenzusammenbruchs. Die Welt veränderte sich schlagartig und meine Tante nahm das überhaupt nicht ernst. Dass ich eigentlich nach meinem Bein und dem seltsamen Mann fragen wollte, hatte ich vergessen. Der Busch neben mir raschelte und ich sprang vor Schreck zurück. Aber es war nur Amadeus, der mit dunkelgrün blitzenden Augen herausgeschlichen kam und mich mit einem Blick musterte, der zu sagen schien: Na endlich. Wurde aber auch Zeit.

Ich starrte ihn an, dann schüttelte ich den Kopf, um den abwegigen Gedanken loszuwerden. Amadeus machte es mir nach, wobei seine langen Haare am Hals fröhlich tanzten, dann streckte er sich ausgiebig und trottete Richtung Haus.

Noch leicht betäubt folgte ich ihm und ging in die Küche, in der Fiona bereits wild umher flitzte und anscheinend einen Auflauf vorbereitete. Mein Magen fühlte sich aber nicht so an, als ob er den vertragen würde. Erst nach einigen Minuten bemerkte sie mich überhaupt.

»Es ist so … Es gab Anzeichen, aber das es wirklich passiert ist …«, beendete sie schließlich ihren Satz. Eine Träne lief ihre Wange hinunter. Aber warum lächelte sie immer noch? Müsste sie nicht besorgt sein, wie ich es war? Das psychisch Kranke manchmal Stimmen hörten, war mir bekannt, aber das sie die Welt plötzlich ganz anders sahen?

»Was geschieht mit mir?« Meine Stimme zitterte genauso sehr wie mein gesamter Körper. Kraftlos sackte ich auf einem Stuhl zusammen und blickte hilflos zu ihr.

»Kindchen, warum so betrübt?« Sie setzte sich neben mich, immer noch mit diesem überglücklichen Gesichtsausdruck.

»Ich will nicht verrückt werden«, murmelte ich und starrte sie flehend an.

»Bei den Göttern! Das wirst du doch nicht!«

»Und was ist dann eben passiert?«

»Du hast zum ersten Mal die Elementarsicht benutzt.«

»Die … äh was?« Mir klappte der Mund auf. Für diese Krankheit gab es sogar einen Namen?

»Du hast eben auf der molekularen Ebene gesehen.«

Ich verstand kein Wort und starrte sie nur ungläubig an. Fiona drehte auch durch. Ganz eindeutig. Sollte ich vielleicht einen Arzt rufen?

»Ach herrje …« Hastig sprang sie auf und eilte um den Tisch zum Herd, auf dem eine große Auflaufform stand. Schwungvoll öffnete sie die Tür zum Backofen und schob die Form hinein. Dann gesellte sie sich wieder zu mir. Ich war immer noch sprachlos und versuchte ihre Informationen zu verarbeiten.

»Warum kann ich das?«, fragte ich schließlich.

»Du bist eine Hexe, Lucy.« Fionas Augen glänzten wieder und ich fiel rückwärts vom Stuhl, als ich mich von ihr wegschieben wollte. Unsanft landete ich auf dem Dielenboden, verfehlte mit meinem Kopf aber zum Glück den Küchenschrank. Mein Bein fing jedoch wieder an zu Schmerzen. Oder hatte es das schon vorher? Ich wusste es nicht.

»Hast du dir wehgetan?« Hilfsbereit reichte sie mir eine Hand und zog mich hoch.

»Du bist verrückt … ich bin verrückt«, murmelte ich panisch. Eine Hexe. Na klar. Das hier war doch kein Märchen! »Wie kommst du auf diese absurde Idee?«

»Weil ich auch eine bin.«

Ich taumelte gegen den Türrahmen.

Meine Tante – eine Hexe … Ich musste hier schleunigst weg!

Benommen eilte ich in den Flur und stolperte über ein Paar Holzpantoletten.

»Wo willst du hin?«

»Weg! Ich kann keine Hexe sein und du auch nicht!« Ich hatte die Klinke der Eingangstür schon in der Hand, als Fiona sich blitzschnell vor die Tür stellte.

»Du darfst es niemanden erzählen, Lucy.«

»Meinst du wirklich, dass würde ich jemandem sagen? Die weisen mich doch sofort ein – und dich auch!« Ich wusste nicht mehr, was ich denken sollte. Eines wusste ich aber: Ich musste hier raus. Nur weg, damit ich in Ruhe überlegen konnte, wie es weitergehen sollte.

»Bleib hier! Du kannst nirgendwo anders hingehen. Wenn es jemand herausfindet …« Leichte Panik schwang in ihrer Stimme mit und ließ mich innehalten. Was würde dann passieren? Langsam drehte ich mich ihr zu. »Was geschieht dann?«

»Nun … ja. Also … dann haben wir den Rat vor der Tür.«

Da ich immer noch unter Schock stand, drang diese Neuigkeit nur sehr langsam in mein Gehirn vor. »Was für ein Rat?«

»Setz dich doch bitte. Dann erkläre ich dir alles.« Sie wirkte leicht aufgelöst, aber gleichzeitig auch aufgedreht. Zögerlich folgte ich ihr zurück in die Küche und ließ mich auf den Stuhl plumpsen, auf dem ich vor wenigen Minuten schon gesessen hatte. »Es gibt doch keine Hexen«, murmelte ich, aber etwas in mir Widersprach dem. Wenn es Hexen gab, dann vielleicht auch andere Wesen. Bilder von Aaron und Leander, von den seltsamen Gnomen in Fionas Büschen und den Pflanzen in ihrem Gewächshaus tauchten vor meinen Augen auf.

»Die gibt es. Möchtest du immer noch deine Fragen beantwortet haben?«

Ich sah zu ihr hinauf und nickte.

»Seit Jahrtausenden leben die Nephyle, wie wir Nicht-Menschen uns nennen, neben den Menschen.«

Bei dem Wort *Nephyle* verzog ich fragend die Augenbrauen.

»Der Begriff Nephyl leitet sich von den Worten Nephilim und Phylum ab«, ging sie auf mich ein.

Das Wort Phylum leuchtete mir in dem Zusammenhang ein. Wir als *Nicht Menschen* gehörten zusammen, aber der andere Begriff … »Was habt ihr … äh wir mit gefallenen Engeln zu tun?« Das *wir* fühlte sich völlig falsch in meinem Mund an. Ich schluckte und konzentrierte mich wieder auf meine Tante.

Sie gluckste amüsiert. »Das wüsste ich auch gern. Die Kirche hat den Begriff sozusagen von uns übernommen.«

Ich nickte und deutete damit an, dass sie fortfahren konnte.

»Wie du dir denken kannst, leben wir versteckt unter ihnen. Oder so gut wir können. Den Grund kannst du dir sicher denken.«

»Die Hexenverbrennung«, antwortete ich, wobei mir fröstelte. Die Märchen und Sagen meiner Kindheit bekamen plötzlich eine völlig neue Bedeutung für mich. »Gibt es auch Werwölfe und Vampire?«

»Und noch so viele andere«, erklärte Fiona mit strahlenden Augen.

Erstaunt zog ich die Augenbrauen hoch. »Ich habe noch nie andere Wesen gesehen. Also abgesehen von Aaron und Leander, die mir sehr … äh menschlich erscheinen.« *Und Silvio,* fügte ich in Gedanken hinzu. Aber bei ihm war ich mir nicht sicher.

»Oh doch«, konterte Fiona glucksend. »Erinnerst du dich nicht mehr an die kleinen Wesen in meinen Büschen?«

»Ich sagte doch, dass da was ist!«

»Vollkommen zu recht.«

»Und warum hast du es damals abgestritten?« Mit zusammengekniffenen Lippen funkelte ich sie an. Auch wenn ich immer noch nicht glauben konnte eine Hexe zu sein, alle anderen Dinge erschienen mir wirklich. Besonders diese kleinen Gnome mit den stacheligen Armen und Beinen.

»Wie hättest du wohl reagiert, wenn ich dir die Wahrheit gesagt hätte?«

»Ich hätte dir geglaubt.«

»Ach wirklich? Du willst mir aber nicht glauben, dass wir beide Hexen sind.«

»Das … ich … es …« Ich stockte und kaute auf meiner Lippe.

»Es ist nichts anderes, Lucy. Schon vor einiger Zeit dachte ich mir, dass du nicht nur ein Mensch bist. Erinnerst du dich an das Gespräch, welches wir führten, als du zum ersten Mal die Jalios entdeckt hast? Du hast danach einen Ast verbrannt. Und das Brennen deiner Augen, und deine Konzentrationslosigkeit waren die Folge, dass sich dein Körper auf die Elementarsicht vorbereiteten hat. Auch das gute Gefühl, welches du hast, wenn du in der Nähe von Pflanzen bist, resultiert aus deinen Genen.«

Mit jedem weiteren Wort von ihr öffnete sich mein Mund ein wenig weiter. Es gab tatsächlich eine Erklärung für die Dinge, die ich gespürt hatte.

»Erstaunlich ist auch, wie sehr du auf deine Umgebung achtest, sonst wäre dir der Vorfall zwischen deinen Klassenkameraden nicht aufgefallen. All das zeichnet einen Nephyl aus. Wir halten automatisch nach unseresgleichen Ausschau.«

Wieder verschlug es mir die Sprache. Ich beachtete diese Dinge ja nicht absichtlich – jedenfalls habe ich es nicht vor diesem seltsamen Streit zwischen Aaron und Leander gemacht.

»Aber warum soll ich ausgerechnet eine Hexe sein? Ich habe doch nichts gemacht …«, sagte ich langsam.

»Nichts gemacht?« Sie hob die Augenbrauen und verzog

spitzbübisch die Lippen. »Du hast einen Teil meines Gartens in Flammen aufgehen lassen.«

»Aber ... ich dachte, das wäre ein Traum.« Ich konnte mich nicht daran erinnern, etwas Verbranntes gesehen zu haben. Ich hatte das Feuer auf mir gespürt, mehr nicht.

»Ein sehr realer, Lucy. Aber mach dir keine Sorgen. Die erholen sich wieder ... mit ein wenig Hilfe.« Sie zwinkerte mir zu. »Außerdem sind nur Hexen und Götter in der Lage, auf die Elementarebenen zu blicken.«

»Götter ...« Die Kommentare über Zeus kamen mir plötzlich in den Sinn. »Griechische?«

»Ja«, grinste sie.

Ich fuhr mir über das Gesicht. Verrückter konnte es definitiv nicht werden. Fabelwesen und Götter ... Meine Gedanken schienen mir ins Gesicht geschrieben zu stehen, denn Fiona wirkte mit einem Mal ernst.

»Das ist kein Scherz, Lucy. Bitte unterbrich mich jetzt nicht. Die folgenden Sachverhalte sind überlebenswichtig.«

»Hmm«, murmelte ich nur.

»Wie ich bereits sagte, leben wir, seitdem es die Menschen gibt, unter ihnen, halten uns aber verborgen. Den Grund kannst du dir wohl denken – die Menschen würden uns jagen und töten, nur, weil wir anders sind.«

»Woher willst du das wissen?«, unterbrach ich sie doch. Sie hatte keine Beweise, dass die Menschen derart massiv gegen uns ... Nephyle vorgehen würden. Mir kam dieses Wort *Nephyl* oder besser gesagt, die Bedeutung von diesem, unwirklich vor, aber auch bedrohlich: Es schloss mich von den anderen aus.

»Du hast bereits einen Aspekt angesprochen: die Hexenverbrennung. An die Geschichten über Werwölfe und Vampire erinnerst du dich sicherlich auch. Meist wurden aber nicht wir Nephyle gefangen genommen, verhört und getötet, sondern unschuldige Menschen, die nicht ins Bild der derzeitigen Gesellschaft passten. Aus diesem Grund müssen wir uns verborgen halten.

Und das nicht nur vor den Menschen, sondern auch vor anderen Nephylen. Es kam immer wieder vor, dass einem Freund ein falsches Wort über die Lippen kam oder das jemand lauschte und jedes Mal darauf gab es Ärger für uns.«

Das verstand ich, weshalb ich nickte. Wenn ich ehrlich war, zählte ich sogar zu diesen Leuten, die unbedingt nachbohren mussten … *Damals wusste ich noch nichts von all dem*, entschuldigte ich mich selbst.

»Unser oberstes Gebot«, fuhr Fiona fort. Sie sah vollkommen ernst aus, »… ist die Verschwiegenheit. Wird dieses gebrochen, müssen wir uns vor dem Rat verantworten, der für die jeweilige Spezies zuständig ist. Wir Hexen unterliegen im Gegensatz zu den anderen Klassen nur dem Hexenrat. Auch deswegen, weil nur andere Hexen oder Götter eine Hexe in Schach halten können.«

Mir schwirrte der Kopf von den vielen Informationen. Aber wie sollte ich mich jetzt verhalten? Einfach weitermachen wie bisher? Das kam mir plötzlich unmöglich vor.

»Für welche anderen Vergehen ist der Rat noch zuständig?«, fragte ich nach, um mich von meinen umherschießenden Gedanken abzulenken.

»Das sind nicht viele. Du darfst deine Kräfte nicht in der Öffentlichkeit zeigen, nicht von ihnen erzählen; eben alle Dinge, die dich verraten könnten. Und das Wichtigste ist: Wir dürfen mit der Elementarverschiebung keine Menschen oder Nephyle töten.«

Erst Elementarsicht, jetzt Elementarverschiebung. Kein Wunder, dass ich Chemie weiter belegen sollte. Aber darunter vorstellen konnte ich mir immer noch nichts. »Was ist eine Elementarverschiebung?«

»Ach du liebes bisschen, habe ich das noch nicht erklärt?«

Ich schüttelte den Kopf. Fiona fuhr sich fahrig durch ihre

krausen Haare und riss dabei beinahe ihren grünmarmorierten Schal herunter, mit dem sie ihre Locken bändigte.

»Wir Hexen können auf zwei Ebenen zaubern: Einmal mittels Tränken, Salben, Elixieren, also Dingen, die angerührt werden, und zweitens durch die Elementarverschiebung. Dabei greifen wir gezielt in das Molekülkonstrukt des Gegenstandes oder des Lebewesens ein. Allerdings benötigt man ungeheures Feingefühl dafür, da wirklich einiges schief gehen kann. Die meisten Hexen benutzen diese Art deswegen äußerst selten und ungern. Für einen allgemeinen Überblick ist die Elementarebene aber recht nützlich, wie du eben gesehen hast.«

»Ich … äh,« ich räusperte mich. »… ich habe vorhin die Struktur der Dinge gesehen?« Das erschien mir noch unglaubwürdiger, als alles andere, was Fiona bisher zum Besten gegeben hat.

»Aber ja! Ist dir das nicht aufgefallen?«

»Nein. Ich hab nur rot-silberne Schlieren wahrgenommen.«

»Du warst wohl zu aufgeregt«, murmelte sie mehr zu sich selbst als zu mir, blickte zum Ofen und erhob sich, um nach dem Auflauf zu sehen. »Mit der Zeit wirst du es lernen.«

»Und wenn ich das gar nicht möchte? Wenn ich einfach normal sein möchte?« Ich hatte das Gefühl, den Boden unter den Füßen zu verlieren. Erst meine Familie und jetzt meine Identität. Was würde noch kommen?

Ich ballte die Hände zu Fäusten und sah meine Tante verzweifelt an. Warum hatte ich nur nachbohren müssen? Die vergangenen Geschehnisse hätte ich wirklich vergessen oder verdrängen sollen, dann würde ich mich wahrscheinlich nicht in dieser aussichtslosen Situation befinden.

»Du bist, was du bist und kannst es nicht einfach wegschließen. Das haben schon andere versucht und es ist ihnen nicht gut bekommen. Dieses Dasein mag dir jetzt unheimlich und angsteinflößend vorkommen, du wirst dich aber sehr schnell zurechtfinden. Keine Sorge.«

Sie lächelte mir aufmunternd zu und öffnete die Tür zum Ofen. Warme, nach Pilzen riechende Luft strömte daraus hervor, die mich irgendwie beruhigte.

»Aber warum kommt es erst jetzt?«

»Das ist bei jeder Hexe anders. Einige werden direkt so geboren, was zu einigem Chaos führt, wie du dir sicher denken kannst.« Ihre Stimme klang dumpf über das Röhren des Ofens. Sie schloss die Tür wieder und drehte sich breit grinsend zu mir um. Wohl bei dem Gedanken bei den Kindern.

Ich verzog nur die Lippen, da ich es nicht lustig fand. Die Kleinen hatten garantiert noch mehr Angst als ich jetzt.

»Sie sind sich der Macht nicht bewusst sind und spielen nur allzu gern mit ihr«, fügte sie hinzu, während sie sich wieder zu mir setzte.

Okay, das war die andere Variante.

»Die meisten entdecken ihre Veranlagung aber im jungen Erwachsenenalter.«

»War meine Mum auch …« Ich brach ab. Der Gedanken daran, dass meine Mutter auch eine Hexe gewesen sein könnte … Der Unfall wäre vielleicht nicht geschehen und ich würde ihr jetzt gegenübersitzen anstatt meiner Tante, um mich in diese beängstigende Welt einzuführen.

»Soweit ich weiß nicht«, antwortete Fiona behutsam und tätschelte meinen Handrücken. »Der Unfall wäre dennoch geschehen. Wir können nur etwas beeinflussen, wenn wir die Zeit dafür haben. Spontane Geschehnisse sind äußerst knifflig und nur mit einem hohen Risiko zu ändern. Das wirst du sehr schnell bemerken.«

Ich kniff die Lippen zusammen, nahm ihre Erklärung aber hin. Fiona hatte wohl recht, dass meine Mutter keine Hexe gewesen war. Dann hätte sie ihre Schwester bestimmt häufiger angerufen oder gesehen. Die beiden hatten wirklich sehr wenig miteinander zu tun gehabt. Dennoch schmerzte der Gedanke an sie. Wie sie wohl reagiert hätte?

Das werde ich nie erfahren. Meine Brust schnürte sich zu, ich holte jedoch tief Luft und verdrängte den Schmerz.

»Und du?«, fragte ich, um mich von meinen Gedanken abzulenken. »Seit wann weißt du es? War meine Oma auch eine?«

»Hmm, ich glaube, ich war Anfang zwanzig«, überlegte sie, zuckte dann aber die Schultern. »Unsere Mutter war keine Hexe, aber unsere Tante. Tante Gerla war leider sehr einsam. Die meisten Menschen schienen gespürt zu haben, dass sie anders war. Eine wirklich bemerkenswerte Frau mit einem großartigen Sinn für Gerechtigkeit.« Fiona sah durch mich hindurch. Ein verträumter, fast zärtlicher Ausdruck erschien auf ihrem Gesicht. Ich ließ sie in ihren Gedanken und versuchte meine zu sortieren. Ich war also eine Hexe. Und nun?

Ich stand auf und umrundete unruhig den Tisch. »Was wird jetzt aus mir?«

»Ich werde dich in die Kunst der Hexerei einführen. Alles andere bleibt beim Alten«.

Ich sah sie ungläubig an.

»Ich geh nicht auf eine besondere Schule oder nehme an speziellen Kursen teil? Gibt es keine extra Berufe für Nephyle?«

»Nein«, antwortete sie schlicht. »Setz dich bitte, du machst mich nervös.«

Ich lachte zittrig. Ich machte sie nervös? Sie nahm mir doch gerade den Glauben an diese Welt. Fabelwesen … Es gab sie wirklich und ich war sogar eines!

Erschüttert ließ ich mich wieder auf meinen Stuhl plumpsen und stützte den Kopf auf meine Hand, da er sich plötzlich unheimlich schwer anfühlte. »Und was ist mit den speziellen Berufen?«, murmelte ich zur Tischplatte, auf der vergessene Kräuterreste lagen.

»Wir gehen den ganz normalen Beschäftigungen nach. Wie gesagt, wir dürfen uns nicht verraten.«

Ungläubig hob ich den Kopf wieder. »Aber als Hexe kann man doch unglaublich viel bewirken. Oder als … äh Vampir.«

Mir kamen die Worte weiterhin nur mühsam über die Lippen. »Die haben doch mehr Kraft als ein Mensch. Das merken die doch. Und wir ... wir könnten ...« Mir ging gerade ein Licht auf. Das machte Fiona die ganze Zeit. Sie zauberte. Die unappetitlich riechenden Salben, der Trank letztens, der die Küche in gelben Nebel gehüllt hatte ... Sie hatte versucht diese Welt vor mir geheim zu halten, aber ich hatte sie immer wieder erwischt. Das Kellerlabor! Wer hatte schon ein Labor zu Hause. Da unten musste sie die komplizierten Zauber anrühren.

Ich starrte meine Tante fassungslos an. Sie sah verdutzt zurück. Diesmal schien sie aus meinem Gesicht nicht schlau zu werden, ansonsten hätte sie schon reagiert.

»Du benutzt deine Kräfte die ganze Zeit. Wir können sie subtil einsetzen«, schloss ich langsam. Irgendwie fand ich den Gedanken allmählich aufregend, etwas zu können, zu dem andere niemals in der Lage wären.

»Ja«, sagte sie. Sie musterte mich prüfend. »Wir müssen sehr vorsichtig sein. Zu schnell könnte bemerkt werden, dass unsere Mittel erfolgreicher wirken als die Chemie und Medikamente der Menschen.«

»Und was ist dann mit deinen gelegentlichen Aufträgen?«, bohrte ich nach. Fiona schien mit ihren Kräften nicht sehr vorsichtig umzugehen, wenn andere sie wissentlich in Anspruch nahmen. Hatte sie nicht eben erst erklärt, dass wirklich niemand davon erfahren durfte?

»Das sind nur Homöopathen. Sie kaufen Salben, an denen ist nichts gehext.«

»Und der Mann vorhin?«

»Nun, das ist ein anderer Fall«, gab Fiona nicht gerade glücklich zu. Dieses Treffen schien sie immer noch vor mir geheim halten zu wollen. »Er gehört unserer Zunft an. Bohr aber nicht weiter nach und suche ihn nicht! Das gibt nur Ärger.«

Ich nickte einigermaßen befriedigt. Die seltsame Heilung meines Beins hatte ich mir also nicht eingebildet.

Wir verfielen in Schweigen. Fiona war wohl der Meinung, dass die Informationen erst einmal sacken mussten, womit sie nicht ganz Unrecht hatte.

Sie lächelte mich an, ehe sie sich um das Festtagsessen kümmerte, während ich nach draußen starrte. Es begann bereits zu dämmern. Von Fiona nahm ich keine Notiz mehr, mein Blick war in die Vergangenheit gerichtet. Einiges erschien mir plötzlich in einem anderen Licht. Aarons abweisendes Verhalten nach dem ›Unfall‹ am See, Leanders unheimliche Fähigkeit und seine Andeutungen und dann dieses plötzlich auftretende Kribbeln in den Händen, die manchmal verschwommene Sicht und meine Rastlosigkeit bei Neu- und Vollmond. Aber hatte ich mich seit dem Unfall meiner Familie nicht ausgeschlossen und anders gefühlt? Hatten die Stimmungsschwankungen vielleicht doch eher damit zu tun und nicht, weil sich etwas in mir entwickelte wie meine neuen ›Hexenkräfte‹? Ich sprach die Frage laut aus.

Fiona drehte sich von der Arbeitsplatte zu mir um, an der sie gerade Petersilie kleinhäckselte.

»Deine Rastlosigkeit zu bestimmten Mondphasen ist definitiv auf dein Hexenwesen zurückzuführen, ebenso wie das manchmal aufkommende Kribbeln bei bestimmten Substanzen. Aber deine anderen Empfindungen haben nichts damit zu tun. Du warst und bist wahrscheinlich immer noch traumatisiert.« Sie sah mich voller Mitgefühl an.

»Als ich mit Aaron in Kontakt kam, habe ich ein Kribbeln auf meinen Armen gespürt. Bei Leander aber … nie«, fügte ich leicht erstaunt über diese Tatsache hinzu. Warum hatte ich seine Andersartigkeit erst bemerkt, als er mit meiner Aura etwas gemacht hatte?

»Aaron scheint ein besonderer Fall zu sein. Leander hingegen …, er war leicht zu durchschauen«, murmelte Fiona, wieder vertieft in die Petersilie.

»Leicht? Dann weißt du, was er ist?«, fragte ich neugierig.

Fiona hielt in der Bewegung inne, als sie die Petersilie in eine kleine Schüssel umfüllen wollte. »Selbst wenn ich es wüsste, würde ich es dir nicht verraten. Du weißt – die Geheimhaltungsklausel«, wich sie mir aus, beförderte mit einem Schwung ihres Messers das Grün in die Schüssel und stellte sie zu mir auf den Tisch.

Ich mahlte mit dem Kiefer, konnte aber nichts darauf erwidern. Sie hatte ja recht und ich wollte eine Begegnung mit diesem Rat vermeiden.

Sie nahm den Auflauf nun endgültig aus dem Ofen und stellte ihn zum Abkühlen auf den Herd. Anschließend holte sie aus einem der Hängeschränke zwei Teller hervor und kam zu mir an den Tisch.

»Und was ist nun mit mir?«

»Ich werde dich in die grundlegenden Züge der Elementarverschiebung einführen und dann wirst du dem Rat vorgestellt«, antwortete sie gelassen, während sie im Auflauf säbelte.

Ich zuckte zusammen. Beide Aspekte behagten mir nicht. Das Erlebnis vorhin hatte mir gereicht und dann der Rat … Konnte ich mich nicht erst einmal in mein neues Leben einleben?

Fiona reichte mir einen großen Teller, auf dem sich in mehreren Schichten Kartoffeln, Pilze, Käse und verschiedenes Gemüse türmten. Das würde ich nie aufessen können.

»Lass es dir schmecken«, sagte sie mit wieder glänzenden Augen und säbelte begeistert durch die dicke Käseschicht.

»Das wäre wirklich nicht nötig gewesen …«

Ich kaute auf einem Pilz, schmeckte diesen aber nicht wirklich. Meine Gedanken waren immer noch bei ihrer letzten Bemerkung.

»Muss ich das mit der Verschiebung wirklich machen?« Ich stocherte in meinen Kartoffeln. Die Lust am Essen war mir vergangen.

»Du solltest sie zumindest in den Grundzügen beherrschen. Hast du Angst davor?«

Ich nickte und schob mir ein Stück Sellerie in den Mund.

»Es reicht erst mal, wenn du auf die Ebene zugreifen kannst. Der Rest kommt von selbst.«

»Aber was ist, wenn ich nicht mehr aus der Sicht komme und etwas Schlimmes passiert?«

Fiona legte ihr Besteck beiseite und nahm meine Hand. »Du hast wirklich nichts Schlimmes gemacht. Das kleine Feuer hatte ich im Nu erstickt.«

Ich spürte wieder die Hitze auf meiner Haut. Mit zitternder Hand ließ ich die Gabel sinken. »Fiona ... ich kann das nicht. Ich ...«

»Beruhige dich. Wenn du Panik bekommst, könntest du wieder auf die Ebene zugreifen.« Sie klang ruhig und bestimmt zugleich, doch ihre Erklärung schürte nur noch die Angst. Ich glaubte schon wieder einen Schimmer rot zu erkennen, schloss aber schnell und bestimmt die Augen und atmete tief durch. *Ich hab es unter Kontrolle!* Auch wenn ich diesen Satz immer und immer wieder herunterleierte, fühlte ich mich dennoch unsicher.

»Jetzt weiß ich wenigstens, warum du mich fast genötigt hast Chemie und Bio zu belegen«, entgegnete ich schon ruhiger und aß mit mehr Appetit. Solange meine Tante hier war, konnte mir nichts passieren. Daran klammerte ich mich mit jeder Nervenfaser und es schien zu wirken. Ich fühlte mich besser. Außerdem schmeckte ich jetzt endlich Fionas Essen, das wirklich ausgezeichnet war – Ein riesen Unterschied zu ihren quer-durch-den-Garten Gemüseeintöpfen.

Hexenrat

Das Wochenende über führte Fiona mich in ihre Welt ein, in die sie mich eigentlich schon begonnen hatte einzuweisen, als ich zu ihr gezogen war. Denn jetzt ergaben ihre Bemühungen mich mit den verschiedenen Gewächsen bekanntzumachen einen Sinn. Sie erklärte erneut die unterschiedlichen Wirkungsweisen der Pflanzen, wann sie am besten geerntet werden sollten, die Besonderheiten der Konservierung ihrer Inhaltsstoffe und vieles mehr.

»Ich muss bald anfangen fürs Abi zu lernen«, merkte ich an, als sie mir ein wirklich dickes Buch über Heilkräuter – Wo sie zu finden sind und wie man sie erkennt – in die Hand drückte.

»Das sollst du auch nicht jetzt lernen. Beschäftige dich einfach in deiner Freizeit damit.« Sie setzte sich zurück in ihren Sessel und legte sich die Hose wieder auf den Schoß, an deren linkem Bein sie einen Riss zusammennähte. Ich blickte von ihr zurück auf das Buch in meinem Schoss und verzog leicht die Lippen. »Wann zaubere ich richtig?«

Fiona sah nicht von ihrer Arbeit auf, sondern redete, während sie einen Faden in das Nadelöhr einfädelte. »Das haben wir doch gestern schon gemacht.«

»Das bisschen kochen und Steine in den Topf schmeißen?« Das konnte nicht ihr ernst sein? Ich hatte gedacht, Zauberformeln lernen zu müssen, einen Zauberstab oder Ähnliches zu bekommen und dass ich mir komplizierte Bewegungen merken müsste. Dass die Hexerei nur aus Kochen und Steine in Töpfe zu legen zu bestehen schien, enttäuschte mich maßlos.

»Genau das. Wir zaubern durch Tränke, Amulette und Steine. Oder eben durch die Elementarverschiebung, die du ja nicht benutzen willst.«

»Bestimmt nicht«, pflichtete ich ihr mit düsterer Miene bei.

»Erfreue dich doch daran, dass du nicht ständig nach dem Zauberstab suchen musst, wo du doch ohnehin schon so viel verlegst. Statt Formeln musst du Rezepte lernen. An sich ist da kein Unterschied.«

Ich war da zwar anderer Meinung, hielt aber meinen Mund. »Ich werde jetzt aber nicht nur Medizin kochen, oder?«

Seufzend beendete Fiona ihre Näharbeit und schaltete die Lampe aus, die die Hose beleuchtet hatte. Jetzt lag das Wohnzimmer im Halbdunkeln, denn draußen nieselte es und die Sonne fand keinen Weg durch die dicke, graue Wolkendecke.

»Eigentlich darfst du mit der höheren Zauberei erst beginnen, wenn du dem Rat vorgestellt wurdest. Aber einen kleinen Vorgeschmack werden sie wohl nicht als Regelbruch gelten lassen.« Behände erhob sie sich aus dem weichen Sessel und ging an Amadeus vorbei, der faul auf einem Hocker neben dem Sofa lag. Aufregung machte sich in mir breit. Schwungvoll stand ich auf, wobei das Buch achtlos auf die Sitzkissen fiel, und folgte ihr. Als ich den Hocker umrundete, fauchte Amadeus wie meist. Ich hatte vermutet, dass er mich jetzt, da sich meine Kräfte gezeigt hatten, ebenfalls akzeptieren würde – da lag ich aber gewaltig daneben. Ich fauchte zurück und eilte in die Küche.

»Wir kochen dieses Mal keine Salbe?«, fragte ich aufgeregt und wippte auf meinen Füßen auf der Stelle auf und ab. Dass hatte sie in den vergangenen Tagen gemacht, wobei ich assistieren durfte. Zauberei sah für mich jedoch ganz anders aus …

»Nein«, erwiderte sie grinsend von dem Regal aus, vor dem sie stand. »*Wir* kochen einen Lichtzauber.« Das *wir* betonte sie, damit auch ganz klar war, dass ich wieder nur assistierte. Meine gute Laune bekam einen Dämpfer, aber artig setzte ich mich an den Küchentisch.

»Ehe du nicht vorgestellt bist, darfst du nicht eigenständig zaubern.«

»Und wann stellst du mich vor?«

Sie sah von dem Buch auf, dass sie gerade aus diesem gezogen hatte. Sie bewahrte ihre Zauberbücher hier in der Küche auf, wo jeder darin schnüffeln konnte? Und vor wenigen Tagen erzählte sie mir noch, dass die Geheimhaltung unserer Identität die höchste Priorität hat!

»Seit wann bist du so erpicht darauf? Vor zwei Tagen hast du noch abgestritten, eine Hexe zu sein.« Die Augenbrauen hatte sie leicht zusammengezogen.

»Da habe ich aber auch noch nicht gesehen, dass wir einfach so die Farbe von Steinen ändern oder Wasser ohne Strom kochen können.« Dass sie dies Mittels der Elementarmanipulation gemacht hatte, ließ ich unter den Tisch fallen. Es zeigte mir, was alles möglich war. Und bestimmt gab es haufenweise interessante Zauber, die auch ohne die Manipulation hergestellt werden konnte.

»Da ich keine Wahl habe, füge ich mich«, antwortete ich schließlich auf ihre eigentliche Frage.

»Eine lobenswerte Einstellung, die du dir jedoch nicht in allen Situationen zu eigen machen solltest. In vielen Angelegenheiten haben wir sehr wohl eine Wahl, auch wenn wir uns dieser im Anfangsmoment nicht immer bewusst sind. Also, Lichtzauber werden relativ simpel hergestellt. Die Anleitung steht hier in diesem Buch.« Sie schob mir das alte Exemplar entgegen. Verschiedene Kräuter waren aufgelistet, die nach dem Kochen kurz entflammt werden sollten.

Zusammen mit Fiona befolgte ich das Rezept, und als eine hellorange Flüssigkeit in dem kleinen Eisentopf vor sich hin blubberte, entzündete Fiona einen vor mir bisher verborgenen Bunsenbrenner und richtete die Flamme auf die Flüssigkeit, in die ich eine Handvoll Marmorsteine getan hatte.

Sobald die Hitze auf das Wasser traf, entflammte die gesamte Brühe. Ich stieß erschrocken einen Schrei aus, dann war der Spuk aber schon vorbei. Die Flüssigkeit war fast vollständig verschwunden und im Topf lagen rötlich glänzende Steine.

»Wie, das war's?« Ich hatte gedacht, dass die Steine jetzt leuchten würden.

»Nicht so schnell, Lucy«, gluckste Fiona, fischte die Steine mit

einer Schaumkelle aus dem Topf und legte sie auf ein Abtropf-
gitter.

»Aber warum passiert den nichts?«

»Habe ich dir noch nicht erklärt, dass einige Zauber extern
aktiviert werden müssen?«

»Nein«, erwiderte ich verblüfft.

»Und wie unsere Magie wirkt?«

Ich schüttelte wieder den Kopf.

Sie verzog betreten das Gesicht. »Ich werde auch schon ver-
gesslich ... Dann sollte ich das schleunigst nachholen!« Sie setzte sich zu mir an den Tisch, goss uns kalten Tee aus der Glas-
kanne ein, die immer auf dem Tisch stand, und lehnte sich entspannt im Stuhl zurück. »Hexen besitzen besondere Schwingungen, die von unserem Körper ausgehen. Durch diese werden
die meisten Zauber aktiviert. Allerdings gibt es einige, wie diesen Lichtzauber, die erst später aktiv werden sollen. In diesem
Fall verändern wir den Zauber, indem wir einen Spruch aufsa-
gen oder Schallwellen aussenden.«

Ich schürzte triumphierend die Lippen. Ha! Also musste ich
doch Sprüche lernen.

»Jaja«, entgegnete sie auf meine Miene. »Man kann auch
Sprüche anwenden. Ich mag sie jedoch nicht besonders, deswegen koche ich grundsätzlich Zauber, die schallgesteuert aktiviert werden.«

»Und was muss man dann tun?«

»Du schnipst mit dem Finger oder klatschst in die Hände.«

Ich hob die Augenbrauen. »Das ist alles?«

»Das ist alles. Die Anzahl beziehungsweise das Muster des
Schalls trägt deine Schwingung mit sich und aktiviert den Zauber«, antwortete sie breit grinsend und nippte an ihrem Tee. Ich
starrte sie noch einen kleinen Moment ungläubig an, wurde mir
dann dieser peinlichen Handlung bewusst und senkte den Blick
auf meine eigene Tasse, die ich noch nicht angerührt hatte.

»Dann aktivieren wir aber alle«, murmelte ich nach einiger Zeit.

Fiona schien die Pause geplant zu haben, denn jetzt nickte sie erfreut. »Richtig, deshalb verstauen wir alle bis auf einen in einer schalldichten Box.« Sie trank ihren Tee aus und griff dann nach einer dunklen Holzbox, die mir bisher nie auf dem vollgestellten Regal aufgefallen war.

Nachdem alle Zauber verstaut waren, legte sie den letzten in ihre Hand, lächelte mir verschmitzt zu und schnippte dann zwei Mal mit dem Finger. Der Stein glomm sanft auf und wurde dann so hell, dass ich die Augen schloss und noch eine Hand vor sie hielt, um sie vor dem Licht zu schützen. »Und wie lange hält das jetzt?«

»Bis zu vierundzwanzig Stunden. Wenn er dir zu hell ist, verstau ihn einfach in einem dunklen Tuch. Das Licht dringt nicht hindurch.«

Ich wagte die Augen zu öffnen. Die Küche wurde nur noch von der Deckenlampe erhellt, die mir jetzt sehr dunkel vorkam. Um den Stein lag der dunklen Schal, welcher heute Fionas Haare zusammenhielt, und dennoch leuchtete der Stein hell durch den Stoff hindurch.

»Gibt es keine andere Möglichkeit, das Licht zu dämpfen?«

»Ja. Eine«, erwiderte sie und sah mich dabei herausfordernd an.

Beim Nachdenken legte ich den Kopf ein wenig schief, betrachtete aber weiterhin den Stein. Während der Herstellung konnten wir nichts ändern, da einfach nur Kräuter und eine chemische Substanz, deren Namen ich schon wieder vergessen hatte, benutzt worden waren. Es konnte nur noch direkt auf den Stein eingewirkt werden. Ich seufzte leicht gequält. »Mit der Elementarverschiebung.«

»Sehr gut erkannt.« Fiona lächelte erfreut. »War dieser Zauber mehr nach deinem Geschmack?«, fragte sie schließlich amüsiert, stellte die Box weg, setzte sich zurück zu mir an den Tisch und schenkte sich Tee nach.

»Schon besser.«

Sie lächelte, wurde dann aber ernst. »Deine Vorstellung ist am Mittwochabend. Bis dahin lassen wir das lieber mit den Zaubern, ehe es noch jemand mitbekommt.«

»Ich verstehe immer noch nicht, warum ich erst dann damit anfangen darf?«

»Das hat organisatorische Gründe. Was genau dahintersteckt, habe ich bisher auch nicht verstanden. Am wichtigsten ist jetzt, dass du dich ganz normal verhältst und ...«

»... ich mein *kleines Geheimnis* für mich behalte. Ich hab's verstanden«, unterbrach ich sie und trank einen Schluck Tee.

»Gut.«

Unbehaglich stand ich vor der Eingangstür der Schule und ignorierte die Blicke der Schüler, die in das Gebäude traten. Wieder einmal stellte ich mir die Frage, wie ich mich Aaron und Leander gegenüber verhalten sollte. *Das wird wohl zur Gewohnheit ...*

Auf der einen Seite wollte ich endlich ihr Geheimnis ergründen – das forderten wohl die Hexengene in mir, die ein Rätsel sofort gelöst haben wollten, aber dann würde besonders Leander das auch wissen wollen. Davon abgesehen, dass ich es ohnehin nicht erzählen durfte, hatte ich kein gutes Gefühl, dass jemand mein Geheimnis erfuhr.

»Ich finde das Gebäude nicht so schön, dass ich es minutenlang anstarren würde«, bemerkte eine wohlbekannte Stimme hinter mir.

Erschrocken zuckte ich zusammen. *Wenn man vom Teufel spricht ...*

Ich atmete tief ein und drehte mich zu Aaron um. Er musterte mich sichtlich amüsiert, wobei seine türkis schimmernden Augen erheitert blitzten.

»Ich ... war in Gedanken.«

»Ob du den Unterricht schwänzen sollst? Latein, nicht wahr? Das würde ich auch tun.«

»Nein! Bestimmt nicht!«, brauste ich auf und schlug ihm vor die Brust. Aaron hob eine Augenbraue, dann lachte er laut los.

Ich verzog die Lippen. »Haha, sehr witzig.«

»Wenn du nicht schwänzen willst, sollten wir jetzt reingehen.«

Ich nickte bestätigend, schob den Gurt meiner Tasche höher auf die Schulter und ordnete meinen Pony, den der kühle Wind durcheinander gebracht hatte.

Aaron war bereits an der Tür und hielt das schwere Teil mühelos auf. Unter seinem dunkelblauen T-Shirt sah ich jedoch, wie sich seine Muskeln anspannten. Ich war heilfroh, dass heute nicht Neumond war, denn dann hätte ich bestimmt mit meiner Hand seine Brust erkundet. Dennoch kniff ich die Lippen zusammen. Auch wenn ich keinen Freund wollte, konnte selbst ich nicht abstreiten, dass er wirklich gut aussah. Besonders, wenn er wie heute enge Jeans trug.

Ich scheuchte den Gedanken aus meinem Kopf und schob mich hastig an ihm vorbei.

Auf den Fluren war noch einiges los, obwohl der Unterricht in wenigen Minuten begann.

»Wie war dein Wochenende?«

»Interessant«, antwortete ich ohne nachzudenken.

»Ach ja?«

Ich biss mir auf die Lippe. »Meine Tante hat mir mal wieder einen Exkurs in Kräuterkunde gegeben.« Was auch der Wahrheit entsprach. Ich hoffte inständig, dass er nicht nach dem Grund fragte. Ich war eine miserable Lügnerin.

»Das kann ich mir bei ihr sehr gut vorstellen.« Er zwinkerte mir zu. »Bis zur Pause.«

Ich entspannte meine Schultern und lächelte ihm zum Abschied. Dann ging ich mit federnden Schritten die Treppe ins Obergeschoss hinauf.

Die erste Hürde hatte ich gemeistert. Kam noch die zweite. Und die würde um einiges anstrengender werden.

Im Gegensatz zu Aaron schien Leander zu ahnen, dass sich etwas verändert hatte. Also endgültig verändert. Dass ich Teil von etwas war, hatte er bei seinem spontanen Besuch damals ja schon angedeutet. Bei der Erinnerung fröstelte es mir. Ich spürte ein Echo dessen, was er mit meiner Aura gemacht hatte.

»Was ist los?«, hakte er leise nach, damit Herr Harmann uns nicht hörte, und lehnte sich weiter zu mir. Ich spürte bereits die Wärme seines Beins.

Das Spiel kannte ich bereits. Ich wich nicht zurück und deutete provokant auf das Buch, das in der Mitte des Tisches lag. »Les den Artikel.«

»Ich lese viel lieber dich.«

Ich unterdrücke ein Stöhnen, rollte aber mit den Augen. Leander war der Inbegriff des Machos ... sein Aussehen half ihm deutlich dabei. Die Haare hatte er sich heute kunstvoll nach hinten gegelt und sein T-Shirt saß so eng, dass er eigentlich keines tragen bräuchte. Bei den meisten Jungs wirkte das völlig übertrieben, ihm stand es hingegen.

»In der Cafeteria ist mir schon aufgefallen, dass du dich anders benimmst.« Seine Stimme war so leise, dass ich sie kaum hörte, seine dunklen Augen funkelten verschwörerisch. »Und das etwas anders an dir ist.«

Ich achtete nicht weiter auf ihn, blätterte die Seite um und hielt meinen Kuli neben die Passage, die ich lesen wollte. Allerdings fiel es mir immer schwerer, mich auf die Zellmembran bei Prokaryonten zu konzentrieren.

»Womöglich liegt es daran, dass etwas Besonderes am Wochenende passiert ist?«

Ich umfasste meinen Stift fester. »Nein. Hör auf zu reden und mach die Aufgabe!«, knurrte ich und notierte etwas auf meinem Block. Er legte nachdenklich einen Finger an sein Kinn. Das Buch ignorierte er nun völlig.

»Hmm ... hat sich deine Ausstrahlung dabei verändert?«, mutmaßte er.

Aus den Augenwinkeln sah ich, wie er, während er sprach, flüchtig zu unserem Lehrer blickte, der jedoch gerade etwas in einem dicken Wälzer nachschlug. Dann fixierte er mich wieder mit seinen fast schwarzen Augen. Ein Schauer lief meinen Rücken herunter. Ich blieb jedoch regungslos sitzen und las meinen eben geschriebenen Satz noch einmal durch.

»Oder deine Aura?«, riet er weiter.

Es bereitete mir immer größere Mühe, ihn zu ignorieren. Mein Stift bebte leicht, weshalb ich die Miene fest auf das Papier drückte.

»Du kannst mir nicht ausweichen, kleine Hexe.«

Mir stockte der Atem. Langsam drehte ich ihm den Kopf zu. Mein geschockter Gesichtsausdruck schien mehr als tausend Worte zu sagen. Er grinste zufrieden und lehnte sich zurück. »Dein Geheimnis ist bei mir sicher.«

Gerade noch konnte ich es unterdrücken, die Zähne zusammen zu beißen. Das hatte er garantiert nur so gesagt. Nichts weiter. »Welches Geheimnis?«

Er hob wissend einen Mundwinkel und sah mich gleichzeitig spöttisch an.

»Hast du unsere kleine Unterhaltung in deinem Zimmer vergessen?«

Nein, wie konnte ich auch. Nur bei der Erinnerung daran, begann mein Herz schneller zu schlagen. Leander schien die Antwort in meinen Augen zu lesen. »Wie gesagt, es ist bei mir sicher.«

War es das? Ich glaubte ihm nicht.

Ich antwortete nicht und blickte starr auf mein Blatt, ohne das Geschriebene zu realisieren. Meine Gedanken kreisten zu hektisch. Ich versuchte einen Ausweg aus der Situation zu finden, aber ich fand keinen. Auch wenn Leander ebenfalls ein Nephyl war, wie er eben zugegeben hatte, selbst unter uns musste die Identität geheim bleiben. Verdammt! Was sollte ich jetzt tun?

Dass der Lehrer mich etwas fragte, bekam ich zu spät mit.

»Euer Kaffeekränzchen könnt ihr in der Pause führen, Lucy, Leander. Bei der nächsten Verwarnung bekommt ihr Extraarbeit.« Herr Harmann sah uns streng an.

Ich nickte, wobei ich spürte, wie meine Wangen warm wurden, und wollte in das Biobuch blicken, Leander hatte es jedoch zu sich gezogen.

»Duu–«, drohte ich leise, er grinste aber unbeeindruckt weiter. In dem Moment klingelte es. Am liebsten hätte ich vor Erleichterung ausgeatmet, doch ich entkam nur Leander. Nicht dem Rat der Hexen.

Ohne weiter auf ihn zu achten, stopfte ich meine Sachen in meine Tasche und eilte aus dem Klassenzimmer. In der Eingangshalle warteten Alina und Julia auf mich, ich nickte ihnen nur knapp zu, und ging hinaus auf den Schulhof. Ich musste dringend mit Fiona sprechen.

Leider erreichte ich nur ihren Anrufbeantworter. Was sollte ich jetzt tun? Würde ich von einem Mitglied des Rates abgeholt werden oder nur eine Verwarnung erhalten?

Ganz ruhig. Warte erst mal ab, vielleicht ist es gar nicht so schlimm. Der Gedanke mochte meinen Kopf beruhigen, die Spannung in meinem Körper blieb aber.

»Alles okay?«, fragte Alina, als ich wieder in das Gebäude gegangen war.

»Hab nur versucht meine Tante zu erreichen. Nichts Wichtiges«, wiegelte ich sie ab. Sie hob die Augenbraue, fragte aber nicht weiter.

Zum Glück. Julia schien mein Verhalten völlig egal zu sein. »Sagte ich doch«, bemerkte sie an Alina gewandt. »Kommt, ich hab Hunger.«

Wie typisch für sie … Ich grinste, aber es erreichte nicht meine Augen. Meine Gedanken blieben bei der Vorstellung vor dem Rat in zwei Tagen. Und mit ihnen meine Angst.

»Bist du bereit?«

»Gleich.« Nervös richtete ich noch einmal meinen Pony und musterte mich ein letztes Mal im Spiegel. Fiona meinte, ich sollte etwas Normales, Unauffälliges tragen und ich hoffte inständig, dass meine schwarze Röhrenjeans und das dunkelblaue Seiden T-Shirt dem entsprachen. Ich schnappte mir meine Tasche vom Schreibtischstuhl und hastete die Treppe hinunter.

Meine Tante wartete bereits in ihrer weiten Kleidung und mit buntem Haarband – also in ihrer Alltagskleidung.

»Du hättest dich wirklich nicht so rausputzen müssen.«

Ich zuckte nur die Schultern. So schludrig wie sie wollte ich nicht auftreten. Der erste Eindruck zählte meist und gerade bei mir war er jetzt wichtig.

»Und du meinst wirklich, dass sie deswegen nicht böse sind?«, fragte ich noch mal. Sie wusste schon, woran ich gerade dachte.

»Du hast es ihm nicht gesagt. Und wer kann den ahnen, dass jemand auf die Idee kommt, dass du eine Hexe sein könntest. Die Menschen sagen ständig Hexe zu jemandem, besonders wenn sie wütend sind. Zerbrich dir deswegen nicht weiter den Kopf.« Sie lächelte aufmunternd und schob mich sanft auf die Veranda.

Die Abenddämmerung brach herein und tauchte die Bäume in kräftiges Gold. Normalerweise würde ich mich an diesem Anblick erfreuen, jetzt war er mir herzlich egal. Mit weichen Knien stieg ich in ihr Auto.

Fiona schloss die Haustür ab und kraulte kurz Amadeus hinter den buschigen Ohren, der zu ihr auf die obersten Treppenstufe gesprungen war. Als wir von der kleinen Lichtung fuhren, sah er uns missmutig hinterher.

Fiona bog auf die Hauptstraße ein und schaltete einen Gang höher. Je weiter wir fuhren, desto fester hielt ich den Gurt meine Tasche. »Wo sitzt der Rat eigentlich?«

»Er hat keinen wirklichen Stammplatz. Je nachdem, wo die Hexe wohnt, wird ein Treffen in ihrer Umgebung arrangiert.«

»Hmm. Muss ich etwas beachten?« Die Angst kroch in meine Glieder und ließ sie schwer wie Blei werden.

»Sei einfach du selbst und antworte ehrlich. Die Wahrheit kommt immer ans Licht.«

Das klang sehr ermutigend …

Ich fummelte nervös am Gurt meiner Tasche und achtete nicht darauf, wo wir hinfuhren.

Irgendwann hielt Fiona und zog die Handbremse an.

»Wir sind da.«

Ich blickte auf und sah vor uns ein altehrwürdiges, aber trotzdem schmuckes Backsteingebäude. Efeu rankte an den verwitterten Wänden empor, die Sprossenfenster blitzten jedoch sauber im letzten Sonnenlicht. Neben dem Eingang standen in Form gestutzte Büsche in großen Kübeln. Wo wir uns befanden? Keine Ahnung. Wollte ich es wissen? Mir war gerade alles andere wichtiger.

Meine Beine schienen sich während der Fahrt in Pudding verwandelt zu haben. Erst nach dem dritten Anlauf schaffte ich es auszusteigen.

»Du musst keine Prüfung bestehen, Lucy. Es geht nur darum, dich dem Rat einmal vorzustellen. Alle Hexen müssen sich melden, das ist eine reine Formalität.« Fionas Worte klangen beruhigend, die Wirkung entfalteten sie jedoch nicht bei mir. Sie tätschelte meine Hand und schritt resolut auf das große Gebäude zu, das wie eine Perle zwischen kleineren, heruntergekommenen lag, die ich durch die Bäume, welche das Grundstück umgaben, erkennen konte. Kies knirschte unter meinen Füßen, über das Dröhnen in meinen Ohren hörte ich ihn jedoch kaum. Ich fixierte die Tür, an der in Form von Löwenköpfen zwei bronzene Türklopfer prangten.

Meine Tante schlug dreimal gegen das alte Holz und trat dann einen Schritt zurück. Ich hörte Schritte auf uns zukommen, dann öffnete ein junger Mann mit Drahtbrille, schmalen Lippen und maßgeschneidertem dunklen Anzug die Tür. Eingeschüchtert trat ich einen Schritt zurück, Fiona strahlte ihn jedoch an.

»Fräulein Galender und Frau Petrewska?«

»Die sind wir«, antwortete Fiona fest, das Lächeln immer noch auf den Lippen.

Der Mann nickte uns zu, trat einen Schritt zurück und bedeutete uns mit der Hand einzutreten. Dumpf fiel die schwere Tür hinter uns ins Schloss, meine Aufmerksamkeit wurde jedoch von der prunkvollen Eingangshalle in Anspruch genommen. Zu beiden Seiten führten mehrere dunkle Türen ab, über uns hing ein riesiger Kronleuchter und auf der rechten Seite befand sich eine prunkvolle Treppe. Zwischen den Türen hingen alte Ölgemälde, aber auch moderne Fotografien. Die Kombination aus futuristischen Kommoden, der Bilder und des altehrwürdigen Hauses biss sich in meinen Augen ein wenig, die schiere Größe plättete mich aber weiterhin.

Der Mann führte uns die Treppe hinauf in das Obergeschoss. Ich nahm das eiserne Geländer zu Hilfe, da meine Knie schon wieder weich wurden. Der breite Gang endete in einen Salon, in dem einige dunkelgraue lederne Sitzgarnituren standen. Durch die bodentiefen Fenster drangen die letzten Sonnenstrahlen, die den weißen Marmorboden regelrecht zum Leuchten brachten. Die weißen Wände unterbrachen zwei dunkle Holztüren und verschiedene Malereien.

»Bitte warten sie hier einen Moment. Ein Mitglied wird sie in Kürze abholen.« Er nickte uns zu und eilte den Korridor zurück.

»Unglaublich, oder?«, fragte Fiona begeistert und musterte interessiert die weißen Lilien, welche in gläsernen Vasen die hier und da stehenden Beistelltischchen schmückten.

Wenn ich nicht so nervös wäre, hätte ich vielleicht ähnlich wie Fiona empfunden. »Wem gehört dieses Haus?«

Sie blickte nicht von der Lilienblüte auf, die sie gerade berührte. »Der Regierung.«

»Der Menschen?«

»Nein, von uns Nephylen. Auch wir müssen bestimmte Sachen regeln und verwalten. Dieses Haus wird wahrscheinlich für Zusammenkünfte und Feiern benutzt.« Irgendwie passte das. Eine Privatperson würde ihr Haus bestimmt nicht für eine Versammlung zur Verfügung stellen.

Ich setzte mich auf die äußerste Kante eines Sessels und sah aus dem Fenster. Hinter dem Haus lag ein langgestreckter Park mit künstlichen Blumenrabatten, in Form geschnittenen Hecken und kleinen Springbrunnen. Alles verbunden durch weiße Kieswege.

Ich wandte den Blick wieder ab. Mir gefiel das geordnete Chaos in Fionas Garten bei Weitem besser.

»Warst du damals auch hier?«, flüsterte ich, da jedes Wort laut von den Wänden und dem steinernen Boden zurückgeworfen wurde und ich nicht wollte, das mich jemand anderes als meine Tante hörte.

»Nein. Ich lebte damals woanders.«

Ich musterte ein Ölbild, auf dem eine dunkle Landschaft dargestellt war, und fummelte wieder nervös am Riemen meiner Tasche. Konnte ich die Vorstellung nicht schon hinter mir haben?

Eine Tür öffnete sich.

Sofort riss ich den Kopf herum, wobei mein Hals wegen der ruckartigen Bewegung protestierend schmerzte.

»Ich hoffe, dass Sie unseren Verweis beherzigen«, sagte eine weibliche, autoritäre Stimme.

»Natürlich.«

Verdutzt lehnte ich mich ein wenig nach vorn, damit ich die beiden Personen, von denen ich eine kannte, sehen konnte. Eine Frau kam in Begleitung aus der Tür. Mein Klassenkamerad bemerkte mich, grinste aber nicht wie üblich, sondern funkelte mich fast wütend an. Unwillkürlich zog ich den Kopf ein.

»Ich wünsche Ihnen einen schönen Abend.« Sie schüttelte

ihm die Hand und verschwand wieder in der Tür. Ehe ich mich entschließen konnte, ob ich zu ihm gehen sollte oder nicht, war Leander bereits aus dem Salon verschwunden. Immer noch verblüfft starrte ich auf die Stelle, an der er eben noch gewesen war.

»Was machte er hier?« fragte ich, nachdem ich meine Verwunderung verarbeitet hatte, und suchte den Blick meiner Tante. Sie betrachtete jedoch höchst interessiert den Garten. »Er hat vielleicht gegen die Auflagen verstoßen«, murmelte sie schließlich und drehte sich mir zu.

Das hatte ich mir schon gedacht. Aber gegen welche? Weil er mich ausgequetscht hatte? Meine Gedanken rasten auf einmal in eine andere Richtung, in die ich eigentlich nicht denken sollte. Er hatte etwas mit meiner Aura gemacht, er konnte ohne Probleme Frauen beeinflussen – zumindest die meisten … Ich kannte mich nicht gut mit den Fabelwesen aus und da meine Tante mich auf Trab gehalten hatte, seitdem ich wusste, dass es Fabelwesen wirklich gab, hatte ich keine Zeit gefunden, um zu recherchieren, was er sein könnte. Ein Verdacht schlich sich mir dennoch auf. Aber was machte er dann hier?

»Eigentlich kann er keine …«

»Die Frage solltest du dir nicht einmal stellen! Aber nein, ich glaube auch nicht«, fügte sie milder hinzu und setzte sich in den Sessel neben mir. »Dieser seltsame Zusammenstoß in deinem Zimmer, wo deine Aura leicht beschädigt wurde, rührt definitiv nicht von einer Hexe her. Eher von einem …« Sie schlug sich die Hand vor den Mund und musterte dann ganz interessiert das Muster in der Glas Vase, die gleich neben ihr auf einem der Tischchen stand.

»Was ist er?«, bohrte ich weiter und sah sie intensiv an. Darüber vergaß ich sogar meine Nervosität.

»Das darf ich dir nicht sagen. Das weißt du.«

Ihr durchdringender Blick ließ mich meine Frage hinunterschlucken. Eine andere war jedoch noch nicht beantwortet worden.

»Nur rein hypothetisch, ja?«

Fiona sah mich wachsam an, nickte aber.

»Wenn er keine Hexe ist, warum ist der dann hier? Richten sie auch über andere?«

»In manchen Fällen scheint dies so zu sein. Grüble nicht weiter darüber«, forderte sie mich jedoch auf.

Ehe ich darauf eingehen konnte, ging die Tür wieder auf, durch die Leander herausgetreten war.

»Fräulein Galender?«

Sofort kehrte die Nervosität zurück.

»Ja?« Schwankend erhob ich mich und blickte hilfesuchend zu Fiona. Sie war ebenfalls aufgestanden und nickte mir aufmunternd zu.

Gemeinsam gingen wir auf die Frau zu. Sie trug ebenfalls eine Brille, wenig Make-Up und einen Kurzhaarschnitt, der ihr schmales Gesicht betonte. Die dunkle Bluse und die Bundfaltenhose unterstrichen ihr eher strenges Erscheinungsbild.

»Bitte nach Ihnen«, sagte sie freundlich und trat zurück, sodass Fiona und ich zuerst in den Raum gehen konnten. Verblüfft blieb ich aber kurz hinter der Tür stehen. Anstatt in einen weiteren Saal geführt zu werden, befanden wir uns in einem mittelgroßen, schmucklosen Zimmer. Im hinteren Teil befand sich ein geräumiger Schreibtisch, die Wände waren in einem hellen Grau getüncht und durch die Fenster hatte ich einen guten Blick auf die Parkanlage. Die einzige Verzierung stellte der Stuck an der Decke dar.

In einem losen Kreis waren gemütliche Sessel angeordnet, auf denen die Mitglieder saßen. Einige Sessel waren noch frei und auf zwei von diesen ließen Fiona und ich uns nieder. Ich hatte irgendwie erwartet, vorgeführt zu werden, vielleicht in einer Art Thronsaal oder an einer Ratstafel – dieses Ambiente wirkte hingegen wie in einem Café.

Meine Nerven beruhigten sich ein wenig durch die entspannte Atmosphäre. Was vielleicht auch die Absicht war.

»Wir freuen uns außerordentlich, dich in unserem Kreis willkommen zu heißen, Luciane«, begrüßte die Frau mich freundlich, welche uns hereingebeten hatte. Die Hexe hatte sich links von mir niedergelassen, zwischen zwei männlichen Hexen, die nicht viel älter als Fiona zu sein schienen. Allgemein machten die meisten der acht Personen einen eher jungen Eindruck auf mich.

»Ich hoffe, deine Tante hat dir keinen allzu großen Schrecken eingejagt?«, fragte mich die Hexe links neben mir. Er war relativ klein und trug das schüttere Haar kurz. Der dunkle Anzug verlieh ihm jedoch Größe. Ich zuckte leicht zusammen. Woher wusste er, dass Fiona nicht meine Mutter, sondern meine Tante war?

Fiona strahlte indessen weiterhin übers ganze Gesicht und ließ sich von dem Kommentar nicht aus der Ruhe bringen.

»Ich nehme an, dass dir bereits sämtliche Regeln erklärt worden sind?«, fügte er in geschäftlicherem Ton hinzu.

Ich nickte, da ich meiner Stimme nicht über den Weg traute.

»Sehr schön. Dann müssen wir uns nur noch um die Formalia kümmern.«

Ich sah ihn skeptisch an. Wurde ich nicht bestraft, weil Leander meine Identität erraten hatte?

»Hast du noch weitere Fragen?«, wollte die Frau mir gegenüber wissen, die meinen Gesichtsausdruck richtig deutete. Sie sah mich freundlich mit ihren blauen Augen an. Mit ihren gewellten hellbraunen Haaren und den feinen Gesichtszügen wirkte sie auf mich eher wie ein Model.

»Ich …«

»Nein«, antwortete Fiona an meiner Stelle.

Ich sah meine Tante nicht gerade freundlich an. Mir der Anwesenheit des Rates wohl bewusst.

»Ich denke, die junge Damen kann für sich allein sprechen«, meldete sich die älteste Frau in der Runde zu Wort. Im Gegensatz zu den anderen Mitgliedern wirkte sie wie die freundliche

Omi von nebenan, mit ihrem langen Rock, der grauen Dauerwelle und einer steinernen Brosche am Revers ihrer Strickweste. Aufmuntert nickte sie mir zu.

Ich holte tief Luft und stellte die Frage, welche mich quälte, seit Leander von meiner Identität wusste.

»Werde ich nicht bestraft?«

Kurz glaubte ich, das Fiona ihr Gesicht in die Hände sinken lassen wollte. Ihre Finger zuckten bereits, dann entspannte sie sich wieder und musterte aufmerksam die Mienen des Rates.

»Aber Kindchen, weshalb denn? Weil du überlistet worden bist?«

Ich konnte gerade noch verhindern, dass mir die Kinnlade herunterfiel. Stattdessen rutschte ich verblüfft über die Antwort auf dem warmen Leder nach vorn an die Kante des Sessels.

»Dieser junge Mann hat uns schon einige Male Ärger bereitet. Ich bin sehr gespannt, wie er mit den Konsequenzen umgeht«, murmelte die Oma mehr zu sich selbst als zu mir.

Ich konnte immer noch kaum glauben, unbehelligt aus der Sache zu kommen. Meine Zweifel schienen in mein Gesicht geschrieben zu stehen, denn die alte Dame zwinkerte mir freundlich zu. »Kümmere dich nicht weiter um ihn.«

Ich nickte langsam.

»Alsdann. Würdest du mir bitte folgen?«, meldete sich einer der Männer. Er hievte seinen dicken, in eine Tweedweste gehüllten Bauch aus dem Sessel und watschelte auf den Schreibtisch zu. Auf der hölzernen Oberfläche lagen einige technische Geräte, eine Nadel und eine Rolle weißgrünliches Papyrus.

Sofort versteifte ich mich wieder und stelzte angespannt hinter ihm her. Die Nadel konnte nichts Gutes bedeuten.

»Keine Bange, Luciane. Das sieht schlimmer aus, als es ist«, meinte er amüsiert und nahm hinter dem Schreibtisch Platz, während ich mit wild pochendem Herzen davor stehen blieb. Er tippte mit seinen dicken Fingern etwas auf einem Tablet ein und legte es dann direkt vor mich.

»Lege bitte deine Hand auf das Gerät.«

Zögerlich folgte ich seiner Anweisung.

Zufrieden legte er das Gerät anschließend wieder weg und wandte sich dem grünlichen Pergament zu, von dem er ein handgroßes Stück abschnitt und dann die Nadel in die Hand nahm.

»Ich werde dir jetzt in den Daumen piksen. Diese Prozedur ist notwendig, um einen Schwur abzulegen, der besagt, dass du dich an unsere Regeln halten wirst und die Konsequenzen trägst, solltest du diese brechen.« Er klang weiterhin freundlich und sah mich aufmunternd an, ich hatte aber das Gefühl in einen bodenlosen Schacht zu fallen. Ich sollte einen Schwur ablegen? Das hörte sich überhaupt nicht gut an. Und welche Konsequenzen meinte er überhaupt? Fiona hatte nie gesagt, was passierte, wenn ich meine Identität verriet.

Der Mann schien meine Fragen in meinem Gesicht zu lesen, denn er beantwortete sie lächelnd.

»Der Schwur an sich wird keinerlei Auswirkungen auf dein Leben haben«, versicherte er mir. »Durch ihn finden wir dich lediglich, solltest du auf, sagen wir mal, unübliche und gefährliche Wege geraten. Du verstehst doch, dass wir für den Schutz der Bevölkerung zuständig sind und das du für dein Vergehen belangt werden musst?«

Ich nickte, jedoch immer noch leicht verwirrt. Was würde nun genau mit mir geschehen, wenn ich die Gesetze brach?

Auch diese Frage schien er wieder aus meinem Gesicht zu lesen.

»Neben Geldstrafen und gemeinnütziger Arbeit können dir im schlimmsten Fall deine Fähigkeiten beschnitten oder vollkommen unterdrückt werden. Dass dies nicht angenehm ist, muss ich wahrscheinlich nicht explizit erwähnen«, endete er und zwinkerte mir aufmunternd zu.

Ich nickte erneut, dass bange Gefühl war aber gewichen. Jetzt wusste ich endlich, worauf ich mich einließ.

»Sehr schön. Immerhin halten wir die Macht der Veränderung in der Hand wie kaum ein anderer Nephyl.« Er gluckste leise.

Mir war weiterhin mulmig zumute, mutig streckte ich aber die Hand aus. Den Stich bekam ich kaum mit. Zufrieden drückte der Mann zwei Tropfen aus meinem Daumen, die auf das Stück Papyrus fielen. Anschließend reichte er mir ein Taschentuch, das ich dankend annahm und auf die Wunde drückte.

In der Zwischenzeit hatte er eine silberne Kerze aus einer Schublade des Schreibtisches hervorgekramt und diese entzündet. Eine grünliche Flamme tänzelte um den schwarzen Docht. Wie hypnotisiert sah ich sie an.

Der Mann hüstelte leise, um mich wieder in die Wirklichkeit zu holen. Verwirrt blinzelte ich und stellte fest, dass er mir nun gegenüber stand. Die Kerze befand sich nun in einem silbernen Halter auf dem Tisch.

»Bist du bereit?«

»Ja«, antwortete ich mit einer Stimme, die mir fremd erschien. Heiser und leicht krächzend. Ich straffte die Schulter und warf das Taschentuch in den Mülleimer, den er mir entgegenhielt. Dann wandte er sich mir zu. Er wirkte erwartungsvoll, aber auch erfreut.

»Würdest du mir bitte die folgenden Worte nachsprechen?«

Ich nickte erneut, gespannt, was jetzt kam.

Er holte tief Luft, wobei sich seine Weste spannte und begann zu intonieren: »Ich schwöre bei den hier anwesenden Hexen, dass ich mich an die Regeln und Gesetze der Hexen halte und diese nur im äußersten Notfall breche.«

Ich murmelte die Worte wie eine Beschwörungsformel.

»Mir sind die Konsequenzen bewusst und ich werde mich diesen im Falle eines Schwurbruchs fügen.«

Mit jedem weiteren Satz fühlte ich, wie sich etwas in mir veränderte. Als ob eine Leeren langsam gefüllt wurde, der ich mir zuvor niemals bewusst gewesen war.

Der Mann trat zu mir heran und legte seine rechte Hand auf meinen Kopf. Ich zuckte unter seiner warmen und leicht schwieligen Hand zusammen, verharrte aber auf der Stelle.

»Luciane Galender. Möge die Weisheit der Athene dir stets den Weg weisen, Aletheia dir die Wahrheit hinter den Dingen der Welt zeigen und Demeter deinen Garten mit Fruchtbarkeit segnen.«

Seine kleinen Augen glänzten und ich atmete tief bei seinen Worten ein, fast so, als wollte ich sie inhalieren.

Breit lächelnd nahm der Mann die Hand von mir, griff nach dem Stück Papyrus und hielt es an die Kerze. Grüne Flammen leckten an dem Papier. In verschlungenen Symbolen kräuselte sich silbrig glänzender Rauch in die Höhe, dann zerfiel das Papier in kleine Pünktchen, die sich ins Nichts auflösten.

»Nun bist du offiziell in den Kreis der Hexen aufgenommen.« Er klatschte enthusiastisch und die anderen folgten seinem Beispiel.

Verdutzt stellte ich fest, dass sie sich in einem Halbkreis um uns aufgestellt hatten, meine Tante mitten unter ihnen. Alle schüttelten sie mir die Hand, lächelten überschwänglich und strahlten mich an, als ob es etwas Seltenes wäre, wenn eine Hexe aufgenommen wurde.

»Und, war es so schlimm?«, fragte mich der dicke Mann, während die Gesellschaft den kleinen Raum verließ und in den Salon trat, in dem wir vor meiner Vorstellung gewartet hatten.

»Nein«, erwiderte ich um Zentner erleichtert. Ich hatte keine Prüfung bestehen müssen, mein Vergehen war anscheinend keines und zum ersten Mal seit dem Unfall meiner Familie fühlte ich mich frei.

»Fiona, hätten Sie einen kleinen Moment?«, fragte die ältere Dame und nickte in eine Ecke des Raumes. Meine Tante musterte sie neugierig und folgte ihr, während die anderen mir zum Abschied die Hand schüttelten und dann den Salon verließen.

Ich wartete am Ausgang des Raumes auf Fiona, die kurze Zeit später mit der älteren Dame auf mich zu kam. Sie verabschiedete sich schnell bei mir und mit einer Geschwindigkeit, die ich ihr niemals zugetraut hätte, folgte sie den anderen Mitgliedern die Treppe hinunter.

»Und, wie fühlst du dich jetzt?«, fragte Fiona. Sie strahlte immer noch übers ganze Gesicht. Der Mann, der uns zu Beginn hinauf geführt hatte, brachte uns auch wieder zum Ausgang des Hauses. Ich zuckte mit den Schultern.

»Ich weiß nicht so recht. Aber ich bin erleichtert, es hinter mir zu haben.«

»Das glaube ich dir.«

Grinsend traten wir hinaus in die laue Nacht. Ich blieb auf der obersten Treppenstufe stehen und musterte die riesigen Bäume, die das Grundstück zu den anderen hin abtrennten. Ich war kein Mensch, sondern ein Fabelwesen – ein Nephyl. Genau genommen eine Hexe. Das wurde mir erst jetzt richtig bewusst. Aber was bedeutete es für die Zukunft?

»Kommst du? Ich habe Hunger«, riss Fiona mich aus meinen Gedanken und zurück in die Realität. Das schaffte meine Tante wirklich immer.

Sie stand an ihr Auto gelehnt und trommelte mit den Fingern auf das Dach. Die Enden ihres Haarbandes flatterten in der Nachtbrise und umtanzten dabei ihre Hals. Wie sie so dastand, sah sie für mich überhaupt nicht wie eine Hexe aus. Ich kicherte unterdrückt bei dem Gedanken und ging beschwingte die Stufen hinunter.

Viel Später

Ich legte das Buch beiseite und fiel rücklings aufs Bett. Eigentlich hatte ich nur kurz hineinblicken wollen und nun hatte ich das Tagebuch doch komplett gelesen. Mittlerweile war der Mond aufgegangen und schien gemeinsam mit dem Licht der Straßenlaternen in mein Zimmer. Mein Kater Erebos lag zusammengerollt und leise schnurrend neben mir. Ich kraulte ihn zwischen den Ohren, während ich meinen Gedanken nachhing. Die Vergangenheit erschien mir Meilenwert entfernt und doch erinnerte ich mich daran, als ob es gestern gewesen wäre. Der Schmerz über den Verlust meiner Familie war mit der Zeit verblasst, dennoch hatten mir die ersten Seiten die Tränen in die Augen getrieben. Selbst jetzt hallte noch ein schwaches Echo der Gefühle nach.

Gedankenverloren strich ich mit dem Finger über den dunklen Einband und über das geprägte, verschlungene Symbol, dessen Bedeutung ich nun kannte: ein Triquetra, das Zeichen, welches die keltische Trinität verkörpert: Land, Wasser, Luft – Geburt, Leben, Tod – Vergangenheit, Gegenwart, Zukunft. In das Symbol des Einbands waren die griechischen Wörter *Geheimnis, Bewahren* und *Verborgen* gearbeitet.

Fiona hatte tatsächlich eine Art Schutz auf das Buch gelegt – damals hatte ich es nur noch nicht gewusst.

»Sie ist eine unglaublich vorausschauende Frau«, murmelte ich zu Erebos, der mich mit seinen orangefarbenen Augen musterte und dann den Kopf wieder gegen meine Hand presste, damit ich ihn fester streichelte. Meine Gedanken schweiften zu dem Tag zurück, an dem sie es mir überreicht hatte, an die Situation, in der ich das erste Mal hineingeschrieben hatte. Dieses Buch hatte mir mehr geholfen als irgendeine Person. Wie ein stummer Begleiter, der aber immer für mich da war. Als ich dann in die Fußstapfen der Hexen getreten war, hatte ich es irgendwie nicht mehr gebraucht, fast, als hätte durch die Aufnahme in den Kreis der Hexen ein neues Kapitel begonnen. Eines, dessen Wege verworren und oft unklar waren, aber auf denen ich ich selbst war.

Ich strich noch einmal, fast zärtlich, über den Einband und stand dann auf. Erebos quittierte diese Handlung mit einem verstimmten Brummen, da ich ihn nicht weiter kraulte. Er blieb aber auf dem Bett liegen. Behutsam nahm ich das Buch auf und verstaute es im Kleiderschrank zwischen meinen Winterpullovern. Später würde ich einen gesicherten Platz für es einrichten, jetzt war ich jedoch zu müde dafür.

Gähnend schloss ich die Vorhänge vor meinem Fenster und wandte mich wieder dem Bett zu, unschlüssig, ob ich jetzt schlafen gehen sollte oder nicht. Erebos streckte sich ausgiebig, gähnte ebenfalls herzhaft und tapste auf die Bettkante zu. Mein Blick folgte aber nicht dem schwarzen Kater, sondern klebte an einem kleinen und schon leicht vergilbten Zettel. War er aus dem Buch gefallen?

Neugierig setzte ich mich auf die Matratze und griff nach dem Papier, auf dem etwas mit blauer Tinte geschrieben stand. Verdutzt las ich die Zeilen ein weiteres Mal. Sie kamen mit jetzt vor wie eine düstere Vorahnung, als ob ich schon immer gewusst hätte, dass es neben den Menschen noch andere Wesen gab. Stirnrunzelnd legte ich den Zettel auf meinen Schreibtisch und knipste das Licht der Lampe aus. Die Buchstaben wurden jetzt nur noch vom Licht, das durch den Spalt der Vorhänge fiel, und der Irrlichter erhellt, die wahrscheinlich wie meist vor meinem Fenster Grimassen schnitten.

Seltsame Begegnungen kommen manchmal vor.
Die erste, beinahe furchteinflößende, passierte zu Beginn meines Schulwechsels, als ich Aaron kennenlernte, und die nächste, als ich mit einigen Freunden an den See fuhr.
Bislang hatte ich nie an andere Wesen und übernatürliche Phänomene geglaubt, aber seitdem ich dieses Blickduell zwischen

Aaron und Leander beobachtet hatte, zweifelte ich mein Weltbild ernsthaft an. Es gab doch keine Wesen, deren Haut plötzlich zu glühen begann, deren Augen auf einmal finsteren Löchern glichen und die einem eine Gänsehaut einjagten, weil einen das Gefühl überkam, zwischen zwei kollidierende Welten geraten zu sein. Oder doch?

∘ ∘ ∘ Ende ∘ ∘ ∘

Lesen Sie weiter in *Feuerhelix*

Weitere Bücher der Autorin

Im Eisermann Verlag erschienen:

Sylnen – Der gefallene Krieger
Band 1

Stell dir vor, nur du kannst das Land Crailsmur retten.
Ein Land, in dem Seelen reisen können und Magie zum Leben erwacht, in dem Pflanzen Schabernack treiben und Geister deinen Verstand rauben, in dem Schönheit den Tod bedeuten kann und hässliches zu heilen vermag.
Ein Land, das durch die Macht von zehn Büchern regiert wird: den Sylnen.
Stell dir vor, eine geheimnisvolle Kraft beginnt dich zu beeinflussen,
dein Denken zu verändern und lässt dich an allem Zweifeln, das du bisher kanntest.
Und stell dir vor, diese Kraft zeigt dir deinen Seelengefährten ...
Würdest du die Reise antreten?

Überall als Ebook und Taschenbuch erhältlich.

Im Kreis der Sieben
Band 1
Christin Burger

Als Laras Vater verschwindet, sind das verschlüsselte Compu-
terprogramm Styx und einige Fotos die einzigen Hinweise, um
das Geheimnis zu enträtseln. Doch die Suche nach ihrem Vater
führt Lara nicht nur von Berlin in den Schwarzwald, sondern
weit darüber hinaus. Sie gelangt an einen magischen Ort, der
alles in Frage stellt, woran sie bisher geglaubt hat. Auf ihrer
abenteuerlichen Reise begegnet sie einer Katze, die Visionen
verleiht, einem schwebenden Auge, das seine Bestimmung vergessen hat, einer Cousine, die in fremde Welten schauen kann,
und Timo, dem Jungen mit der Vespa. Bald schon begreift Lara,
dass es bei dieser Reise um viel mehr geht als ein Computerpro-
gramm...

*"Ein mutiges Initiationsabenteur, das keine Seite langweilig
wird. Ein modernes Alice in Wonderland (...) Ein Buch wie ein
Traum"*
(Amazon Kunde)

Als E-Book und Taschenbuch erhältlich (bei Amazon und
über das VLB in allen Buchhandlungen zu bestellen)

www.christinburger.de
www.facebook.com/ChristinBurgerAutorin